比较文学与世界文学

第九期

主编 陈跃红 张 辉

北京大学出版社
PEKING UNIVERSITY PRESS

图书在版编目(CIP)数据

比较文学与世界文学.第九期/陈跃红,张辉主编.—北京:北京大学出版社,2016.6
ISBN 978-7-301-27538-2

Ⅰ.①比… Ⅱ.①陈…②张… Ⅲ.①比较文学—文学研究—中国 ②世界文学—文学研究 Ⅳ.①I206 ②I106

中国版本图书馆CIP数据核字(2016)第214859号

书　　　名	比较文学与世界文学(第九期) Bijiao Wenxue yu Shijie Wenxue (Di-jiu Qi)
著作责任者	陈跃红　张　辉　主编
责任编辑	张　冰　朱房煦
标准书号	ISBN 978-7-301-27538-2
出版发行	北京大学出版社
地　　　址	北京市海淀区成府路205号　100871
网　　　址	http://www.pup.cn　　新浪微博:@北京大学出版社
电子信箱	zhufangxu@yeah.net
电　　　话	邮购部 62752015　发行部 62750672　编辑部 62754382
印刷者	三河市博文印刷有限公司
经销者	新华书店 787毫米×1092毫米　16开本　9.75印张　230千字 2016年6月第1版　2016年6月第1次印刷
定　　　价	32.00元

未经许可,不得以任何方式复制或抄袭本书之部分或全部内容。
版权所有,侵权必究
举报电话:010-62752024　电子信箱:fd@pup.pku.edu.cn
图书如有印装质量问题,请与出版部联系,电话:010-62756370

主　　办　中国比较文学学会
承　　办　中国比较文学学会秘书处
合　　办　（排名不分先后）：
　　　　　　北京大学
　　　　　　中国人民大学
　　　　　　北京语言大学
　　　　　　北京第二外国语学院
　　　　　　四川外国语学院英语学院
　　　　　　北京外国语大学中文学院

总 主 编　乐黛云　杨慧林

学术委员会
　　　　　　乐黛云　杨慧林　饶芃子　严绍璗　曹顺庆　谢天振　钱林森
　　　　　　王　宁　叶舒宪　陈跃红　高旭东　张文定　刘小枫

主　　编　陈跃红　张　辉
副 主 编　张　冰　张　华

编辑委员会
　　　　　　陈跃红　程爱民　耿幼壮　胡继华　刘耘华　秦立彦　宋炳辉
　　　　　　魏崇新　王柯平　王宇根　徐新建　张　冰　张　华　张　辉
　　　　　　张　沛　张旭春

海 外 编 委
　　　　　　Rodulf G. Wagner（海德堡大学）　　Haun Saussy（芝加哥大学）
　　　　　　David Jasper（格拉斯哥大学）　　Federico Masini（罗马智慧大学）
　　　　　　Galin Tihanov（伦敦大学）

编辑部主任　张　冰
编　　辑　黄瑞明　朱房煦　雷　鸣　李　莹　成桂明

目 录

编者的话 …………………………………………………… 陈跃红　张　辉（1）

学术焦点

中国舞台上的古希腊戏剧
　　——罗锦鳞访谈录 ………………………………… 罗锦鳞　陈戎女（1）

批评空间

全球化文化语境与俄国现实主义文论 ……………………………… 吴晓都（22）
试论辜鸿铭与冈仓天心
　　——东西方文化碰撞中的中日文明观 …………………………… 常　芬（32）
边疆多民族地区"比较文学"课程教学的新视野 …………………… 邹　赞（49）
文学人类学：构建跨学科的"亚鲁学" ……………………………… 蔡　熙（57）
Hans Christian Andersen in China ………………… Christoph Harbsmeier（65）

异邦新声

洛特曼对巴赫金理论的演变与发展 ………………………… Б. Ф. 叶果罗夫（80）
语文学与世界文学 ………………………………………… 埃里希·奥尔巴赫（88）

青年园地

摹仿：在文学与历史之间
　　——读奥尔巴赫《摹仿论：西方文学中现实的再现》 …………… 孙尧天（97）
18世纪的心理学转向与黑色浪漫文学 ……………………………… 王一力（105）

学术动态

第21届国际比较文学学会年会在维也纳大学成功举办　余静远（117）/2016年维也纳国际比协会议"文学、哲学与思想史：跨学科研究的语言"专题讨论综述　余静远（118）/北京大学比较文学与比较文化研究所成立三十周年所庆特别报道　卢意芸(119)/"中国比较文学三十年与国际比较文学新格局"会议报道　欧宇龙(121)/"比较文学与世界文学学术讲座"第二十七至第三十三讲纪要　卢意芸(123)/"2016全国高校英国文学研究方法与课程教学高端论坛"在京举行　李娜(128)/中国文化的世界性意义高层论坛——全国高校国际汉学(中国学)学术研讨会在北京外国语大学召开　王广生(129)/"第七届远东文学研究国际学术研讨会"在圣彼得堡召开　朱房煦(130)

新书快递

外国文学研究的历史梳理与主体性建构
　　——由《新中国60年外国文学研究》的出版所想到的 ……………… 陈跃红(131)
原始要终,审已知人
　　——读《外国文学史研究》………………………………………………… 张　沛(133)
"文本"的诞生:文学表象的衰退与元语言的变革
　　——读《二十世纪法国先锋文学理论和批评的"文本"概念研究》……… 肖炜静(137)
东亚文化交流史的典范之作
　　——写在严绍璗、刘渤《中国与东北亚文化交流志》再版之后 ………… 边明江(140)

稿约

《比较文学与世界文学(中国比较文学学会学术集刊)》稿件体例 ……………………(143)

Contents

Preface ·· Chen Yuehong & Zhang Hui (1)

Ancient Greek Drama at Chinese Stage:
 An Interview with Luo Jinlin ··············· Luo Jinlin & Chen Rongnü (1)

Economic Globalization and Russian Realism ··············· Wu Xiaodu (22)
A Study of Amoy Ku and Okakura Tenshin
 ——A Comparison between the Outlook of Chinese Civilization and Japanese
  Civilization in the Collision of Eastern and Western Culture ········ Chang Fen (32)
New Horizon of Comparative Literature Classroom
 Teaching in the Frontier Multi-ethnic Areas ··············· Zou Zan (49)
Literary Anthropology: The Construction of Interdisciplinary "Yalu Studies" ········ Cai Xi (57)
Hans Christian Andersen in China ··············· Christoph Harbsmeier (65)

The Evolution and Development of M. M.
 Bakhtin's Theories by Y. M. Lotman ··············· Б. Ф. Егоров (80)
Philology and Weltliteratur ··············· Erich Auerbach (88)

Mimesis: Between Literature and History
 ——on Erich Auerbach's *Mimesis: The Representation of
  Reality in Western Literature* ··············· Sun Yaotian (97)
Dark Romanticism and the Turn in Psychology in the 18th Century ····· Wang Yili (105)

Information ·· (117)

Book Reviews

Shen Dan and Wang Bangwei (eds.):
 60 Years Foreign Literature Studies in New China ············· Chen Yuehong (131)
Shen Dan and Wang Bangwei (eds.): *60 Years Foreign Literature Studies in New
 China, Vol. 3, Studies of Histories of Foreign Literature* ········ Zhang Pei (133)

The Birth of "Text": the Recession of Literary Representation and the Change of Meta-language
——Comments on *Study on the Concept of "Text" in French Vanguard Literary Theory and Criticism in Twentieth Century* ········ Xiao Weijing (137)
A Model for Writing the History of East Asia Cultural Exchange ······ Bian Mingjiang (140)

Call for Papers ··· (143)

编者的话

陈跃红　张　辉

英国学者彼得·伯克(Peter Burke)曾以《文化杂交》(*Cultural Hybridity*)一书,特别讨论了全球化语境下文化交流与互动的形式与实践。除了"杂交"这个生物学意味比较浓重的词,他认为"模仿""挪用""调适""协商""融合"乃至"文化移译"和"克里奥尔化"等词汇也可以用来描述不同时期文化互动的情势与结果。

本期《比较文学与世界文学》在"学术焦点"栏目下,刊登了陈戎女教授对著名戏剧导演罗锦鳞先生的访谈。罗先生在戏剧舞台上对希腊戏剧的中国化(戏曲化)处理,或许很自然地让我们想到"文化杂交"这个概念。"河北梆子《美狄亚》"这个组合,对于持有本质主义主张的人来说,大概是难免有几分贬义的,至少会认为"不伦不类"吧。但是,这个似乎极端化的大胆实践,却或许道出了文化本身多元乃至驳杂的根本事实。它是层累、叠加和交融的结果,也是挪用、移译和调适的产物。越是丰富、博大的文化,应该越是海纳百川的文化,也应该越是有勇气、有能力实行"拿来主义"的文化,具有良好的"消化能力"的文化。相反,一味追求所谓的"纯粹"或"特色"恰恰表明了文化上的某种不自信乃至虚弱。

而比较文学乃至人文学的根本任务,就是要揭示并解释这种丰富驳杂性,并进而在那些对于人性、对于文化和文明的已有定见之外,提出新的事实、新的问题和新的解答,在单一语境和僵化思维模式下无法提供的问题与解答! 正是在这样的意义上,吴晓都研究员提请我们注意,全球化的时代背景,并不可能化约乃至消解现实主义的理论意义;常芬和何莫邪的论文则为我们提供了理解辜鸿铭和安徒生的不同参照系;邹赞和蔡熙的文章又不约而同地将我们的视野带到了少数族裔的文化圈之中。

本期所刊出的译文,与巴赫金和奥尔巴赫相关,两位大师的思想和著述,也为我们理解文化的复调性和世界性,提供了理论资源。"青年园地"中孙尧天的文章,则直接讨论了奥尔巴赫的代表作《摹仿》(*Mimesis*)(需要注意的是,无论德文原文和英文翻译的标题里,其实都没有中文译本加上去的"(摹仿)论"这个意项),与上述译文构成"互文关系"。

犹太裔哲人列维纳斯在《总体与无限》一书中,曾极力反抗以总体性/同一化取消他者之绝对性和无限性的西方思想大传统。或许,真正的比较学者在此意义上,乃是列维纳斯的同道和盟军? 编完此期杂志,内心不禁有此一问。

学术焦点

中国舞台上的古希腊戏剧
——罗锦鳞访谈录[①]

罗锦鳞 陈戎女

【内容提要】 古希腊戏剧在中国舞台的上演,经历了从话剧到传统戏曲的舞台形式。罗锦鳞是国内著名的戏剧导演,三十多年来排演了众多古希腊戏剧,其中最具里程碑意义的是1986年话剧《俄狄浦斯王》的公演,最具有开创意义的是以中国传统戏曲改编和搬演古希腊悲剧,如河北梆子戏《美狄亚》(1989)、《忒拜城》(2002)和评剧《城邦恩仇》(2014)。在国际戏剧界,跨文化戏剧的舞台演出近20年来成为一种潮流。罗锦鳞导演以中国戏曲传统创新外来的戏剧,是典型的跨文化戏剧,既对传统的中国戏曲进行了改进和创新,又在古希腊戏剧的舞台呈现中融入了东方戏曲的元素。作为一种本土化特征浓厚却又暗合国际潮流的戏剧现象,这些跨文化戏剧实践于导演个人而言是其艺术生涯中非常重要的创作,给东西方的观众带来耳目一新的观剧体验。更重要的是,在东西方戏剧、传统与现代的融合问题上,它们典范性地演绎了跨文化戏剧的舞台美学和中西古今的文化交融。

【关键词】 罗锦鳞 跨文化戏剧 《美狄亚》《忒拜城》《城邦恩仇》

Ancient Greek Drama at Chinese Stage: An Interview with Luo Jinlin

【Abstract】 The Chinese performing of ancient Greek drama has undergone a noteworthy change in stage forms from "huaju"(话剧) to traditional Chinese opera. Luo Jinlin is a famous Chinese theater director, who has over 30 years' experience of directing ancient Greek dramas. Amongst his works the public performance of *Oedipus the King* in 1986 marked a milestone in the Chinese performing history of ancient Greek theater. The most groundbreaking respect of Luo's direction lies in the Chinese operatic style he utilizes to adapt and stage ancient Greek tragedies, the outcome of which includes *Medea* (1989) and *Thebes City* (2002) in the form of Hebei Bangzi Opera(河北梆子), and *Oresteia* (2014) in Pingju Opera(评剧). In the recent two decades, intercultural theater has emerged as a new trend on the international stage. Luo Jinlin's plays can be appreciated as a typical intercultural theater, owing to their improvement and innovation in traditional Chinese operas, as well as the adoption of oriental elements which enrich the original Greek theater in its stage expression. As an intercultural

---

[①] 本研究是国家社会科学基金项目"古希腊悲剧在近现代中国的跨文化戏剧实践研究"(项目批准号15BWW047)的阶段性研究成果,并受到中央高校基本科研业务专项资金的资助(项目编号14GH02)。

theatrical practice rich in Chinese feature on the one hand, and noteworthy for its coincidence with international trend on the other, Luo's reproduction of ancient Greek theater is not only significant to the director himself as a breakthrough in his artistic career, but also appealing to audiences of diversified cultural backgrounds as a brave opera experience. Moreover, with respect to the integration of traditional and modern theater, as well as eastern and western stage performance, Luo's theatrical practice offers us an exemplary instance revealing the drama aesthetics embodied in intercultural theatre and the blending of ancient, contemporary, foreign, and native cultures.

【Key Words】 Luo Jinlin intercultural theater *Medea* *Thebes City* *Oresteia*

访谈时间:2016年1月8日上午9:15—12:00
访谈地点:北京语言大学教四楼213会议室
参与访谈人员:罗锦鳞　陈戎女
访谈录音整理:田墨浓　沈　曼　程茜雯

一、希腊戏剧在我国早期的话剧演出

陈戎女教授(以下简称陈):罗老,您好!首先欢迎您来到北语接受我们的采访,还带来这么多学生大家一起交流!这次访谈的主要目的和内容,是想进一步了解您对古希腊戏剧进行跨文化改编的相关情况。首先想请您谈一谈:您是怎样与古希腊结缘的?我们知道,您对古希腊文化的兴趣可能受到了您父亲罗念生先生的影响,还想听您亲自讲一讲其中的细节。

罗锦鳞导演(以下简称罗):从很小的时候开始,我就帮父亲校对和誊抄他的译稿。那时没有电脑和打印机,所以他的译稿必须先经过整理和手抄,才能交付印刷。可是我越抄越烦(众笑),为什么呢?因为我最接受不了古希腊人的名字:希腊人的名字本身就长,再加上什么父名、本名、姓,就特别特别长。我那时候非常烦它们。虽然我父亲在外面找了专人帮他抄写,但是毕竟还是要付款的,找我的话就不用额外开支了(众笑)。我每抄一次,父亲就奖励我一根冰棍。我上小学、初中、高中的时候,都在帮父亲抄稿,久而久之,自然就了解了古希腊文化。等我上大学上了中央戏剧学院以后,开学第一课就是廖可兑老师的《西欧戏剧史》,开篇就讲古希腊。所以廖可兑先生才是我学习古希腊戏剧的启蒙老师,而廖可兑又是我父亲的学生,因此这也可以说是一种间接的家传。"文化大革命"爆发以后,我成了真正的"逍遥派",这时候我开始静下心来系统地重新学习古希腊戏剧,深深被蕴藏在作品中的强烈人文关怀和现实意义所感染。

陈:那么您执导的第一部古希腊戏剧是什么呢?

罗:是《俄狄浦斯王》。"文化大革命"结束以后,各大高校都恢复了正常的教学工作。从1984年起,我开始执教中戏导演系84级的导演干部进修班和专修班。他们要进行毕业表演,我就给了两个备选剧目:《哈姆雷特》和《俄狄浦斯王》,结果《哈姆雷特》遭到了学员们的一致否定。首先,"复仇"在当时并不是一个带有普遍性的话题;其次,此剧已有过许多次的演出了,感觉很难再演出新意。但《俄狄浦斯王》不同,中国从来没有过正式的公演。对于众多学员来说,这是一部相当新鲜的悲剧,因此大家参演的积极性都很高。我还是有自己的顾虑:首先,这是一部带有宿命论意味的命运悲剧,刚好与我们主张的"人定胜天"的政治理念相抵触;其次,《俄狄浦斯王》与我们所处的时代隔得太过遥远,各种表演细节都难以想象和了解。于是我分别找到丁扬中副院长和徐晓钟院长,获得了两位领导的肯定与鼓励,他们认为"老祖宗的戏早就该排了"。然后我又去找我父亲,他当然支持我。有了领导和父亲的鼓励,我就开始大胆地排演《俄狄浦斯王》。为了稳妥起见,我先在学生的导演作业中布置了《美狄亚》《安提戈涅》以及《俄狄浦斯王》,并且要求他们将"荒诞派""先锋戏剧"和"实验戏剧"的不同表现手法融入自己的作业中。当我看完他们的作业后,就基本形成了自己的执导思路。20世纪80年代的中国观众对古希腊文化很陌生,缺乏了解,如果我们用现代手法演绎古希腊悲剧,很可能会把观众引歪,让他们以为古希腊戏剧就是这个样子,这是切切不可的。我们最后选择用古希腊悲剧的传统戏剧形式,并能让中国观众接受的办法进行排演。

陈:《俄狄浦斯王》这部戏首演是在哪年?

罗:1985年下半年排练,1986年春进行了首演,由84级的导演进修班和专修班同学演出,这是在中国正式公演的第一部古希腊悲剧。当时领导非常支持我们的工作,由于排练的教室太小,学院特批,把两个教室之间的墙打通了。戏粗排后,学校特意录像,供我们寒假研究加工方案使用。同学们排练的时候也很刻苦。这出戏我原定只公演五场,没想到首演之后一发不可收拾,最终在观众的强烈要求下加演到二十多场,出国返回后又进行了第二轮公演,总场次达四十场之多。《俄狄浦斯王》是我们当年的教学汇报演出,因此只能在中戏的剧场中表演,即便如此,一位热心观众还是赶过来连看了八场。在学界,《俄狄浦斯王》的影响也很大:当时的戏剧界存在着南北派之争,也就是"写意戏剧"与"写实戏剧"的论争。可无论是"南派",还是"北派",都能从我们的戏里挖掘出他们自己的理论依据。对此,我的理解是:最原始的戏剧形式是最丰富的。作为欧洲戏剧的源头,古希腊戏剧既"写意",也"写实"。

后来,我带着这部戏参加了1986年在希腊举办的第二届国际古希腊戏剧节,班里的32个学生全部登台演出,引起了极大轰动。已故法国科学院院士、古希腊文学专家彼特里迪斯在文章中写道:"看了你们的演出,我百感交集。我想也许只有像中国这样具有古老文化的民族才能理解古代希腊的智慧和文化传统。"希腊文化部长更是激动地在研讨会上说:"我们应该派人到中国去学习中国人是怎么认识希腊戏剧的。"这部戏为国家争得了很大的荣誉,也开启了我导演古希腊戏剧的艺术历程。

陈:我们看到,您最早排演的古希腊戏剧,如《俄狄浦斯王》《安提戈涅》和《特洛亚妇女》都采用了话剧的形式。能否请您谈谈导演《安提戈涅》和《特洛亚妇女》时的情形?

罗锦鳞:好的。《俄狄浦斯王》在国外引起的反响很快就传回了国内,哈尔滨话剧院看到相关报道后主动联系我,想让我再为他们排演一部古希腊戏剧。于是就有了1988年版的《安提戈涅》。这部戏先在哈尔滨话剧院首演,后来又应邀参加了第四届国际古希腊戏剧节的角逐。很有意思的是,当年在《俄狄浦斯王》中扮演男主角俄狄浦斯的徐念福,在这部戏里又扮演了克瑞翁,他的表演赢得了希腊本土观众和国际专家们的一致好评与认可,德尔斐市长因此授予他同时也授予我和父亲罗念生"荣誉公民"的称号。

我排演的第三部古希腊悲剧是《特洛亚妇女》。这部戏是我和煤矿文工团1991年合作完成的,歌队全部由煤矿文工团的舞蹈演员组成。《特洛亚妇女》也参加了1992年的希腊戏剧节,在希腊、塞浦路斯的许多城市演出过。值得一提的是,后来我还在新加坡导演过英文版的《安提戈涅》,由新加坡南洋艺术学院演出。这部戏还有个插曲:之前,我赴新加坡讲学时,他们正好有座楼顶露天剧场,想让我排演此剧。当时戏剧系主任跟我说《安提戈涅》的主题最好改一改。我原本想在这部剧中反映克瑞翁唯我独尊、专横跋扈的独裁思想,以及由此导致的政治悲剧和伦理悲剧。当时新加坡还是由它的"国父"——李光耀总理执政,如果按照我之前的想法,在舞台上展现一个刚愎自用、六亲不认的统治者形象,新加坡观众恐怕很难接受。于是我回答说可以主题转换:当克瑞翁知道犯法者是自己的外甥女时,他丝毫不顾私情,对后者严惩不贷,这难道不是大义灭亲吗?后来,当我再去新加坡执导此剧时,李光耀已下台了。于是这一版的《安提戈涅》在2011年还是按我最初设计的主题演出了。

陈:除了这三部戏之外,您还排演过其他话剧版的古希腊戏剧吗?

罗:说到话剧的演出形式,其实《俄狄浦斯王》更早还有北京电影学院的一版,大概是粉碎"四人帮"后不久,电影学院的老师排的,学生自己演的。他们请我去看了,但没公演,他们打的旗号艺术指导是罗锦鳞。另外就是2014年,由我的博士生杨蕊和李唫导演的新版《俄狄浦斯王》,我任艺术指导,北京大学"北大剧社"演出,当年赴希腊参加了第三届国际大学生戏剧节,还参加了北京的国际青年戏剧节,好几轮演出,获得特好的评价。

陈:就是您说在希腊新发掘的古剧场演出的那出戏?

罗:对,他们俩导演的。除了悲剧,2004年我还导演过一出古希腊喜剧《地母节妇女》,在武汉人民艺术剧院演出,这是在中国公演的第一部古希腊喜剧。同年参加了在希腊举行的第十三届国际古希腊戏剧节,后又赴塞浦路斯参加戏剧节演出,受到极其热烈的欢迎和好评。评论界原来认为中国人是封闭的、含蓄的,没想到能把喜剧的幽默与滑稽表演得那么鲜明,富于喜剧风格。

二、中国戏曲搬演古希腊悲剧

(一)《美狄亚》:创新河北梆子 情动五洲四海

陈:您之前排的三部古希腊悲剧都是话剧形式,那么,是什么契机促使您从话剧转向戏曲形式的舞台演出呢?

罗:《俄狄浦斯王》《安提戈涅》《特洛亚妇女》都到希腊演出过,从20世纪80年代开始,我们和希腊戏剧界的学术交流也日益频繁。1988年我带着《安提戈涅》到希腊演出时,时任欧洲文化中心主任的伯里克利斯·尼阿库先生就向我建议："中国戏曲可是举世闻名的,蕴藏着独特的艺术价值和表现手法,为什么你不用戏曲的形式来演绎古希腊悲剧呢?"这句话启发了我。正巧在这时,河北梆子剧院的裴艳玲派人找到我,希望能和我合作一部戏。我当时想,梆子的特点就是沉郁悲凉、唱腔高亢、富有情感爆发力,很符合希腊悲剧精神。与京剧相比,河北梆子的历史更为悠久,而且海纳百川,对新鲜事物的包容性很强,又是地方戏,不那么保守。于是我们一拍即合,决定用梆子的形式演出《美狄亚》。

从1988年开始,我和编剧姬君超就在酝酿《美狄亚》的剧本创作和演出细节。但我们首先面临着一个基本问题:如何在保留中国戏曲韵味的前提下展现希腊悲剧精神?在这之前,我已经让我的学生做过相关的实验,比如用京剧的形式演出《奥赛罗》,但因为中西"拼合"的处理方法不当而没有成功:一身戏服,上面是英国式的,下面衬的却是中国裙子;背景是西方式的写实海水,下面拼贴的却是中国固有的戏剧符号;最让人忍俊不禁的是照搬了外国人的名字,却又要以京剧的腔调唱出来,结果演员刚一张口,台下就笑倒了一片……"拼合"的方法难以奏效,归根结底,是因为其舞台呈现不伦不类。吸取了这个教训,我决定不用"拼合"而用"融合"。从美学上讲,古希腊戏剧的风格可以概括为简洁、庄严、肃穆,中国戏曲的特点则是写意、虚拟、象征。我对这部戏的处理就基于对以上美学原则的融合,以最经济的手段表现最丰富的内容。简洁是艺术的最高境界,在我们的戏曲传统里同样富有张力,如我们的留白、"以一当十",等等。除此以外,中国戏曲和古希腊戏剧还有着诸多共通之处:第一,二者都诞生于庙会,并与宗教活动密切相关。第二,在表现形式上,古希腊演员戴着面具,我们的戏曲演员没有面具,但也有"勾脸";希腊戏剧中有歌队,我们也有相对应的"龙套"和"帮腔"。这些都成为我们跨越文化障碍、忠实展现《美狄亚》的制胜法宝。这部戏的排练总共只用21天就完成了,大大出乎我的意料。我们还在《美狄亚》中实现了传统戏曲形式的创新。比如:传统戏曲中要有一桌二椅,我们这个戏中连一桌二椅都没有,但无论需要展现什么,歌队都可以用象征化手法使观众"看到"。

陈:第一版《美狄亚》是在哪里首演的?主演是哪些人?

罗:首演是在1989年的石家庄。裴艳玲饰演伊阿宋,彭蕙蘅扮演美狄亚。1991年首次赴希腊访问演出,尔后多次赴其他国家演出。至今还有外国邀请。

陈:《美狄亚》的歌队是被后来的评论家讨论比较多的。您当时是怎么考虑运用歌队的?

罗:我特别对歌队进行了中国戏曲式的改造。中国戏曲中有"帮腔""龙套"的形式,"帮腔"只是不出场而已,我把"帮腔"和"龙套"与古希腊戏剧的歌队结合,歌队在戏中发挥了许多作用,她们由6到8名女演员组成,穿同样的服装,动作整一。歌队和乐队分别坐于舞台台口的两侧,是舞台造型的组成部分。她们时而歌唱,时而舞蹈,时而融入戏剧冲突中,时而又在戏外发表评价,连接剧情,时而还代替布景或道具,甚至担当中国戏曲中的"检场人",时而又扮演剧中的人物。这样既保留了歌队在古希腊悲剧中的原始作用,又从视听艺术角度充分发挥了歌队的多功能作用。她们在剧情内跳进跳出,灵活多样,成为《美狄亚》演出中最大的特色之一,也是不可或缺的有机组成部分。歌队在全剧中有十六个唱段,充分发挥了中国戏曲唱念做打的艺术特色,又保留了古希腊悲剧的重要传统,得到了很高的评价。

陈:您执导的这一版《美狄亚》是与河北省梆子剧院合作演出的,在国内外都取得了成功,那么为什么又出现了第二版《美狄亚》呢?

罗:第二版《美狄亚》是和河北省梆子剧院青年剧团合作,这出戏是它的建团剧目,1995年演出。彭蕙蘅在这部戏里继续扮演美狄亚,伊阿宋改由陈宝成饰演。彭蕙蘅因此剧获得了当年的"梅花奖",到达了她演艺生涯的巅峰。第二版《美狄亚》后来越洋跨海,先后赴意大利、法国、哥伦比亚、塞浦路斯、圣马利诺等欧洲和拉丁美洲国家,或参加戏剧节,或访问演出,在国外引起了极大的轰动。当时一票难求,为了满足观众的需要,在国外上演了200多场。这部戏不仅获得了欧洲观众的认可,也征服了拉丁美洲的观众,哥伦比亚还因为这出戏形成了一大批"哥伦比亚河北梆子迷"。后来我又带戏三次赴哥,依然是"一票难求"。

彭蕙蘅得了"梅花奖"以后,河北省梆子剧院青年剧团曾经想复排《美狄亚》,但是他们的院长把《美狄亚》改得一塌糊涂,给美狄亚穿上斗篷,跳上迪斯科,技术导演王山林火了,说:"你们这么搞是犯罪。"所以,复排没有成功。1997年青年剧团还排过一个河北梆子的《安提戈涅》准备去国外演出,但是整个戏太不成熟了,他们领导叫我去帮剧团加工了一个星期,重新排了一遍,1997年到西班牙演出了。西班牙的演出没带我去,所以我就没算在我的作品里面,因为一开始我没参与。算起来《安提戈涅》有好几版了,话剧两版,河北梆子两版,然后还有2011年在新加坡由南洋艺术学院演出的英语版。

排完第二版《美狄亚》后,我接到北京河北梆子剧团的邀请,执导了第三版《美狄亚》。

陈:第三版与前面两版有很大不同,剧团从河北省换到北京市了,美狄亚的主演也换了,另外在歌队设置上和前两版相比有什么变化?

罗:对,第三版是刘玉玲饰演美狄亚,殷新泉饰演伊阿宋,2003年首演,刘玉玲因为这出戏获得梅花奖"二度梅"奖。这版《美狄亚》的歌队与之前的歌队相比增加了人数,形式没有大变,但动作难度逐级递增。

陈:刘玉玲对美狄亚的诠释和彭蕙蘅有很大不同。对此您怎样评价呢?

罗:如果综合考量,我觉得还是彭蕙蘅的表演更为立体出色。刘玉玲的长处在于她的声腔:她的唱腔不仅富有梆子本身的特色,还结合了西洋唱法,形成了"京梆子"的特色。另外,她对生活的理解肯定要比相对年轻的彭蕙蘅更为深刻和厚实。由于彭蕙蘅演出《美狄亚》时相对年轻,体力也比较充沛,所以相对于第三版,第一版和第二版《美狄亚》中女主角的武戏更多。

总体来看,美狄亚这个角色集中了戏曲"旦角"的各种表演特色,唱念做打一应俱全,情感浓度极高,表演难度很大。两个版本的女主角都成功地扮演了美狄亚,也因此,一位得了第十三届"梅花奖",一位得了第二十届的"二度梅"。

现在我们正在和北京河北梆子剧团酝酿排演第四版《美狄亚》。

陈：我经常思考这样一个问题，美狄亚是一个弑兄杀子的复仇女性形象，在西方文学中也是少见的果敢决绝的女性。对于中国观众，这样的女性人物接受起来是否会有困难？

罗：其实国内观众和国外观众都有点难以接受。我们的戏去了农村演出，反响最好的就是《美狄亚》。农民的第一反应是：嗨，这不就是外国的陈世美吗？和中国陈世美一样，为了功名利禄什么都可以出卖。

陈：但是秦香莲不可能把自己的孩子杀了。

罗：这点是没办法，欧里庇得斯就这么写的。中国观众确实是比较难以接受这样的女人。《美狄亚》第二版演出后，文化厅的一个副厅长找我谈话，问能不能把最后这个情节改了。我坚决没同意，我说《美狄亚》要是去掉杀子，就不是这部戏了。因此我得找各种理由来合理化杀子的结局。所以我说女人比男人更凶残嘛（笑）。原来我以为光东方人难以接受美狄亚杀子，其实西方人也有接受不了的。有一次我带着剧团在巴黎表演《美狄亚》，当地一个学生就建议我改掉美狄亚杀子的结局。

实际上，美狄亚杀子有她的合理性：首先，伊阿宋把希望完全寄托在自己的孩子身上，美狄亚为了复仇必须要毁掉伊阿宋全部的希望；其次，伊阿宋和美狄亚的儿子已经被当地国王视为眼中钉，即便她不动手，她的儿子也要被国王派人杀死。所以美狄亚想：与其死于仇人之手，不如死于自己之手。

陈：那么，您在这部戏里塑造的是一个东方式的美狄亚，还是一个西方式的美狄亚？

罗：是东方式的美狄亚，因为我的戏剧形式还是中国戏曲。

陈：但是在中国观众看来，中国传统妇女应该遵循三从四德，又怎么会杀子复仇？

罗：美狄亚杀子复仇只是故事中的一个部分。我更看重《美狄亚》对伊阿宋权欲熏心、抛妻弃子等负义行为的揭露与抨击。这样的悲剧在当代中国一再上演，具有强烈的现实意义。所以1989年这部梆子戏首演时叫《美狄亚与伊阿宋》。同时我们在剧本中增加了许多伊阿宋的戏份，就是为了突出伊阿宋为了王权、私欲以及个人享乐不惜抛弃结发妻子的主题。

我在导演古希腊戏剧时形成这样一种执导理念：导演古戏不仅需要强调和深化主题，更重要的是拓展多义的主题，为当代的观众服务。那么具体该怎么做？就是"强调和冲淡"，"强调"是突出、强化某个主题释义，"冲淡"是淡化、弱化原剧中的某种主题倾向。这是我在古希腊戏剧排演过程中的重要工作之一。在《美狄亚》中，我们冲淡了"喜新厌旧"这种爱情背叛的世俗主题，强调伊阿宋"为了权欲可以出卖一切"，批判他的权力至上论，他的背信弃义和出卖灵魂，当然也歌颂了美狄亚对纯粹爱情的坚持。

陈：也就是说您根据表达主题的需要拓展了欧里庇得斯原作的主题，深化伊阿宋的不义，以衬托美狄亚复仇的合理性。这看来是西方戏剧在中国本土化时必须要克服的一个困难。

除了主题的拓展之外，戏曲版《美狄亚》中您运用了哪些中国戏曲的特技呢？

罗：运用得非常多。美狄亚弑杀亲生孩子的戏,是通过戏曲程式化的身段和跑圆场等动作加以渲染和表现,再加以中国式痛断肝肠的情感表达,深深地打动了观众,国内外的很多观众见此落泪。还有,伊阿宋看见美狄亚杀死自己的儿子后,他先是一个吊毛,紧接着急剧地后空翻,随后又运用传统身法一步步向自己的儿子爬去,一旦确认儿子真的死了,他马上疯狂地甩起头发来。这些戏曲特技手段非常好地外化了他此时的心情,国内国外的观众一看就明白。除此以外,为了表现美狄亚对伊阿宋的爱恋,主动帮助他去夺取金羊毛,我还设计了许多他们乘船、放鸽、战龙、斗怪、武打、水旗、翻滚的戏曲场面,综合运用了传统戏剧中常见的各种武打特技。对于外国观众,这些武戏是中国戏曲最为出彩的地方之一。具体需要使用哪些特技手段,我的排演经验是事先让梆子戏演员告诉我他们熟悉的特技,我们会根据情节发展斟酌采用。

陈：第一次观看河北梆子的外国观众对中国戏曲中的各种行当未必熟悉,很可能会因此看不懂情节。更大一点来说,中国传统戏曲在国外的演出和接受都有类似的问题。您怎样克服这个困难呢?

罗：我几乎在每部戏的开始都增加了一个"序幕"。《美狄亚》中,我们增加了伊阿宋和美狄亚在小爱神的神箭下发生爱情的序幕,让观众了解他们曾经的同生共死的坚贞爱情。在国外演出时,乐队和歌队由上下场方位首先登场向观众致意,然后分坐台口两侧。然后,所有角色着戏装登场,由报幕员一一介绍角色与演员,这样外国观众对于剧中人物的关系就会一目了然,消除了观众容易对戏曲演员辨识不清的问题,有利于观众欣赏正戏。毕竟,《美狄亚》的故事对于有西方文学常识的外国观众来说不是陌生的而是熟悉的。

(二)《忒拜城》:安蒂对抗王权 鬼魂穿越生死

陈：《忒拜城》这出戏是为国际古希腊戏剧节排演的吧?

罗：对。2001年我接到欧洲文化中心的邀请,他们告诉我:本届戏剧节的主题是"忒拜城"。我当时想,《安提戈涅》不就是讲忒拜城的故事吗,于是我就选择了这部戏。

陈：说到这出戏我有一个疑惑。这出戏我看过两次演出,分别是在2005年北大百周年纪念讲堂和2015年国家大剧院。后来又翻阅了这出戏的编剧郭启宏的文集第五卷,想详细看看剧本。郭启宏文集里的《忒拜城》剧本改编自三部戏《俄狄浦斯在科洛诺斯》《七将攻忒拜》《安提戈涅》,而我看到您排的舞台演出只有《七将攻忒拜》《安提戈涅》的内容,压根没有出现过俄狄浦斯。另外,我看到郭启宏文集里的高甲戏《安蒂公主》的剧本跟您排的《忒拜城》剧情是比较吻合的。所以我就搞不清楚,编剧的剧本与舞台演出本之间的差异是如何造成的?

罗：我没看到过你说的这个本子,那可能是郭启宏最早的剧本。《忒拜城》这出戏就是根据《七雄攻忒拜》和《安提戈涅》而来,跟俄狄浦斯没关系。我跟郭启宏合作的时候,剧本基本上就是现在舞台上的样子了。我和郭启宏在长期的合作中达成一种默契,我要尊重他,因为当剧作家不容易。他写的剧本发表的时候内容由他定,因为那是文学本,文学本是以剧作为主。而我导的戏是演出本,演出本就得以导演为主,这就是我们的默契。所以你说的那个本子我都不知道,高甲戏的情况我也不清楚,似乎是他未曾排演的作品。所以,如果出现出版的剧本和上演的戏剧不吻合的情况,你就记住,文学本是剧作家负责,演出本是导演负责。那么,演出本和文学本有差别是很正常的事。

陈:而且,演出本每一轮演出也不一定一样吧?

罗:不一样。比如说《忒拜城》第一版的时候演两个多小时,最后删减到一小时五十五分,我砍了很多的唱词。郭启宏本子的特点是抒情性强,戏曲唱腔要有拖腔,有时拖腔拖得戏的节奏太慢,观众会没有耐心听,就得剪唱词。在这个过程中间我遇到了很多困难,困难除了来自编剧,还有演员。演员不仅不会嫌唱词多,他们恨不得自己再加一段呢。但是《忒拜城》有演员主动要求剪词:"罗导,把我这段删了吧,这段实际上是重复的,前面已经唱过了。"我剪了拖沓的唱词,戏就干净了。比如最后海蒙见到安提戈涅的鬼魂的时候,本来有两大段唱词,现在只有一段。我很尊重主动要求剪词的演员,而"删我一句我就不演了"的那种演员,我从心眼里看不起。

陈:(笑)演员不愿意剪掉戏份嘛。《忒拜城》第一次公演是 2002 年在民族宫大剧院首演?

罗:对,那是正式公演,彩排是在另外一个剧院。安蒂是彭艳琴扮演,金民合演克瑞翁,刘玉玲演王后,王英会演先知。

陈:您这个戏我看的两次就相隔了十年,一出戏演了这么久,这十年的舞台演出都有些什么故事,您给我们讲讲。

罗:这个戏演了十几轮了。2002 年首演以后参加了希腊的艺术节,当然轰动了,回来以后紧接着就到哥伦比亚参加拉丁美洲戏剧节,中间还参加过中日韩戏剧节,是戏剧节的开幕戏。然后去年 5 月到了台湾,台湾学者评价是改编古典作品里面最好的。《忒拜城》还参加过北京奥林匹克运动会演出,是奥运会的指定剧目,演给各国运动员看的。然后还在奥林匹克国际戏剧节、国家大剧院国际演出季、京津冀梆子艺术节等演出。

陈:经过这么多轮演出,《忒拜城》演员演出的阵容会有调整吧?

罗:是这样的。前期是彭艳琴演安蒂,后来是王洪玲饰演。王后原来是刘玉玲演,后来也换人了。海蒙也换演员了。每一轮演出的时候,每一档演出的时候,演员都要换。演员虽然在换,其他没变,所以《忒拜城》严格来说就这一版,《美狄亚》却是三版。

陈:你曾经说《忒拜城》跟《美狄亚》不一样,是"新编历史剧",二者的区别在哪里?

罗:梆子戏《美狄亚》是纯中国戏曲,用的是"传统戏"样式,按照传统戏的规律来,虽然我加入了新的东西,但是它仍旧是传统中国戏曲。《忒拜城》是"新编历史剧",它有传统的地方,也有不是传统的、新编的地方。比如说服装不是传统的戏服了,不是传统京剧的服装。戏曲传统戏的服装都是一样的,是明清传下来的。《忒拜城》呢,我根据中国的历史来看,把时代定在春秋战国时代,因为春秋战国时代有七雄争霸,《忒拜城》取材于埃斯库罗斯的《七雄攻忒拜》不就是七雄争霸嘛,因此所有的布景服装按照春秋或者汉设计,比如汉砖的图形。布景和服装全部是新设计新做的,不是传统戏曲服装。

除了戏服以外,《忒拜城》的舞台布景形式就更大胆创新了。舞台布景是苗培如设计的,他是北京奥运会的总设计,非常有名。戏里既然有七雄攻忒拜的情节,他就设计了七座城门,城门不是死的,是用布料制作可以升降的,升降之中有变化。舞台背景为了有气势,后面设计了高平台,有层次感,平台上又方便搞群众场面。但是这样的舞台布景对戏曲演员的演出有困难,戏曲演员穿那么高的鞋最怕上下台阶,没办法,只能让他们练熟适应。作为"新编历史剧",《忒拜城》的景非常有意思,布景上的图案是汉代汉砖上的回形图案,服装是春秋战国时代的宽口大袖,也很适合戏曲的表演。

另外,在主题的解释上,《忒拜城》强调了克瑞翁作为专横王权的代表。他完全是"一言堂",听不进别人的话,所以暴政是造成悲剧的根本原因。克瑞翁是一个被权力扭曲的人,当他的人性恢复时,悲剧已经造成了。

陈: 我看的资料中,《美狄亚》的歌队是被讨论比较多的,因为创新较多。您觉得《忒拜城》算是有歌队吗?

罗:《忒拜城》歌队的问题我和郭启宏商量过,是这么决定的,不用歌队,但是歌队的成分和有些作用还是保留了,分成了两个部分:一部分是交战双方的士兵——金兵、银兵,就是弟弟的兵和哥哥的兵,以及忒拜的城民;另一部分是伴随死者灵魂登场的"精灵",她们帮助观众分清阴阳两界,也制造了有观赏性的舞台均衡,增加了舞台的美感,同时又表达了对死者的同情和爱戴。歌队所要表达的思想和内容,我们安排了先知这个人物来完成,产生了画龙点睛的戏剧效果。

说到鬼魂,我的戏很多用了鬼魂,1988年的话剧《安提戈涅》中就出现了鬼魂,每一个鬼魂都是我们要歌颂的人物,为什么这个戏要用鬼魂呢?这个戏里人都死得那么惨,主角克瑞翁是制造悲剧的罪魁祸首,我最后一定要让这些鬼魂出来报复和指责他,就是这么简单的一个构思和处理。我想,古希腊戏剧里面没有鬼魂,而我是中国导演,我可以用。为什么呢,我有中国戏曲的根据,《李慧娘》是我最大的根据,而且我们中国的鬼戏还这么多。比如说我在话剧里用了很多的戏曲手段,我在戏曲中也用了很多的话剧手段。因此就出现了鬼魂。所以,八个歌队队员在最后一场全部穿上安提戈涅的服装,一共就有九个安提戈涅的鬼魂,九个安提戈涅追着克瑞翁转。这还不够,凡是在这个戏里死了的人都出来了,海蒙啊,王后啊,亡魂们愤怒地指责暴虐的克瑞翁,神间冥界,众叛亲离,善恶对峙的力度前所未有。《安提戈涅》演出后召开的国际研讨会上,学者们从美学、从社会学上谈到了人鬼的共处,给了这出戏很高的评价,认为是颇具东方神话色彩的古希腊悲剧。这就坚定了我在戏剧中继续用鬼魂。

接着这样的思路,《忒拜城》里也有鬼魂,还有六个精灵,另外还有王后为安蒂和海蒙主持的"冥婚"呢。冥婚这个思路,后来很多人都评价好。鬼魂和冥婚涉及生与死、人与鬼之间对话互动,情感对应,情感愈发浓烈,这样的处理让主题深化,增强了戏剧张力,从而使剧情产生了巨大的震撼和感染。所以鬼魂的出现和冥婚场景,非常有东方特点,算是对希腊戏剧艺术的发展和革新。我将来要导新戏《奥德赛》的话还会有鬼魂。中国舞台上表现鬼魂有的是办法。

陈: 听您这么一说,我了解到《忒拜城》作为跨文化戏剧非常重要的一面,就是一定要以本土的戏剧或戏曲传统去创新外来的戏剧。鬼魂的加入,冥婚的举行,我在看戏时完全不觉得突兀,简直就是行云流水一般融入到整出戏里。

罗: 还有视觉形象的重要性。按照古希腊戏剧的审美要求,流血、恐怖和过于刺激的场面大都由报信人、传令官讲给观众听,诉诸听觉感受戏剧情境。但今天的观众只靠听觉来欣赏就常常感觉不够满足,因此,如何把古希腊戏剧中依靠听觉手段表达的内容,变成通过视觉手段来表现呢?在《忒拜城》里,我们把安提戈涅不顾"禁葬令"埋葬哥哥的场景,还有在话剧《安提戈涅》中,葬兄的场面和兄妹生前欢乐游戏的情景,用幻觉式的舞蹈慢动作直接展现,从视觉层面让观众更加理解兄妹情深的人伦天道,观众就对安提戈涅冒死葬兄的勇气感同身受了。

陈: 戏里您还有一些很创新的手段,比如那个大头兵吧,很有喜感。

罗: 对了。因为在悲剧中都需要有喜剧,为的是调剂观众的情绪。在古希腊戏剧中间都有些幽默的东西,那么我就给它放大了。同时为了让中国的观众能喜欢,也得悲中带喜。喜悲对比。

我的基本观点是,对经典剧目我们必须抱着"敬畏"的态度,准确认识原作精神,在此前提下,为了导演构思的需要,为了演出立意的需要,或为了中国观众在本土文化语境下理解作品的需要,在不违背原作精神和人物的原则下,可以进行必要的修改、补充,甚至增加情节和人物。《忒拜城》里的鬼魂和大头兵就是新增加的。《城邦恩仇》也有新增加的角色。有两个最好的评剧演员,其中一个是得"梅花奖"的演员,演了一个小角色"老东西",这是个喜剧人物,演得非常好,观众热烈鼓掌。

陈: 那我们就谈谈《城邦恩仇》吧。

(三)《城邦恩仇》:因缘际会两相宜 百年评剧创新曲

陈: 说到《城邦恩仇》,我的第一个疑惑就是:为什么您在河北梆子已经排得这么熟练的情况下,启用了评剧这个新的剧种来演古希腊悲剧?

罗: 这里有个缘分。《忒拜城》之后,我跟郭启宏聊天,想再搞一个戏。因为前任北京市文化局局长张和平,曾经给北京市梆子团下过一个指示,其他的剧团是三条腿走路,传统戏、现代戏和送戏上门的三种形式,梆子团要四条腿儿,第四条腿专门改编古希腊戏剧,这样的话,梆子剧团在全国就是唯一的。但是这个指示带回来以后,梆子剧团新任领导班子没重视。当时我们知道这个指示以后就准备下一个剧目,选的就是《俄瑞斯忒亚》。《俄瑞斯忒亚》这个三联剧剧本呢,我认为单独拿任何一本来演,观众都不爱看,因为故事太单薄了,《阿伽门农》中他从特洛亚得胜归来就被杀了,杀了以后就跟他没关系了,《奠酒人》就是姐弟两个相逢去复仇,《报仇神》就是雅典娜法庭审判。然后我跟老郭商量,把这三个戏改成一部戏,观众绝对爱看。埃斯库罗斯剧本的特点是文学性强于戏剧性,三个合在一起,戏剧性就有了。我们准备这个剧目,就是为了梆子团的第四条腿准备的,结果没成。因为当时北京市梆子剧团开会讲来年规划的时候,团长没有一个字提到希腊戏剧,我和老郭都有文人的清高,我们俩交流了一下,那就算了,就搁下吧。

又过了一段时间,北京市要把所有的戏曲团体合为一个,就是梆子、评剧、昆曲还有曲剧合成一个剧团。那么我们就想把《俄瑞斯忒亚》作为合并后的剧团的剧目,既然各个剧种都有,那就来个大杂烩,梆子唱梆子,评剧唱评剧,昆曲唱昆曲,曲剧唱曲剧,会很有意思。而且这个设想当时得到了已经去世的北京剧协主席林连昆的支持。但是后来合并的事情告吹,这事又黄了。之间曾有北京昆曲院想做,也找到我和老郭,后来也不了了之。就在这个时候,梆子团的一个副团长王亚勋,参加过《忒拜城》作曲的,姬君超的学生,调到了评剧院当院长,他就动员我,《俄瑞斯特亚》能不能排评剧,我当时就给他顶回去了:评剧的音乐怎么演希腊悲剧啊。他怎么说我也不同意。我当时有一个潜在意识,怕这样弄不好成一个大笑话,因为东北有个评剧团演了《列宁在十月》,闹出大笑话。所以我就是不同意。2009 年我在深圳排戏的时候,郭启宏打了三个小时长途电话动员我,我仍然不答应。最后王亚勋当评剧院院长八年以后,全团改制,他又找我谈。最终他们怎么说服我的呢:"您别老是老眼光看评剧,评剧的音乐是可以变的,我们可以根据新评剧来作曲,这是其一。其二,评剧不保守,什么都可以接受,评剧还有《金沙江畔》《刘巧儿》呢。"中间我们一来二去多次协商,直到 2013 年底我才答应了。

《城邦恩仇》一开始就是让郭启宏改剧本,他把节奏缓慢、篇幅冗长的三联剧改成了五场戏:"火""血""奠""鸩""审",故事紧凑了。老郭的唱词结合了古诗词的韵味与古希腊的诗意,韵味悠长。把《俄》剧原本再修改加工,并定名为《城邦恩仇》。光剧本我们又讨论了三四个月。

陈:郭启宏老师的改编本是按照埃斯库罗斯的三部曲来的?

罗:是。原作结构的问题就是散,戏不集中,另外就是抒情性强于戏剧性。导演最怕剧本没有戏剧性,没有戏剧性我没法排戏。所以我们一直在那争论,这些过程我的在此会上的两个博士生杨蕊和李唅都参加了。

李唅:因为埃斯库罗斯的原剧本身就是诗剧,文学性极强,全是大段的合唱歌和台词。

陈:对,戏剧史上对他的批评就是他的戏动作性太少。

罗:就是这个问题,行动性太少,刚有一点儿行动就抒情去了,戏剧舞台演出是要不断地行动。所以排《城邦恩仇》和我们排《美狄亚》差不多,采用"兵团作战",每一个创作组都不是一个人,都是一个团队。导演组是我挂帅,我是总导演,有个执行导演,然后还有三个副导演。所以导演组得先统一,我们统一就很费劲,但是由于他们尊重我,我一说他们基本会同意。还有舞美组、舞蹈组和音乐组,音乐组是王亚勋亲自挂帅,老作曲、新作曲也是一大堆人。全是新曲子,但是也有评剧的痕迹,观众一听绝对是评剧。只有编剧就是郭启宏一个人,但讨论剧本是主创人员集体进行的。

排《城邦恩仇》的过程中间,我就思考,它该怎么排?它在我排过的戏里算是怎样一出戏呢?我最后是这样决定我的想法:《美狄亚》是"传统戏"样式,《忒拜城》是"新编历史剧",那么第三部戏怎么办?我想,还没试过用希腊服装来演呢。我原来早就有这个想法,但是自己马上否定了,觉得不伦不类。这次排戏要有新意,我就大胆冒险了,演员穿希腊服装,按照希腊方式来演戏曲,因为评剧没有那么多规矩。以前评剧《金沙江畔》演少数民族,藏族的就穿藏族服装,《阮文追》演越南的就穿越南服装,演朝鲜的剧目就穿朝鲜服装。穿古希腊服装为什么不可呢?

当然,因为中国戏曲穿古希腊服装演出,无先例可循,中间这个过程太难了,太煎熬了,要不是评剧院领导支持,咬着牙,就过不去,难啊。

陈:怎么个难法?

罗:首先演员就抵触啊,演员根本找不着北,举手投足都不知道该怎么演啊。我当时的想法是先把戏服做出来,根据服装设计一些新的动作。可是戏服直到彩排才送来,而且弄得乱七八糟,根本不是那个时代,所以排演中间我就要想对策了。我想,戏服是希腊服装,那么动作就用西方的礼仪。另外,这个戏场次多,歌队换衣服根本来不及,干脆就是一组中性服装,歌队演什么就是什么,歌队可以一会儿是长老,一会儿是士兵,一会儿是法官,一会儿又成为鬼魂。整出戏掌握几条大原则:第一,一定要保持庄严肃穆的基调。第二,加强雕塑性,像希腊雕塑那样,因此可以大量从西洋歌剧借用手段。比如说,阿伽门农如何上场,最后是用了一个小车台,组成一个盾牌的画面,阿伽门农往那儿一站,车台一推就上来了,很庄严也很有气势。这种上场是歌剧的手法,既不是话剧的,也不是戏曲的。

还有舞美黄楷夫设计的舞台布景也非常特别,没有设计表演的具体空间,只是提供了一个表演场地。黄楷夫选取的是古希腊的雕塑图案,做出一个装饰性极强的表演场地,不是什么具体的室内或室外。虽然舞台上的雕塑图案存在时代的问题,图案是阿伽门农时代以后的,违反了历史感,但我想,这个对中国观众来说是次要的,中国观众一看是古希腊的就行了。

陈:《城邦恩仇》的首演是在国内吧?

罗:是的。这个过程太有意思了。我们2014年4月才建组,到5月多了,排练中间,告诉我这个戏要参加6月18号在北京的第四届全国地方戏(北方片)优秀剧目展演闭幕式演出。我说参加可以,但是达不到精品的要求。评剧院院长王亚勋希望出精品,但是时间太紧了。最后我们这个戏到排的时候已经5月底6月初了,11号就要进剧场装台、合成。最后逼得我们真是没办法就硬着头皮演了,演了以后反响还不错,连演了三场,而且开研讨会的时候大家对这出戏都很肯定,打分在85分以上,而我自己认为当时只能打及格分。

《城邦恩仇》的排演,从我们第一天建组到最后完成的过程,杨蕊的弟弟都参与了,做了一个原始纪录片,很有学术价值。

然后紧接着就是2014年9月第九届评剧艺术节开幕式演出。我们就重排了一遍,剪掉了20多分钟的戏,精炼了许多,结果《城邦恩仇》在艺术节上获得优秀剧目奖第一名,演艾珞珂的王平、演王后柯绿黛的李春梅获得优秀表演奖。《城邦恩仇》去唐山演出,我心里有点紧张,因为唐山是评剧的老家,如果那里的观众不认可就不好了,结果没想到,唐山观众全神贯注就看进去了,在唐山演三场,评论非常好。绝大多数评剧爱好者和同行艺术家非常欣喜和称赞。后来,代表中国戏剧界参加了在北京举办的奥林匹克国际戏剧节的演出。

这个戏得奖很多,在"第九届全国戏剧文化奖"评比中获剧目大奖,郭启宏获编剧大奖,我也获得导演大奖,许多演员也获得大奖或金奖……

陈:可以谈一谈这个戏在希腊演出和国外的接受情况吗?

罗:本来希腊有多个城市的艺术节组委会邀请《城邦恩仇》去演出,原来计划是二十多天的巡演活动,可是因为希腊在2015年遇到前所未有的经济危机,很多艺术节被迫取消,只有埃斯库罗斯戏剧节还在坚持。当地政府格外重视来自中国的《城邦恩仇》,安排为埃斯库罗斯艺术节的开幕大戏。

我刚才说到舞美黄楷夫给《城邦恩仇》设计的舞台布景非常特别,但是到希腊演出这个布景就不合适了。戏剧节的演出场地原本是一座废弃的现代橄榄油加工厂,当地华人笑称这就是"希腊的798",临时搭台,观众席是固定的,《城邦恩仇》那么大的舞美布景在露天演出根本不可能实现。再者,那个景是有点时代误差,希腊观众可能会不接受。所以《城邦恩仇》演出时索性不要布景了,充分发挥戏曲的表演形式,就靠服装和道具演戏。于是乎在希腊表演时,我们就按照中国的上下场程式,增加了很多戏曲程式性处理,更突出了中国戏曲艺术的特色。

陈:所以不只布景,在埃斯库罗斯戏剧节上的演出也跟国内表演的不一样?

罗:不是一个版本了。我们重新排了一遍,排了有一个多月吧。我专门找了跟我合作了三个戏的技术导演王山林过来。他这个人特别的执着,到排演场没两天大家都服了。他管身段,他设计俄瑞斯特斯是骑马上场,非常好。《城邦恩仇》在希腊演出后,希腊首屈一指的评论家耶奥洛索布罗斯看完了戏立即找我,首先表示祝贺,然后就要推荐这出戏到希腊最有名的古剧场去演出。他是埃皮达夫罗斯剧场艺术委员会的主席,他说句话那是管用的。

陈:《城邦恩仇》去年在希腊演了几场啊?

罗:演了两场。耶奥洛索布罗斯写文章在报上称赞这个戏,发了报纸的整版,他的评价是很重量级的。希腊当地的华侨还组织了一个观摩团专门去看,大概有二三十人吧,华侨看了都很激动,还专门找我在雅典开了座谈会。中外观众都喜欢这出戏。

陈:应该说这个戏在国内国外都非常成功了。

罗：非常成功。北京的报刊和新华社都发表了文章介绍演出盛况。可以这么说，95％以上的人都认可了。当然永远有个别人不认可。

三、用东方传统戏曲演绎希腊戏剧的成功与教训

罗：我排的这几个戏曲版的希腊戏剧，应该说，在东西方融合的问题上，在为戏曲开拓新的路数上，起到了一定的作用。我们排每一个戏都面临很多的问题。梆子戏《美狄亚》中外观众和我自己都很欣赏，但是如何与欧里庇得斯的原剧本融合呢？我的构思是加入第一幕与第二幕交代美狄亚与伊阿宋的故事前戏，第三幕才进入原剧本。这是我作为导演的构思，但是我没执笔，编剧是姬君超。《美狄亚》在北京演出后学者们提了很多的意见，主要是剧本前后像两个剧本，要增强唱词的文学性。经编剧修改加工后，文学性有所增强。前后两个戏的问题未见改变。

陈：您的整个导演生涯里面导过很多戏，包括跨文化类的改编剧，如美国的奥尼尔、土耳其的希克梅特……特别是古希腊的改编剧，在您导过的戏里面占的分量如何？

罗：用戏曲来表演古希腊戏剧，在我的艺术生涯中是非常重要的创作。把话剧形式的古希腊戏剧介绍到中国，到现在为止排了好多戏了。但是中国导演不管如何搞来搞去，也是在人家的如来佛掌中，跳不出西方话剧的观念和形式，即便是用现代的手法，也是如此。当然现代手法不是我的擅长，我是比较规矩的、传统的戏剧观念，所以我对有些戏是看不惯的，尤其不深刻地传达内容，光搞形式的戏。有些戏剧手段是非常好的，但如果为手段而手段就好不了。必须是戏剧手段为内容服务，内容也该有讲究。有人排的《安提戈涅》，最后安提戈涅倒在克瑞翁的怀里了。他俩是敌对的，怎么可能搂在一起，这样的突破我接受不了。

现在我也正在酝酿一部现代手法的希腊戏《普罗米修斯》，剧本已经出来了，不太好演。但是它的深刻意义我们今天太需要了。

陈：《被缚的普罗米修斯》我看过希腊话剧院在国家大剧院的演出，完全是遵照原本演出，非常传统。我还想回到您刚才说，排话剧的古希腊戏剧，怎么也跳不出西方人的表演框架的话题。所以，您的意思是不是说，用中国戏曲来排演的这些古希腊戏剧，带着中国人物、中国导演的很多创新的东西在里面？

罗：应该这么说，我们做的是西方人没有的，物以稀为贵。我举个例子，《巴凯》。

陈：美籍华人导演陈士争导演的《巴凯》这出戏您看过？您怎么看这个戏？

罗：看过。《巴凯》是用京剧演员来演话剧，手法仍然是西方的。这戏既然用了中国京剧院的演员，为什么不排京剧，却排成话剧？这样的构思恰恰是没有扬长而是扬了短。当时这出戏派人来问过我的意见，我就是这么提的，但是没有被采纳。导演陈士争原来是安徽的一个京剧演员，后来去了美国。大概是 20 世纪 90 年代吧，在希腊参加戏剧节，我们的《美狄

亚》恰好是跟《巴凯》同时演出。而且是我女儿罗彤给他们报的幕。

陈:《巴凯》在希腊受不受欢迎呢?

罗:不怎么受欢迎。中国人看《巴凯》是新鲜的,但西方人,或依我看的话,这不就是西方导演导的一出戏!虽然表演的是中国演员,但缺少中国元素。整出戏,整个结构,戏剧表演都是西方的,可惜了。我认为他没有发挥戏曲演员应该发挥的作用,所以是扬短避长。《美狄亚》完全是中国的,物以稀为贵,演出以后六个国家的学者采访我,翻译一个个地翻,英文、法文、德文、俄文、希腊文……人们都喜欢《美狄亚》,实际就是对中国戏曲艺术的欣赏。

陈:我看过演《巴凯》的主角周龙在发表的文章里提到,他们京剧演员一开始都不了解陈士争导演的意图,演员和导演经历了很长时间的磨合。陈士争导演其实跟您一样想搞中西的一种融合。但他的观念跟您不一样。您的观念是:我要做中国传统戏曲的话就以中国传统戏曲来演,由此达到融合。陈士争用了中国传统的京剧演员,也用了京剧里的一些手法,比如说行当、念白,但是整个戏用的是西方话剧的形式。我推测,他出国以后接受了西方的戏剧表演的观念,所以,当他思考中西融合的戏剧的时候,就是这样考虑的。我看过一些剧评,有些相当不客气,说完全是把京剧肢解了。您认为是这样的吗?

罗:是,有这个问题。用京剧演员演话剧,这本身就是肢解,行当都不一样,整个的不连贯。他使用京剧演员是因为京剧演员有武功,可是戏中发展的那些武功都不是京剧的武功,是西方歌队的武功,西方歌队这种形式太平常。所以我不看好这个戏。

《巴凯》当时在中国演出后,获得了中国观众的惊呼。我心想中国观众是看的太少了,在希腊国际戏剧节上都是这样的戏。

陈:您在希腊参加戏剧节的时候,是不是看到世界各地演希腊戏剧的,很多都是用西方话剧的形式加了点本国的东西,但是没有达到本土传统与希腊戏剧一种深度的融合?

罗:对。世界各地各种演出形式太多了,最让我意想不到的是非洲也演希腊戏剧,用的是土风舞,戏剧效果还可以,但是内容我听不懂,只能看个大概。也有很糟糕的光玩形式,玩得很糟糕。

陈:您看过上海戏剧学院孙惠柱教授策划编剧的《王者·俄狄》吗?浙江京剧院演的。
罗:没有,听说过,没看过。

陈:我看了。我觉得孙惠柱跟您的执导理念基本上是一样的。《王者·俄狄》完全采用了传统的京剧形式,而且,基本上是本着原著《俄狄浦斯王》的精神排演。
罗:孙惠柱的东西方文化功底都很好,另外他的思想开放,所以他做的戏不会差。

陈:除了中国,日本导演铃木忠志用能剧演希腊戏剧,您是怎么看他的戏的?

罗:铃木忠志比我小,他从20世纪70年代开始改编排演希腊戏剧,在学术上他比我要好,比我影响力要大。他的戏有个特点,是肢体戏剧。这是很特殊的,我的学生杨蕊还为此专门去日本访问了他。

陈:听说他有训练演员的专门方法,他算是东方导演中演古希腊戏剧里的代表性人物之一吧。

罗:应该是。但是我跟他戏剧观念不同。我们大概从1986年就开始打擂台了,1986年他带去古希腊戏剧节的是《俄瑞斯特斯》,我带的是《俄狄浦斯王》吧。后来在雅典,他就不演《俄瑞斯特斯》,换成了《美狄亚》,他的《美狄亚》很不错。

他用日本能剧的形式,我一点也不反对,但是我跟他水火不相容的是他对戏的解释。他的总的解释就是,人类都有病,都应该住院,所以他的戏里头永远是轮椅,角色都有精神病。他排演的《俄瑞斯特斯》,找了一个20岁的美国演员演俄瑞斯特斯,表演得太好了,内容却是写他乱伦和杀人。那么,结论是什么呢?美帝国主义是世界上最坏的,无恶不作的,所以找一个美国演员来演,其他演员全是日本人说日语,只有美国演员说英语。另外,满台的道具上都是香烟广告。我就很反感这种功利主义的做法。所以在研讨会上许多学者对他提出了质疑。

陈:铃木忠志的《酒神·狄俄尼索斯》刚刚在北京的古北水镇长城剧场演出了。

罗:这戏我没有看,应该跟他在希腊演的戏一样,都是源于能剧。我不能接受的是他对戏剧的解释。人是有疯狂的东西,戏剧是有宗教的仪式感,但我的戏要传达的并不是宗教,不是仪式,是哲理和思想。所以我和他在表达的戏剧理念上不太一样。

四、跨文化戏剧:传统与革新

陈:目前我搜集到国内用传统戏曲排演的希腊戏剧,不算您说的不太成熟的《安提戈涅》的话,一共就是我们上面讨论过的这五部,有您的三部(不算各种不同演出版本的话),还有孙惠柱、陈士争的各一部。

我想问问,这种跨文化改编的戏曲,在戏曲界和戏剧表演界的地位是怎样的?他们怎么看待这些改编戏?

罗:这很难说,不同的人感受不一样。最起码,他们会觉得开阔了眼界。

陈:我们在查阅资料时,得到这样一种印象,传统戏曲界对于这样一些属于跨越类的戏曲或戏剧,好像不是太接受?

罗:这个是很正常的,戏曲界的保守势力是很顽强的。但是我导新戏的时候不理会这些,一出新戏要产生效应,一定要慢慢来。《美狄亚》最开始一出现,人家说这哪是河北梆子嘛。可这戏到了后来几乎可以说囊括了河北戏剧节所有的奖项,成为河北省的骄傲,梆子戏的骄傲,是梆子戏的一个代表作品。因此,先锋戏剧也好,实验戏剧也好,做中西方融合交流的戏,这绝对是少数人在搞,少数人喜欢。要让大家一开始都喜欢起来不可能,但只要学界的知识分子和国际上承认就大有希望。所以,我排这样的戏,是希望中国观众看到的是一个改良的、改进的、有创新的中国戏曲,而外国观众看到的是中国的戏曲,我就达到目的了。现在看来这三部戏都达到了目的,因为西方评论很高,在国内获奖也很多,基本做到了"你中有我,我中有你"的"咖啡加牛奶的融合"初衷。

陈:所以说,对国内传统的戏曲或戏剧界来说,您觉得他们一开始肯定对跨文化改编戏曲有一些非议或者抵触,但是只要去做,做得好,在国内外得到一些承认之后,就会慢慢改变他们的看法。

罗:一步一个脚印,不能怕不能急。而且随着这些戏曲越来越能够被接受,我在话剧界和戏曲界都有点儿名气了(笑)。

陈:一步一个脚印,这跟您的父亲罗念生先生的精神传承一致。
罗:我父亲就是不管外界如何,我做我的翻译和研究。

陈:一个戏,它是否是一出好戏,一出成功的戏,您的评判标准是什么?
罗:内容和形式的一致。

陈:观众们如果不买账呢?
罗:那就是你没做好。

陈:所以,您觉得观众承认很重要?
罗:如果内容好,形式好,观众没法不承认。不买账就是两方面哪里做得不好,形式大于内容,有内容无形式,观众都不喜欢。另外,从导演角度看,排戏就是为了给观众欣赏。我最反感一种观点:排戏不为观众,观众不买账是他们水平低。导演排戏的目的就是为了观众看,要观众接受,因此你就要研究观众,观众喜闻乐见什么。我们中国观众最喜欢的就是人间不可少的"儿女情长,生离死别",排戏就应该在这上面做文章。另外,艺术的功能是什么,我觉得这个问题很简单,艺术就是工具和手段嘛,给人审美。至于政治,不同的人有不同的见解,那是另外一回事。政治要利用艺术,也是另外一回事。艺术本身的功能就是审美,艺术的美有各种各样的美,抒情的美,和谐的美,也有残酷的美,艺术是生活又比生活高。艺术的使命就是歌颂真善美,鞭打假恶丑。

陈:对,您是比较传统的一种美学观念、戏剧观念,但是我觉得现在也需要一些像您这样的导演。难能可贵的是,您很传统,但却采纳了跨文化戏剧这样一种新形式。就我们查阅的资料来看,做跨越类的戏剧是近几十年戏剧发展的一个国际潮流。
罗:很多西方导演发现中国戏曲的美以后,他们也在运用。我愿意吸取新东西,但我坚持尊重传统,不管怎么跨越,本来的东西不能丢。中国戏曲必须改革,不改革绝对死亡,但改来改去绝不能改掉姓什么,京剧姓京,评剧姓评,这是不能改的。这可能跟一些否定传统的超前的观念不一样,跟虚无主义观不一样。因为传统戏曲的发展是在传统基础上发展,没有前人,哪有发展?

那么如何发展呢?就得广泛地学习。我在20世纪80年代排希腊戏剧的时候,古希腊戏剧是中国人极其陌生的,到现在已经很多人排希腊戏剧啦。在学习的过程中我发现,三个希腊悲剧作家三个风格。

陈:您个人最喜欢哪个风格呢?

罗:我个人最喜欢的是索福克勒斯,所以索福克勒斯留传下来的戏几乎都排了。另外就是欧里庇得斯,因为他的戏比较接近生活,接近群众,都是社会问题,现在排也容易。我最不喜欢的就是埃斯库罗斯,说老实话,他的剧本我都读不下去,因为全是深奥的文学,而且歌队一唱这个神那个神,如果不通希腊神话知识就搞不清楚。另外,虽然我排了这么多希腊戏剧,对它们的理解也只不过是冰山一角。而且,要承认我们永远有局限性,因为我们是中国人。德国人对希腊戏剧的研究很多是从哲学角度展开。我在德国看的戏剧永远是严肃的,不管是什么形式。有个德国导演排的《普罗米修斯》,只有一名演员从头演到尾。真厉害!场面很简单,简洁到什么东西都没有,但就是抓人。演员讲德语我听不懂,但是感受得到,因为我了解剧本。那个演员的声音、能量太强了,台风太好了,开头他从台子的这边走,对面有光,等他走到那边光熄完了。德国人排希腊戏强调绝对严肃的哲理性,我们中国人排的就跟他们不一样。

当然,希腊戏剧只是了解古希腊的一角,希腊还有雕塑、建筑、哲学、美术⋯⋯

陈:前不久我们请了人大的耿幼壮老师讲《俄狄浦斯王》,他是学艺术史的,从艺术史的角度把《俄狄浦斯王》整个梳理了一遍。为什么俄狄浦斯最后要挖眼自罚,耿老师从艺术史、绘画史角度揭示出其中有一种性的隐喻。希腊戏剧、希腊艺术有很多可以挖掘的视角。

罗:古希腊戏剧确实值得我们学习,它好在哪儿呢?就是内容丰富,从哪个角度都可以解释。我看过英国莎士比亚环球剧院演的《俄瑞斯特亚》,最后是演员们围绕着一个阳具,里面传达了传代的概念。对希腊戏剧的解释可以不同,不管怎么解释,要解释成本民族能接受的。像舞台上出现大阳具我们中国人就不能接受,这是不登大雅之堂的。所以中国导演还得尊重本民族欣赏戏剧的习惯。

排希腊戏剧,我虽然积累了一些经验,但坦白地说,这些东西都不是我的,全是我老师教我的。我有很多戏剧观念都是跟焦菊隐学的,焦老师给我们上了一年多的课,每天是我乘学院的车去家中接送他。"文化大革命"中,我俩曾同在一个医院看眼病,他那个时候被打倒了,我跟他聊天,问他问题。他教我很多,很多观念就对我潜移默化了,比如说要尊重演员,然后我再教育我的学生,就一代一代地传下去了。教我的还有何之安、洪涛、宋兴中等老师,我很怀恋他们。

陈：这也是传统，戏剧教育的传统代代薪火相传。

我近些年做古希腊的文学、历史较多一些，每每读到罗念生先生翻译的文字，受惠良多。不止我，凡是在中国读古希腊文学的人，多少都熟悉罗念生老先生的名字。我以前虽然看过罗锦鳞老师您的戏，但因为文学研究界和戏剧界还是隔着，对您的戏剧思想和多年执导各种形式的希腊戏剧的历史不甚了了，后来一翻资料，竟如此精彩。今天借着做跨文化戏剧研究的机会，近距离了解到三十年以来您做了这么多踏踏实实的工作。您接续您的父亲，与希腊戏剧结下了不解之缘，您的后辈在希腊从事的也是文化交流的工作。所以，访谈结束之际，请允许我代表普通的读者和观众，对罗氏三代人在中希文化交流中所做出的巨大成就和贡献，表示由衷的感谢！

作者简介： 罗锦鳞，中央戏剧学院教授、博士生导师，当代著名导演艺术家，多次带执导的戏剧作品赴希腊、法国等国参加各种国际戏剧节的演出和研讨会；陈戎女，文学博士，北京语言大学比较文学研究所教授。

1989 年版河北梆子《美狄亚》剧照：美狄亚与伊阿宋

《忒拜城》剧照：安蒂、伊斯墨涅与死去的两个哥哥

《城邦恩仇》剧照：阿伽王、柯绿黛、埃奎斯

批评空间

全球化文化语境与俄国现实主义文论

吴晓都

【内容提要】 新俄国诞生于经济全球化日益扩展的时代,这一历史背景决定了当代俄国文化语境的主要特征。在全球化语境中,借助现代科技和经济模式的影响,包括文论在内的传统文化获得了复兴与更新的更广的活跃空间。新俄国文论的发展也不会外在于这一过程。苏联解体后,即使在全球化文化语境下,俄国文论家对传统现实主义的期盼和探索并未减少,现实主义的创作和诗学研究继续着自身的历程。在许多文艺学家心中,现实主义几乎就是艺术文化或人文主义的同义词,依然是俄罗斯审美文化存在的最主要和重要的方式之一。只是今天这个传统文论观念既需要守护,也需要辩证的多维理解。

【关键词】 经济全球化　俄国文论　现实主义　传统守护　多维理解

Economic Globalization and Russian Realism

【Abstract】 New Russia was born in an age of increasing economic globalization, which determines the main features of its contemporary culture. Its traditional culture, including literary criticism, also gets the opportunity of revival and renovation. Russian scholars have their own particular understanding of this globalization. After the disintegration of the Soviet Union, even under the pressure of globalization, Russian literary critics still expect and explore traditional realism, and realist works are constantly emerging. To some of these scholars, realism is almost the synonym of art and humanism. Although as a historical concept of literary criticism, realism is still one of the most important elements of Russian aesthetic culture, it needs defending and multidimensional understanding in the context of globalization.

【Key Words】 economic globalization　Russian literary criticism　realism　defending tradition　multidimensional understanding

一、全球化与文化重建

苏联解体以后的新俄罗斯(或称新俄国)诞生于全球化日益扩展的时代,这个历史背景特点决定了当代俄罗斯文化语境的主要特征。20世纪是一个文化多元的世纪,更是一个各种类型文化对话的世纪。

当今全球化时代的文化特点是文化的多元多形态共生。伴随世界机械化、电子化和信息化产业的发展和时代观念的巨变,当代世界文化发展的总体特征表现为:互融跨越和多元共生。这种过程一方面表现为发达国度的文化对发展中国度的文化的吸引和同化,另一方面是发展中国度文化的经典和独特成分也成为发达国度文化的新构成。由此,逐渐生成一种多样共生的新型世界文化。世界文化发展的这种特点是由其内在规律决定的,因为每个民族的文化既着力于自我创新,也常常从其他民族文化中汲取适合的养分,既守望本原,又借取他山之养分与资源。在全球化语境中,借助现代科技和经济模式的影响,多元传统的文化获得了复兴和融合的更新更广的活跃空间。

因此,新俄罗斯文化的构建或俄罗斯文化的重建也不会外在于这一规律和过程。全球化进程进一步促进了各个国家和民族的互动。在 21 世纪,俄罗斯文化这种跨越共生的趋势更加明显。经济全球化为俄罗斯文化发展提供了扩展视野的窗口,同时也为俄国文化搭建了充分展示自我特色的宽广平台。

文化生长繁荣的必要前提是兼容并包。回顾历史,俄罗斯民族文化的发展历程反复证明了这一演进规律。俄罗斯文化本身就是一种多元构成,它在自己千年的发展演进过程中逐步融合了东斯拉夫人的多神教文化、北欧早期文化、拜占庭文化、蒙古鞑靼文化和近代欧美文化。而近现代文化流派在俄罗斯的传播与演化,也是如此。西欧近代文艺思潮,如感伤主义、浪漫主义、现实主义、象征主义、未来主义,在被引入俄国后都渗透了俄罗斯民族自己的特色。"强力集团"音乐带来的俄国交响乐音乐民族化浪潮,巴洛克的建筑风格就与古罗斯的建筑传统相融合,圣彼得堡的城市建筑就是意大利和荷兰的巴洛克风格与诺夫戈罗德的建筑传统杂糅的产物。17—18 世纪俄罗斯传统建筑和西欧建筑的融合等均是这种发展过程的典型现象。

俄国是一个相当具有个性的文化大国。这个国度对来自世界任何地方的文化产物都有自己的审视角度。早已为 20 世纪人文学界熟悉的俄罗斯文化学家巴赫金在 20 世纪中叶提出过著名的文化审视"外位性"原则,即在对异族文化接触研究的过程中,不可缺失接受者和研究者的原主体意识。对待全球化这样一个新兴的世界潮流,俄罗斯学人自然有他们自己的独特视点和解读。俄罗斯当代文化学家康达科夫在专论《全球化语境中的俄罗斯》中清醒地意识到,20—21 世纪之交社会学、政治学和文化学理解的所谓全球化,首先是与美国和西欧(即北大西洋公约组织)的经济、政治、文化的现代化进程相联系的,其主要趋势是与苏联解体、冷战结束、美国苏联核对抗终结相关联的。将全球划分为两极世界的历史似乎结束了,于是在世界政治格局上经济全球化的条件也成熟了。美国试图建立以它为首的单极世界,而欧洲、亚洲、非洲和拉美国家被动屈从于这个趋势。但是,这仅仅是全球化的一方面现象。如果说,将当今全球化理解为"美国化"或"西欧化",那么,在俄罗斯就存在先天的"反全球化主义"传统。俄罗斯是东正教国家,"第三罗马心结"由来已久。新俄罗斯的文化阐释和建构,不能不受到这种传统的顽固影响。"新西欧派"即所谓的"民主派"和新"斯拉夫派"即"传统派"有关俄罗斯的发展之路的争执始终没有中断过。俄罗斯另一个当代学者斯捷帕尼扬茨在《多重文化性:全球的和俄罗斯的观点》中将全球化理解为"跨越第二个千年和第三个千年的当代符号现象",在日益全球化的世界中文化的多样是当代文化发展的主要特征。在他看来,全球化对于俄罗斯是一个严肃而重大的问题。在与欧美隔绝七十余年后,俄罗斯必须加入全球的多元文化对话。斯捷帕尼扬茨认为在俄罗斯大学实施多元文化教育是在全球化进程中对俄罗斯有益的举措,尽管这种教育意识仅仅处于开始阶段。

全球化语境在俄国学界还被理解成一种近现代世界的建构理念。学者阿·涅克列萨认为:"世界结构的全球性转型及其展现的前景和深度无疑促进了社会科学的发展以及众多理论探索和实用研究。全球化、社会的后现代化与后工业化、信息社会、世界新秩序、文明的冲突是我们时代鲜明的和活生生的概念。"这位俄罗斯学者还认为,特别值得注意的是,早期全球化的各种设想在20世纪初期就已经或先后或同时登场亮相。不同的世界级政治家、经济学家、哲学家甚至文艺学家都纷纷提出了自己的"全球化"方案与设想。① 按照涅克列萨的这种逻辑,俄罗斯的全球化或全球意识的历史还可以推得更远。俄罗斯民族在使命感上,在文化构成上、文化来源上,有着深厚的"全球化"情结。早在16世纪,莫斯科就被俄罗斯人自誉为"第三罗马帝国"。利哈乔夫院士认为,在17世纪,这种世界新中心的意识获得了扩展意义,是俄罗斯全球文化意识最早的萌生形态。从普希金到陀思妥耶夫斯基,再到卢那察尔斯基,无论是俄罗斯的宗教文化还是无神论文化,其文化建设目标都具有全球化的心结。普希金认为把俄罗斯文化仅仅划归欧洲文化是地理上的谬误,陀思妥耶夫斯基将普希金的文化本性看作是全人类的,俄国哲学家别尔嘉耶夫则把俄罗斯文化的使命和作用界定为世界东西方文化的桥梁。苏维埃俄国号召工农和知识分子吸收世界文明的一切优秀成果来建设新苏联文化。在充满创新豪情的俄苏革命领导人看来,这种20世纪的新文化不仅是苏维埃俄国或苏联一个国家文化建设的方向,而且作为新兴的社会主义文化也被视为整个人类进步文明发展的方向。可见,从15世纪到20世纪,世界使命意识在俄罗斯的文化建构理念和过程中有其持久的延续性。而今,随着俄罗斯大国意识的重新唤起,新俄罗斯文化虽然不再追求全球影响,但做世界或全球东西方文化桥梁的传统使命感不会缺失,而且在全球化进程中会以一种新的形式得以强化和发挥。

米哈伊尔·巴赫金的对话理论其实是当今全球化文化多元化的理论的早年预期。他的文化观是在20世纪文化日益走向融合的国际文化大语境下逐步形成的。早在20世纪70年代,所谓"美苏缓和时代"的1971年,他在回答《新世界》杂志编辑部提问时就提出了在"长远时间里""在宏大语境中"研究文化的方法论原则。20世纪后半叶全球经济的加速发展,促使世界文论家敏锐注意到不同民族文化之间的相互交流和相互影响,同时也更加关注不同时代文化内部的传承关系。巴赫金对话主义文学观念就是这种新的文化研究模式的先锋。在整体研究各种文化的基础上建构理论诗学的高度是俄罗斯文化学者新世纪理论探索的努力方向。这个趋势在从苏联到新俄罗斯的转型时期就已经开始。当代俄罗斯学者认识到,在全球化语境中,文化的对话并不仅仅意味着创造新的世界,而且是探索价值体系的一种必要前提条件(B.斯焦平《文明发展的诸种类型》)。

全球化时代的俄罗斯本民族文化的定位问题成为新俄罗斯学术界重视的课题。德米特里·利哈乔夫院士在这方面的论述引人瞩目。他原本是古典俄罗斯文化研究的权威,他的

---

① [俄]阿·伊·涅克列萨:《理解新世界的意义》,《东方》2000年第4期。

《古代俄罗斯诗学》是20世纪研究俄罗斯古代文明的经典。新俄罗斯诞生以来,他的俄罗斯文化研究也体现出全球化视野的特点。在传统的俄罗斯地缘文化特征的定位中,俄罗斯文化是世界东西文化融合的产物。他在其学术生涯最后一部巨著《沉思俄罗斯》(1999年,中译本名为《解读俄罗斯》)中着重论述了俄罗斯文化的"南北走向"问题。"南北走向文化",也就是北欧文化和南欧文化对俄罗斯文化成因的重要影响。他不赞成过度看重俄罗斯文化的"东西方成因",同时也注意对俄罗斯文化的东方因素的研究。这就构成了他完整的俄罗斯文化研究多元视野。利哈乔夫对俄罗斯文化特点的阐释,虽然具有浓厚的俄罗斯西欧派的特色,即认定俄罗斯文化的欧洲属性,但他从来没有忽视俄罗斯文化的多元文化构成。他特别指出,俄罗斯在文化研究中特别关注东方文化,俄罗斯是欧洲国家学术机构中最早建立东方学的国家,早在19世纪俄国科学院就建立了东方学研究所。文化学家 B.罗津也从全球化的视角阐释文化学问题。这位学者的《文化理论》(莫斯科,2005年)从文化学研究的一般范式入手,阐释了文化学的研究对象、文化学研究的方法论、文化学的各种观念、欧洲文化的起源和实用文化学的研究特点等学科问题,特别强调了全球化语境下当代文化学的多元文化价值取向。

俄国著名文论家和美学家尤里·鲍列夫对全球化的理解有自己的视角。2002年他在中国的一个以"全球化与全人类化文化"为主题的学术演讲中提出,苏联解体前后,俄罗斯遇上了日益临近的全球化时代。当代的人文学者都在谈论一个时尚的词汇——"全球化"。不同国别的经济学家、政治学家和文化学家都有自己的全球化观念。鲍列夫认为,全球化是全人类经济政治活动和文化活动趋于联合的这种现实过程的必然结果。不管喜欢还是不喜欢,它是一种客观存在的当代世界社会现象。但是,也应该注意到,全球化也正在引起一种担忧和抗议,这是因为有的国家认为全球化就是美国化,是美国霸权主义的表现。针对这种担忧,鲍列夫提出,全球化应该是人道的全球化。这种全球化包括政治、经济和文化的种种因素,包含不同种类文化的一体化,克服了认识和理解的断裂,并且拟定,自己国家的人和爱国者与世界公民生活在这样的体系中:"个性—人民—国家—人类"。其中,"个性—人民—国家"的环节作为有主动精神的民主在起作用。在他看来,21世纪的范式就是普适性,也就是人们的全人类存在体系的形成。鲍列夫认为:"真正理想的全球化应该是整合世界各国各民族文化优秀传统的文化范式,包括俄罗斯的、中国的、印度的、美国的、法国的、英国的、日本的,等等。"在鲍列夫的全球化文化观念中明显可以感觉到巴赫金的对话主义的影响,同时也体现出俄罗斯文化传统使命意识。

当代的俄国学人注意到,全球化的语境不仅意味着全球化经济和文化进程的日益扩展,同时也包含对"反全球化"意识和运动的逆向过程,如果将全球化理解为"美国化"或"北大西洋集团化"的话。苏联解体的一个直接后果就是,俄罗斯从20世纪的"无神论"国家仿佛又回到了东正教的国度。基督教文化重新盛行起来,20世纪上半叶消失的莫斯科救世主大教堂,作为全俄东正教会的中心在20世纪90年代隆重复建,这是俄罗斯传统文化还原的又一重大标志。当代俄罗斯人是处在传统文化回归的进程中来面对全球化浪潮,这就是当下俄罗斯文化构建的一个显著特色。学者米特罗欣在探讨全球化时代宗教在俄罗斯复兴过程中的作用时认为,"没有宗教就没有俄罗斯的未来",问题的关键在于调和宗教世界观和世俗世界观的对立态势(参见《日益全球化世界中的各种文化对话——诸种世界观》,莫斯科科学出版社,2005年)。

近年来,俄罗斯大国意识的重新崛起或苏联情结、苏联思维的回归就是俄罗斯应对全球化、弘扬民族自我意识的某种典型体现。俄罗斯当局对苏联政治文化象征的重新恢复,如对苏联国歌旋律和卫国战争胜利旗帜的法律认定、俄罗斯白银时代文化的回归,俄罗斯文化界对苏联文化的最重要代表人物如高尔基的重新肯定,俄罗斯文论界首创的形象思维理论和现实主义诗学传统的回归,都可以被视为抵制美国"全球化"文化的实质举措。特别是对于俄罗斯艺术文化而言,现实主义是个永恒的主题。苏联解体后,即使在全球化文化语境下,俄罗斯文论家对传统现实主义的期盼和探索并没有减少。现实主义的创作不断涌现,现实主义的诗学研究继续着自身的历程。因为在许多俄罗斯作家和文艺学家心目中,现实主义几乎就是艺术文化或人文主义的同义词,是俄罗斯审美文化存在的最主要的、最重要的方式之一。新的俄罗斯文学理论将苏联时期的现实主义主流文学称为"肯定的现实主义",实际也是继承了高尔基的诗学原则和美学理念。德·利哈乔夫坚持认为现实主义在文学创作中,甚至在对古典文化的研究中都具有优势。即使在苏联解体以后,他也始终没有放弃"现实主义创作方法"的理论表述。守护现实主义,其实质就是守护以普希金、果戈理、屠格涅夫、陀思妥耶夫斯基、托尔斯泰、高尔基和肖洛霍夫为代表的俄罗斯传统价值观,一种与西欧文化有所不同的独特的俄罗斯精神家园。

俄罗斯文化自身具有兼容的品性,同时也固有自我中心和宏大使命的大国文化心结。这种文化本质的构成特点,决定了俄罗斯面对全球化语境和趋势的特殊立场。比如,当代文论中传统形象思维论和现代符号学的通融阐释、现实主义与后现代主义的诗学互证等,均可以作如是观。正如俄罗斯当代哲学家托尔斯笛赫所说,俄罗斯的未来在全球化语境下将与全球市场经济、欧亚一体化、欧洲一体化时代的文明形式紧密相连,同时考量到俄罗斯自己的精神文化和欧洲自我意识(《文化对话语境中的文明未来》)。由此可以预期,新俄罗斯文化的重建实际将在与当代全球化语境融合和传统文化回归(包括千年俄罗斯东正教文化和七十余年苏维埃文化)的双向互动过程中前行。

二、全球化:历史进程与理论评价

当麦哲伦成功地周游地球之后,环球航海实践就开始使发达国家的有识之士意识到,未来世界在交通和经济上不可阻挡的内在的必然联系。那时虽然还没有今日"全球化"的观念,更没有使用这个术语,但西方贸易和随之而来的文化全球扩张已初现端倪。因此,应该说,全球化的原始形态从那时起就开始从技术和商业领域获得最初的发展动因;同时,毋庸讳言,这种经济和技术的发展趋向一开始就"天然地"客观地落上了欧洲或西方的印记。今天的全球化,或曰国际化,在某种程度上还蕴含着欧洲文化的基因,这也是无可避讳的客观事实。在那以后的500多年里,这种趋向由弱到强,有增无减。

在19世纪,恩格斯就从普希金的名著《叶甫盖尼·奥涅金》了解到,在当时落后的俄罗斯,虽然农奴制还占据生产关系的主导地位,但是亚当·斯密的经济理论在社会上层已经相当普及。① 马克思主义经典作家最早洞悉了欧洲首先在经济观念上逐渐趋同的进程,不仅在政治经济学和历史哲学方面,而且也从当时欧洲的文学创作中揭示了西欧近代经济观念在整个欧洲社会生活和文艺创作上的普遍影响。

18世纪的歌德时代,发达国家之间的文化趋同倾向就已十分明显。西方的经济贸易观念和文化观念借助英国工业革命和法国大革命,以更加迅猛的态势从西欧向北美和欧亚大陆扩展。歌德依据这种趋势最先提出了"世界文学"的理念,这可以被认为是文学观念的全球化的先声。马克思主义经典作家从日益增长的全球经济融合的进程中预见了世界各民族文化的融合的可能性,也提出了将来各民族文学一定会朝统一的"世界文学"方向发展的著名论断:"资产阶级,由于开拓了世界市场,使一切国家的生产和消费都成为世界性的了。……物质的生产是如此,精神的生产也是如此。各民族的精神产品成了公共的财产。民族的片面性和局限性日益成为不可能,于是由许多种民族的和地方的文学形成了一种世界的文学。"② 由此可见,马克思和恩格斯早在19世纪中叶就已经敏锐地预见到,随着现代化的生产贸易在全球的发展,民族文化原先的"片面性"和"局限性"会被克服;而各个民族为世界公认的优秀成分和成果将会相互融合,形成一种与古典时代迥然不同的崭新文化形态。这种新的文化形态的形成也是各个民族物质生产和精神生产发展的内在需求。马克思主义经典作家科学地预言了世界文化的发展远景,20世纪下半叶的经济和贸易历史进程、当代世界文化产业发展的客观现实也已经有力地证明了这些论断的准确性。

从某种意义上说,当代规模更加广泛、力度更加强劲的经济全球化是18—19世纪世界市场化历史进程在20—21世纪的继续。当今西方学术界就有理论家认为:"全球化的历史与西方历史一起开始。……无论强调的是什么,全球化作为'世界范围的社会关系的加强'是以先行存在一个'世界范围的社会关系'为前提的。因此,全球化是一个阶段的概念,这个阶段跟随着一个现存的'全球化'条件并作为世界范围的社会关系的正在进行的形成过程。这个具有历史深度的认知把全球化问题带回到世界历史,并且超越了现代化/西方化的范围。"③ 由此,从逻辑上和历史上追溯,经济全球化有更早的历史起点。全球化的历史进程至少从麦哲伦时代就已经启动,经历了400—500年的历程,只不过,在航天时代以前,人们对这个进程的感觉没有像当代这样强烈,而在1971年米切尔有关"地球村"的报告出现以后,特别是国际互联网的"触须"蔓延到普通家庭之后,世界各国的人们才切身地感受到经济全球化那铺天盖地的汹涌浪潮。不仅是西方学术界,俄罗斯学术界对全球化的这种势头也有类似的认识。④

总之,与19世纪及更早的时代不同,全球意识,无论是经济的、社会体制的还是文化的,进入20世纪后就变得格外突出,而且是力求有意识地去促成它的实现。所以,综上所述,全

---

① 杨炳编:《马克思恩格斯论文艺和美学》(下册),文化艺术出版社,1982年,第744—745页。
② 杨炳编:《马克思恩格斯论文艺和美学》(上册),文化艺术出版社,1982年,第345页。
③ [荷]让·内德文·皮特斯:《作为杂合的全球化》,梁展选编:《全球化话语》,上海三联书店,2002年,第106—107页。
④ [俄]阿·伊·涅克列萨:《理解新世界的意义》,《东方》2000年第4期。

球化是一个逐渐发展演化的历史进程。"全球化"和"全球化时代"是两个既有内在联系,同时又有一定差异的概念。全球化至少在5个世纪以前就开始了,而"全球化时代"只是在20世纪最后30年才开始大规模降临。

三、全球化:从独白到多声部

当初,全球化起步时具有浓厚的西方中心色彩,但是从20世纪中叶开始,随着发展中国家的文化复兴和自觉,西方经济和文化的扩张不可避免地遭遇抵抗,从而使经济全球化的进程开始从过去片面单向的运行演化成双向或多向的进程。在高科技发展的推动下,20世纪下半叶互联网的出现更使新型的世界文化形态和发展在技术层面上成为可能。与工业革命时代的世界文化不同,信息革命或知识经济时代的世界文化获得了双向互动或多向互动的客观条件。因此,西方或者欧洲文化中心的作用在逐渐降低,经济高速增长的发展中国家和地区的文化开始在国际文化中坚韧不拔地、顽强地扩大自己的份额,世界各民族各地区的文化的多向互动日趋明显。在国际文化舞台上,文化独白逐步变成了文化多声部。

我们以为,在世界文学史上占有特殊地位的现实主义的发展恰好可以用来说明这种变化。如果从全球化历史进程的角度观照作为文艺思潮的现实主义,那么也可以将近代以来的现实主义文艺思潮视为"世界文学"发展进程的一个重要组成部分。现实主义作为风靡世界近200年的文艺思潮,恰恰是具有全世界性质的文化现象。的确,近代文艺学观念中的"现实主义"(realism)最初是欧洲或者西方文艺存在的主要方式。当时的文学家和文学批评家把现实主义理解为认识社会和人生最科学的一种方法,如巴尔扎克自愿充当法国社会"书记员",别林斯基将普希金的现实主义杰作誉为俄罗斯社会的"百科全书"。正是在这种文艺观念的影响下,现实主义在欧洲、美洲、亚洲文坛受到普遍欢迎和膜拜。这种创作方法和流派逐渐成为世界性的文艺现象。深含唯物主义和人文主义精神的现实主义美学从西欧发源,向北传入斯堪的纳维亚半岛,向东传到东欧俄罗斯,再由俄罗斯传入包括中国在内的东方文艺界,向西传入北美洲和拉丁美洲文艺界。现实主义的这些传播路线和经历恰恰证明了这种文艺思潮在当时是作为世界最先进的审美原则和表现手段,甚至是作为科学方法被接受的。因此,五四时期的中国进步作家称19世纪的俄罗斯文学(主要是批判现实主义文学)是"为人生的文学"。这种文艺思潮的传播过程可以看作是进步文艺观念的全球接受的典型范例。无论是英国、法国、德国、意大利、波兰、捷克、挪威,还是俄罗斯、中国、日本、越南、朝鲜等国的进步作家,都认同了19世纪以来的现实主义对生活的审视方式和表达方式。当时,每一种新生的现实主义形态都充满着全球化的豪迈之情。卢那察尔斯基高度赞誉社会主义现实主义,认为它"是一个完整的流派,它将在一个特定的时代发挥主导作用,甚至它本身就可能代表社会主义的人类艺术形式,即所谓真正人类艺术的最终、最高的形式"①。直面人生和同情弱者的人文关怀是19世纪现实主义的最主要的思想特征。当然,这种新型的

---

① [苏联]安·卢那察尔斯基:《社会主义现实主义》,参见[苏联]卢那察尔斯基:《艺术及其最新形式》,郭家申译,百花文艺出版社,1998年,第582页。

美学观念和思潮在世界文坛扩展时,自然而然地与所到之处的民族文艺观念有机融合。

因此,在俄罗斯最初出现了以民族解放运动为主题的批判现实主义文学,后来在苏联又发展成社会主义现实主义文学;在中国出现了革命的现实主义文学。现实主义的国际化特点在20世纪文坛上表现得尤为充分和突出:海明威的"硬汉"风格对肖洛霍夫创作的影响是明显的,《静静的顿河》的乡土史诗风格和《百年孤独》的"魔幻现实"手法对中国当代史诗作品的影响也不言而喻。这些创作现象明显地体现着不同民族文学之间的相互影响和共同的世界性的文化特征。由此可见,最初的欧洲的现实主义思潮经过二百年的发展也最终由"独白"走向多声部,形成了当代全世界现实主义文艺的多种形态。

四、在全球化时代对"现实"概念的多维理解

虽然现实主义文艺思潮兴起于19世纪,但是现实主义作为一种审美原则和创作手法却有更早的发展历程,在西方至少可以追溯到古希腊罗马时代。现实主义首先涉及作家对现实的认识,而这种认识,换言之,对"现实"的理解,始终在发展着、演化着。熟悉俄罗斯批判现实主义文学的读者肯定不会忘记,"心灵的辩证法"是列夫·托尔斯泰艺术创作的独特优势。"心理现实"早在19世纪就已经是经典现实主义的题中之意了。

实际上,现实主义的"现实观"不仅仅是指"实体"的现实。在经济全球化时代,对"现实"的认知在原有丰富多样的诠释上又多了一种崭新的类型,这就是所谓"虚拟现实"。众所周知,在多媒体时代,"虚拟现实"作为一种时尚的技术现象和审美现象已经大量出现,如"虚拟角色""虚拟对抗""虚拟生态空间",等等。经济全球化时代的文艺创作和理论不应忽视包括"虚拟现实"在内的多维的现实现象。在我们看来,除了传统意义上的物质现实外,还有精神的现实、心理的现实,还存在着实体和精神之间的"虚拟现实"。"虚拟现实"是以高科技为生存平台,以现实人们的理想、智慧和审美想象力为发展基础的"特殊现实"。"虚拟现实"或许可以成为21世纪现实主义作家探索人类现代智慧和展现人类超级想象力的一个丰富瑰丽的、博大的技术和艺术空间。不过,应该注意的是,不要将"虚拟"与"虚假"混为一谈。必须清楚,所谓的"虚拟现实",最终还是依托于现实物质世界的技术条件和民族文化传统的根基的。真正的艺术家,特别是守护现实主义创作原则的文艺工作者,应当始终忠实于生活的真实,以真情实感反映和表现现实生活的真实本质。

其实,有关"现实"多维性,19世纪的文化大师们早就作过探讨。陀思妥耶夫斯基对19世纪的某些俄罗斯画家怯于描绘理想颇为不满。他认为:理想也是现实,就像当前的现实一样有权利存在。俄罗斯的艺术家需要更多的勇敢,更多的独立思考。[①] 为什么不能描绘理想呢,对生活的描绘,不是机械地照搬生活的原样,艺术真实从来包含创作者的理想。在他看来,现实生活既包括物质生活,也包括人们的精神生活。现实主义作家对社会上人们"精神生活",即巴赫金所说的"思想"的描写,同样也属于现实主义范畴。活跃于现实生活中的思

---

① 冯春选编:《冈察洛夫、屠格涅夫、陀思妥耶夫斯基、柯罗连科文学论文选》,上海译文出版社,1997年,第280页。

想观念未必应该从现实主义的视野中予以删除。因此,陀思妥耶夫斯基从来不认为自己是什么"心理学家",相反,他坚定地认为自己是最高意义上的现实主义者。其实,陀思妥耶夫斯基在俄罗斯现实社会发现和遭遇的"理想",就是当时现实的精神生活,从而也是"现实生活"的一部分。因为相当一部分人是按照他们的"理想"在行动。换言之,他们的现实行动正是他们心理活动的现实化和实体化。因此,经济全球化时代的现实主义文艺创作不仅要面对传统的"物质现实",还要面对陀思妥耶夫斯基所说的"精神现实",更要面对现代高科技创造出来的"虚拟现实"。

由此可见,在经济全球化和文化产业化的时空里,"现实"的层面和维度已经极大地扩展、丰富和转型了。传统的"现实"观念需要作适时的调整和补充,侧重对新型现实的认知和描绘,这也是现实主义创作的重要内涵和任务。努力开掘和展示一种新的现实关系和表现形态(当今的主要焦点是网络空间),也是经济全球化时代坚守现实主义精神的作家的有价值的课题。

五、新世纪与现实主义观念的守护

尽管人类历史进入了 21 世纪,世界经济、科技、文化的发展与 20 世纪及以前的状况有很大的不同,但现实主义文论还是有强劲的生命力。我们认为,在经济全球化时代发展现实主义,除了要依照广大读者熟悉的生活情境来描写生活之外,更加重要的是,要坚持马克思主义的世界观和方法论。因此,已经为文学史证明的富有成效的典型化原则、真实性原则、倾向性原则、莎士比亚化原则都是必须坚持的。

其实,在这个问题上,经过社会和时代变迁的当今俄罗斯文论界的某些评价值得关注现实主义问题的文论家们来参考。苏联解体后,俄罗斯文论家对现实主义的期望和研究并没有减少。因为,现实主义对俄罗斯文学来说是一个永恒的主题。俄罗斯科学院院士,著名的俄国古典文学专家德·利哈乔夫坚持认为:"现实主义的一个特点,就是艺术中短距离的出现,作者对其描绘的人物的接近,广义和深义上的人道主义,几乎贴近的世界观,不是从侧面,而是从人的内心深处的世界观,即使是想象的人物,却是贴近读者和作者的人物的世界观。人道主义和现实主义精神是艺术的重要本质。在任何重大的艺术流派中,艺术的某些根深蒂固的方面都获得了发展。艺术中所有伟大流派不是重新创造一切,而是发展属于艺术本身的个别或者多个特点。而这首先就涉及现实主义。现实主义文艺思潮开始于 19 世纪,但是,现实主义本身却是艺术固有的一个永恒的特点。"[①]新俄罗斯 20 世纪 90 年代流行的高校文科教材《文学原理》对现实主义仍然作了重点论述,其所占篇幅远远大于浪漫主义和现代主义。

熟悉俄苏美学和文艺学的读者,可能还记得苏联文艺学曾经对世界文学发展历程有过现实主义和非现实主义的区分。不知是否受这个悠久传统的影响,美学家尤里·鲍列夫在

---

① Д. Лихачев, *Раздумья о России*, Logos, С-Петерургр, 1999, стр. 373.

2002年夏季的一次学术讲座中对20世纪的文艺历程也概要地区分出"先锋时代"和"现实主义时代"。他指出:"在人类艺术发展的20世纪是失去幻想的阶段,它包含两个艺术时代:先锋主义和现实主义。这两个时代不是先后存在的,而是平行发展的。先锋时代大体上包括现代主义、新现代主义、后现代主义。其中在它们的内部还分为几个流派,如象征主义、阿克梅主义、未来主义、原始主义、表现主义、存在主义等等;而现实主义时代包括批判现实主义、社会主义现实主义、魔幻现实主义、心理现实主义。"其实,20世纪的文学艺术除了在早期泾渭分明的这种区划外,在后来的大半时期里,不同流派的相互交融、相互渗透也是十分明显的。现实主义对非现实主义流派的借鉴还颇为时髦。而后现代主义对传统文学的戏仿很难说不是在认真对待现实主义的写作优势。鲍列夫对20世纪文艺流程的"两分法"清晰地指出了刚刚过去的这个百年的文艺的重大特征,不过似乎简化或淡化了极为广大、庞杂的中间模糊地带。当然,这些论述表明,俄罗斯作家和文论家坚信,现实主义的时代在21世纪还会继续自己的远大行程。

实事求是地讲,世界文学几千年的发展历程,特别是近200年东西方的文艺实践表明,现实主义赢得了绝大多数读者和观众。现实主义创作方法在语言运用和表达手法上具有与时代的同步性、恒定的通俗性、与现实生活的直接相通和面对、与读者的那种独特的亲和力,所有这些诗学特点与其他流派的创作理念相比,的确具有长远的优势。近年影视创作中现实主义题材和演绎方式的成功,再一次确证了现实主义审美原则旺盛的生命力。同时,在经济全球化时代,现实主义关注和表现的题材无疑前所未有地扩大了,因为现实生活的各种现象都不再带有孤立的地方局限和片面性,而往往具有全球普遍意义和特点。

所以,我们有理由相信,经济全球化和文化产业化能够为俄国现实主义文艺及其文艺观念的发展提供更加广阔多样的前景。

作者简介:吴晓都,中国社会科学院外国文学所副所长,中国社会科学院研究生院外文系教授,中国外国文学学会秘书长。

试论辜鸿铭与冈仓天心
——东西方文化碰撞中的中日文明观

常 芬

【内容提要】 19世纪末20世纪初,在中国和日本分别诞生了一位学贯东西、向西方传播东方文明,并在西方世界享有盛誉的思想巨匠——辜鸿铭和冈仓天心。两人虽然都以传播东方思想与文明为己任,并在不同程度上论述了中国文明与日本文明的关系,但是他们对东方、东方文明的看法存在差异,对中国文明的精髓也有不同见解,对"儒"和"道"孰重孰轻亦有偏颇,对日本如何发扬所继承的中国文明衣钵更是持有不同的见地。本文通过比较与分析辜鸿铭和冈仓天心的"东方观与东方文明观""中国观与中国文明观"以及"日本观",来梳理当时中日知识分子面对掌握世界话语权的西方世界、面对为屹立于世界民族之林而苦苦摸索的本民族同胞、面对一衣带水的邻国时的思绪和心态。这对今天的我们依然具有深刻的警示和启迪的意义。

【关键词】 东方观 东方文明观 中国观 中国文明观 民族性

A Study of Amoy Ku and Okakura Tenshin
——A Comparison between the Outlook of Chinese Civilization and Japanese Civilization in the Collision of Eastern and Western Culture

【Abstract】 In the late nineteenth century and the early twentieth century, two great scholars were born in China and Japan respectively. They both had thorough knowledge about oriental and western issues, both promoted oriental civilization to western countries, both enjoyed worldwide prestige. They are Amoy Ku and Okakura Tenshin. Although they had the same goal as to promote eastern ideas and philosophy and did similar studies on the relationship between Chinese and Japanese culture, their views on the terms such as "oriental" and "oriental civilization" differed. They had different views about the essence of Chinese civilization and the importance of Confucianism and Daoism. Their views are especially different as to how Japan should carry forward the Chinese civilization. Through comparison and analysis, this paper deals with Amoy Ku and Okakura Tenshin's views on the oriental civilization, Chinese civilization and the Japanese civilization, and presents the thinking patterns and mindsets of the intellectuals at that time, when facing the controlling western powers which had the dominant position in international dialogues, the struggling compatriots who wanted to stand straight among all the nations, and the neighboring countries which were separated only by a strip of water. Today, this study has profound significance as a warning and inspiration to us.

【Key Words】 Eastern outlook   Oriental civilization   Chinese outlook   Chinese civilization view   Nationalism

导　言

人类社会发展到 19 世纪,东西方文化交流的政治壁垒和心理屏障被西方的坚船利炮强行撞开,帝国主义展开殖民侵略,社会达尔文主义思想[①]盛行。面对这一史无前例的经济危机、政治危机、思想危机和文化危机,中国和日本不约而同地走上了向西方学习的道路。

从清政府倡导"中学为体,西学为用"、大办"洋务运动",到北洋军阀政府统治时期的"反传统、反孔教、反文言",高呼"德先生、赛先生"的新文化运动,我们可以清晰地捕捉到,在社会历史大动荡的背景下,中国的精英阶层及广大知识分子对中国文化和西方文化的态度与把握。同一时期的日本,虽然没有经历巨大的革命风暴[②],却稳步走上了"富国强兵,殖产兴业,脱亚入欧"的道路,并在 1894 年爆发的中日甲午战争和 1904 年爆发的日俄战争中取得了武力方面的胜利,与此同时,在文化、思想领域,出现了从全盘学习西方的"鹿鸣馆"[③]式的贵族欧洲化主义到拟古典主义思潮的复兴这一转变。在这样的历史背景下,中国和日本分别诞生了一位学贯东西、向西方传播东方文明,并在西方世界享有盛誉的思想巨匠——辜鸿铭和冈仓天心。

辜鸿铭(1857—1928),名汤生,字鸿铭,号立诚,是中国清末民初精通西洋语言、科学及东方学问的第一人。他翻译了中国"四书"中的三部——《论语》《中庸》和《大学》,著有《中国的牛津运动》(原名《清流传》)和《中国人的精神》(原名《春秋大义》)等英文书,热衷于向西方世界宣传东方的文化和精神,产生了不可磨灭的影响,在西方形成了"到中国可以不看紫禁城,不可不看辜鸿铭"的说法[④]。

冈仓天心(1862—1913)是日本明治时代(1868—1912)著名的思想家、美术家、美术批评与教育家。他历经了明治时代日本知识界、美术界的动荡思想风云;他数度迈出国门,游历欧洲、中国与印度;他历任波士顿美术馆的顾问、东方部部长,不遗余力地向西方世界推介东方美术;他以英文著书,面向西方世界推介东方精神、文化与美术的魅力与价值,他的旁征博引、诗人般的激情与笔调,曾经征服了西方世界无数读者。学界将他生前出版的三册英文著

[①] 19 世纪的社会文化进化理论,最早提出这一思想的是英国哲学家、作家赫伯特·斯宾塞。社会达尔文主义认为社会可以和生物有机体相比拟,社会与其成员的关系有如生物个体与其细胞的关系。社会达尔文主义本身并不是一种政治倾向,而是一种社会模式,根据自然界"食物链"现象提出"弱肉强食,物竞天择,适者生存"的观点,并以此解释社会现象。但是,它曾被其拥护者用来为社会不平等、种族主义和帝国主义正名,理由是赫伯特·斯宾塞所说的"适者生存"。

[②] 关于明治维新究竟是"无血革命"还是"流血革命"的论争一直存在。总体来说,明治维新兼有"Restoration"(王政复辟)、"Reform"(改良)和"Revolution"(革命)三要素。值得注意的是,明治维新的英译是"Meiji Restoration"而非"Meiji Revolution"。

[③] 鹿鸣馆始建于 1883 年(明治 16 年),是日本明治维新后在东京建的一所类似于沙龙的会馆,供改革西化后的达官贵人们聚会风雅。井上馨等外交官为了专门招待欧美高级官员,经常在鹿鸣馆举行有首相、大臣和他们的夫人小姐们参加的晚会、舞会。1887 年,首相伊藤博文专门在鹿鸣馆举办了有 400 人参加的大型化妆舞会,还在自己的官邸举办化妆舞会,将欧化之风推向高潮。人们把这一时期称为"鹿鸣馆时代",把这时的日本外交叫做"鹿鸣馆外交"。

[④] 此段内容参见国学网网站 http://www.guoxue.com/? people=guhongming,责编:xiaoben,发布日期:2012 年 7 月 10 日 16 时 26 分。

作,即《东洋①的理想》(*The Ideal of the East*, 1903)、《日本的觉醒》(*The Awaking of Japan*, 1904)、《茶之书》(*The Book of Tea*, 1904),称为冈仓天心三部曲②。

笔者认为,现阶段,中日两国知识界关于辜鸿铭和冈仓天心的研究有三大特点:1.中国方面对辜鸿铭的研究偏多,日本方面对冈仓天心的挖掘较深,但从比较文化的角度入手,将两者结合起来研究的论文可谓寥寥;2.中国方面对辜鸿铭的研究,一直将他定格在"保守知识分子"的框架内,日本方面对冈仓天心的研究,存在对《东洋的理想》毁誉参半、《日本的觉醒》一致讨伐、《茶之书》溢于赞美的倾向;3.中国方面对冈仓天心的研究存在简单地运用《东洋的理想》和《日本的觉醒》里的"领军亚洲"意识给冈仓天心的思想定位的倾向,对《茶之书》的创作背景和主题意识的研究则不够深入。这样一来,对冈仓天心三部曲创作动机和目的的解析必然存在一定的纰漏。日本方面对辜鸿铭的研究,在辜鸿铭赴日讲学的三年内达到高潮,之后就很难查阅到研究他的相关资料。1996年前后,在中国兴起的后殖民主义思潮带动了"辜鸿铭热"和"辜鸿铭研究热",这引起了日本学界的注意③,日本的一些知识分子也追着中国的这股风潮,研究辜鸿铭与现代中国以及"后殖民主义"思潮下的"辜鸿铭热"这一现象。究其根本,是从"辜鸿铭热"和"辜鸿铭研究热"入手研究现代中国社会和文化现象,以及中国以何种姿态应对东西方文化大熔炉和后殖民主义思潮的洪流。

总的来说,辜鸿铭和冈仓天心存在许多共通之处:他们的一系列著书立说均是用英语书写情怀,却都流露着坚定的民族自尊心,表达对"黄祸论"的强烈抗议,抨击西方文明的弊端,视传播东方思想与文明为己任,并在不同程度上论述了中国文明与日本文明的关系。但是,两人的不同之处也不容小觑:他们对东方、东方文明的看法存在差异,对中国文明的精髓也有不同见解,对"儒"和"道"孰重孰轻亦有偏颇,对日本如何发扬所继承的中国文明衣钵更是持有不同的见地。除此之外,两人捍卫本国传统、传播东方文明的言辞格调最初也是一致的激越。但是,随着时间的推移,辜鸿铭越发陷入了激越的泥潭,他那"没有和蔼,只有烈酒般的讽刺"④的灵魂越发受到同胞们的排挤,乃至今天也给他冠上"不经见的怪物"⑤"中国近现代思想文化史上保守知识分子的标志性人物之一"⑥的称号;与此相对,冈仓天心则由最初的

---

① 汉语中"东洋"指日本,但在日语里"东洋"一词并不单指日本,其内涵是"土耳其以东的亚洲各国的总称。特别是亚洲东部及南部,即日本、中国、印度、缅甸、泰国、印度支那、印度尼西亚等"(此处论述参见周阅:《比较文学视野中的中日文化交流》,复旦大学出版社,2013年,第149页注释①)。在日本,冈仓天心的 *The Ideal of the East* 译成「東洋の理想」,在中国,许多学者也将这本书译为《东洋的理想》。笔者认为,为避免混淆概念以及对文章的理解产生歧义,译成《东方的理想》似乎更为妥当。

② 此段内容参见[日]冈仓天心:《中国的美术及其他》,蔡春华译,中华书局,2009年,前言第1页。

③ 此部分内容参见川尻文彦:「辜鴻銘と「道徳」の課題——東西文明を俯瞰する視座」,高瑞泉、山口久和共编:「中国におけ都市型知識人の諸相——近世・近代知識階層の観念と生活空間」,大阪市立大学大学院文学研究科都市文化研究センター,2005年,177—178頁。参考原文为:"1996年に中国語訳「中国人の精神」(海南出版社)が発行されてからにわかに起こった「辜鴻銘熱」「辜鴻銘現象」。同書は十数万冊を売り上げたという。このブームの原因を1996年当時の中国人の「ポストコロニアル」的な問題関心に起因させる論者もある。グローバルな視野から中国、中国人を再照明したいという中国人の関心とマッチしたものといえると思われる。"

④ 王开林:《新文化与新真人》,中华书局,2006年,第10页。

⑤ 同上。

⑥ 刘中树:《1978—2008年辜鸿铭研究述评》,《吉林大学社会科学学报》2008年第6期,第79页。

激越不平变成了后来的和风细雨。

那么,笔者希望在论述他们思想和主张的相异之处以及性格演变差异的过程中,结合当时的历史和文化背景,提炼出产生这种差异的原因,以相对客观地还原辜鸿铭的形象,透析冈仓天心的本质,进一步丰富读者对辜鸿铭和冈仓天心的"东方与东方文明观""中国与中国文明观""日本观"的认识与理解。这将有助于我们理清在当时的国际情势和国内氛围影响下的中日知识分子面对掌握世界话语权的西方世界、面对为屹立于世界民族之林而苦苦摸索的本民族同胞、面对一衣带水的邻国时的思绪和心态,这对今天的我们依然具有深刻的警示和启迪的意义。

一、东方观与东方文明观

纵观辜鸿铭和冈仓天心的论著,既没有原创的理论,又没有开创"朱子学""阳明学"那样的学派,只是以西洋人士为受众群,以宣传东方文明的使者自居,选择自己认为最能代表东方哲学和思想的精髓加以宣扬,却使东方文明在西方世界获得了前所未有的认同。

要说辜鸿铭和冈仓天心的言辞之所以能在西方世界掀起大波澜,这与当时西方高度发达的物质文明下的精神危机息息相关。1859年,达尔文的《物种起源》问世,《物种起源》在当时的西方世界产生的最有力的影响不是提出并论证了"进化论",而是从自然科学的角度否定了上帝的存在。尼采的哲学学说则对西方自苏格拉底以来的乐观的理性主义予以批判,认为"我们已经把上帝杀死了"①。在那个物欲横流、精神信仰出现危机的年代,从自然科学和人文科学两个角度宣告上帝死亡,无疑对西方人的精神世界造成致命创伤。1914年,第一次世界大战的全面爆发,更是彻底宣告了欧洲人乐观的理性主义哲学思想的毁灭。新正统主义最杰出的神学家蒂利希②曾在日记中写道:"我看见了瓦砾,我看到了残垣断壁,面前的废墟,在我看来并不是房屋倒下来,而是整个人类文化的解体,整个西方文明的倒塌,一切乐观主义在这里结束了。"③在这样的背景下,辜鸿铭和冈仓天心笔下的东方文明无疑给西方人的灵魂注入了一剂良药。而这一剂良药的最对症之处,就是告诉了西方人,东方人的生活是一种心灵的生活,东方文明是一种和谐的文明。

毋庸置疑,对于彼时的西方来说,印度、中国和日本等都是地理上遥远的东方,辜鸿铭和冈仓天心说的文明与思想,都是东方的意识形态和文化观念。但是,辜鸿铭和冈仓天心对"东方"以及"东方文明"的认识存在分歧。

---

① [德]尼采:《快乐的智慧:尼采精品集》,王雨、陈基发编译,中国社会出版社,1997年。
② 蒂利希,美国籍神学家,基督教存在主义者。1886年8月20日诞生于德国一个牧师家庭,青年时期接受哲学和神学教育,1911—1912年间获哲学博士和神学硕士学位,第一次世界大战期间担任随军牧师,战后在柏林、马堡、德累斯顿、法兰克福等地大学讲授神学和哲学。1933年批评希特勒政府,成为第一个被解职的非犹太教授。后被聘任为美国纽约协和神学院教授,1940年加入美国籍。1956年后任哈佛大学、芝加哥大学教授。主张神学和哲学不可分离,宣扬"文化神学",试图将天主教本质与新教批评精神结合起来,建立"系统神学"。
③ 转引自谢有顺:《烦恼在折磨着我们》,谢冕、洪子诚主编:《中国当代文学作品精选》,北京大学出版社,2002年,第519页。

1924年,辜鸿铭在日本东京工商会馆发表了一篇题为《东西文明异同论》的演讲,在这篇演讲中,他指出:与西洋人相反,"我们东洋人①则早已领会了人生的目的,那就是'入则孝,出则悌'。即在家为孝子,在国为良民。这就是孔子展示给我们的人生观,也就是对于长者即真正的权威人士必须予以尊敬,并听从他的指挥。'孝悌仁之本',是中国人的人生观,也是东洋人的人生观"②。在此,我们不难看出,辜鸿铭所指的东方,是以孔子思想为核心的儒家文化圈,是以儒家文化建构基础社会的区域的统称。

然而,冈仓天心的"东方"概念则不尽相同,在1903年刊行于伦敦的《东洋的理想》(*The Ideal of the East*)一书中,他开篇就以"Asia is one"统领全文,认为"阿拉伯的骑士道,波斯的诗歌,中国的伦理,印度的思想,都在一一讲述着古代亚洲的和平,那和平之中孕育着一种共通的生活"③。由此可见,在冈仓天心的观念中,East在某种程度上等同于Asia,即东方等同于亚洲,而这个东方,不仅囊括了辜鸿铭所指的儒家文化圈,更将触角伸向了"以佛陀的个人主义为代表的印度文明"圈和广大的伊斯兰文化地域。并且,他还认定这广袤与多样的东方是一个完整的整体。

正因为两者对东方有着不同的认识,所以对于东方文明,他们自然存在不同的见解。冈仓天心强调阿拉伯、波斯、中国、印度等所有东方民族多样性中的同一性,即爱与和平。辜鸿铭则明确地将中国文明与印度文明、波斯文明区分开来。

法国学者弗兰西斯·波里④在1930年刊行的著作《中国圣人辜鸿铭》中,将辜鸿铭就泰戈尔访华这一文化交流事件发表在中国的英文报纸上的文章的梗概摘记书中,题为《罗宾德拉纳特·泰戈尔与中国人》。在这篇文章中,辜鸿铭巧妙地从西方人的角度提到:"说起东方文明,那就意味着神秘和蒙昧的思想,它与其灿烂光辉是同时存在的。印度文明正是如此,波斯文明正是如此。在中国文明里,既没有神秘、也没有蒙昧可言。"他进一步阐释:"中国文明与东方文明的差别,大大超过东方文明与现代西方文明的差别。"在此,可以得见,辜鸿铭对西方人眼中的东方文明形象有透彻的认识:在西方人看来,东方文明的神秘、蒙昧与灿烂光辉是同时存在的,印度文明、波斯文明如此,东方的中国的文明应该也具有同类特质。辜鸿铭旗帜鲜明地将中国文明同西方人眼中的"极具东方色彩"的东方文明划清界限,他告诉读者,"如果想要看清中国文明和东方文明之间的根本区别,在北京这里就要参观一下孔庙,然后再看看相隔不远的喇嘛庙"。他极力抵触泰戈尔向中国传播印度文明,指摘"印度文明

---

① 此处的"东洋人"指的是东方人。《东西文明异同论》译自日文《辜鸿铭论集》第102—105页,译者姚传德、宋军。虽然汉语中"东洋"指日本,但在日语里"东洋"一词并不单指日本(参考第39页注释①)。在译这篇文章里的"东洋"一词时,译者采取了直译,将"东洋"译作"东洋","东洋人"译作"东洋人",这种做法不够严谨,应将"东洋"译作"东方","东洋人"译作"东方人"。

② 洪治纲主编:《辜鸿铭经典文存》,上海大学出版社,2008年,第123—131页。

③ [日]冈仓天心:《"理想"之篇》,《中国的美术及其他》,蔡春华译,中华书局,2009年,第4页。原文为:"アラビアの騎士道、ペルシアの詩歌、中国の倫理、インドの思想、すべて単一の古代アジアの平和を物語り、その平和の中に一つの共通の生活が生い育ち……"见「東洋の理想」,「福沢諭吉 内村鑑三 岡倉天心集」(現代日本文学全集51),筑摩書房,1958年,287頁。

④ 弗兰西斯·波里(Francis Borrey),法国学者,曾与辜鸿铭合作以法文翻译出版《论语》,辜鸿铭还曾为他的《儒学入门》一书作序。

与一切理性主义和一切科学存在根深蒂固的深刻对立",而"极具东方色彩的印度文明"的传入,导致"出现我国文化停滞的现状","几乎摧毁了真正的古老的中国文明"。他呼吁中国人"坚信孔子的学说——坚信恢复青春和适应新情况的孔子的学说——坚信伟大的哲人孔子,他不像泰戈尔博士那样腾云驾雾,谬误百出"①。

由此可见,辜鸿铭对西方人藐视东方文化并任意虚构东方文化的偏见性思维方式和认知体系不满,同时也十分排斥西方人眼中"极具东方色彩的印度文明"对"真正的古老的中国文明"的渗透。另外,他认为"真正的古老的中国文明"才有资格代表东方,所以,在与泰戈尔会谈时,辜鸿铭毫不留情地劝诫泰戈尔:"回印度去整理他的诗集,不要再讲演东方文化了,把讲演东方文化的工作让给我。"②

因此,可以说,辜鸿铭认为脱离了印度文明的辐射、切断佛教影响渗入的"真正的古老的中国文明"才是东方的精粹,而这精粹也就是他一直提倡的"恢复青春和适应新情况的孔子的学说"。

二、中国观与中国文明观

在前文中,笔者已经论述辜鸿铭排斥佛教对中国的文化渗透和改造,认为"真正的古老的中国文明"即"恢复青春和适应新情况的孔子的学说"。那么,对中国土生土长的老庄思想,他又持有何种见解呢?

在《中国人的精神》中,他指出,像老子这样的人,"就像现在欧洲的托尔斯泰",老子、庄周和托尔斯泰均认为"在社会和文明的本性和构造中存在着最根本的错误",应该"把所有的文明都抛弃",隐归山林田园,才能拥有"真正的生活"③。辜鸿铭显然不赞成老庄的出世思想,他指出,遵循孔子的教导,"在一个具有真实基础的社会和文明中,人们也可以获得一种真正的生活,一种有心的生活"④。

可以说,辜鸿铭深刻地认识到中国的文明是由中国最正宗最有地位的传统文化——儒家文化、土生土长的宗教文化——道教文化、印度传来的舶来文化——佛教文化这三种文化相互排斥和融合的结晶。但是,他倡导将"释"和"道"稀释过滤后的"真正的古老的中国文明",即坚信"恢复青春和适应新情况的孔子的学说"。

冈仓天心也在他的三部曲(即《东洋的理想》《日本的觉醒》和《茶之书》)和一系列阐述东方美术学说的著作中,谈到了中国文明。与辜鸿铭不同,冈仓天心非常赞赏道教和佛教思想对以儒教理想为支柱的中国文明的完善,他指出,"中国的艺术精神倘若既没有道教思想中自由翱翔的个人主义的参与,也没有后来传入的佛教将其提升至对威严庄重的理想的表

---

① 此部分引文均转引自弗兰西斯·波里的摘记《罗宾德拉纳特·泰戈尔与中国人》,参见黄兴涛:《闲话辜鸿铭》,广西师范大学出版社,2001年,第265—266页。
② 兆文均:《辜鸿铭先生对我讲述的往事》,《文史资料选辑》第8辑,中国文史出版社,1986年,第170页。
③ 此部分引文均见辜鸿铭:《中国人的精神》,秦海霞等译,中国城市出版社,2008年,第77页。
④ 同上书,第78页。

现",其发展最终不过是"走向装饰性"①。

但是,冈仓天心的中国观可用"在中国,无中国"一句话来概括。这个中国观可归纳为两点,一是中国在历史的长河中,屡次遭受北方少数民族的侵扰,文化的传承出现割裂和断层,"中国的风俗习惯大为改观,昔日的面貌荡然无存"②;二是他在《中国的美术》这篇文章里详细分析了中国南北在地理、风土、人种、性格、思想、文化、绘画等方面的差异,认为在中国国内,不存在中国的共性。在《东洋的理想》里,他用两个大章节分别论述了"儒教——北方中国"和"老庄思想与道教——南方中国",并在《茶之书》的第三章"道教和禅"中继续指出"道教与其正统的后继者——禅一样,在精神上代表着南方中国的个人主义的倾向,与北方中国体现于儒教中的集体主义是水火不容的"③,"直到今天,南方中国在思想和信仰上与北方同胞的差异,犹如拉丁民族与日耳曼民族之间的差距"④。由此,可以看出,冈仓天心虽然由衷赞赏"儒、释、道"三教合一的中国文明,但是却认定中国文明的传承不仅在时间上出现了断层,在空间上亦有裂缝。在空间上,他也无法将这个完整的文明体系与现实中国多样的、纷繁的地域文化具象联系在一起。换句话说,冈仓天心认为由广袤、复杂、多样的不同地域共同提炼而成的抽象的文化整体——中国文明,既存在于中国,却又无法在"北方中国"和"南方中国"中的任意一方看到一个全像。

无独有偶,辜鸿铭在《中国人的精神》这篇演讲里,也提到了中国南北的差异。他说:"当我们讨论中国人的性格与特征的时候,它其实是很难归纳概括的。就像诸位所知道的,北方的中国人的性格跟南方人的差异很大,就像德国人和意大利人的性格差异一样大。"⑤但是,他没有像冈仓天心那样深挖和放大这种差异性,他认为不论是北方人还是南方人都有他"所称的中国人的精神",这种精神是"中国人赖以生存的精神:即在心智、性情和情感上本质的独特性,中国人仰赖于此得以与其他所有的人,尤其是与现代欧美人区分开"⑥。而中国人精神中的"思想和合理性的力量,能够让中国人成功解决他们在社会生活、政府管理和文明中所面临的复杂而困难的问题。我在这里可以大胆地说,古代和现代的欧洲民族都没有办法成功做到这一点。中国人所获得的成功有一个标志,那就是,他们在实践中真正将亚洲大陆

---

① [日]冈仓天心:《"茶"之篇》,《中国的美术及其他》,蔡春华译,中华书局,2009年,第26页。原文为:"中国の芸術意識は、道教の精神がその遊びを好む個人主義をこれに与えなかったならば、そして、後に佛教が来て、堂々たる理想の表現にまでそれを高めることをしなかったならば、——それが織物や陶器を異常に発達させていることに見られるように——常に装飾的なものの方向に傾いたにちがいない。"见「茶の本」,『福沢諭吉 内村鑑三 岡倉天心集』,(現代日本文学全集51),筑摩書房,1958年,294頁。

② 同上书,第110页。原文为:"風俗習慣の変貌は全く昔日の面影をとめなかつた。"见「茶の本」,『福沢諭吉 内村鑑三 岡倉天心集』,(現代日本文学全集51),筑摩書房,1958年,347頁。

③ 同上书,第115页。原文为:"道教はその正統の後継者禅と同じく、南方シナ精神の個人的傾向を代表するもので、儒教の中に現れている北方シナの共産主義とは氷炭相容れざるものということである。"见「茶の本」,『福沢諭吉 内村鑑三 岡倉天心集』,(現代日本文学全集51),筑摩書房,1958年,349頁。

④ 同上书,第115页。原文为:"南シナはその思想と信仰が北方の同胞と相異なること、ラテン民族がチュートン民族と異なる如きものである。"见「茶の本」,『福沢諭吉 内村鑑三 岡倉天心集』,(現代日本文学全集51),筑摩書房,1958年,349頁。

⑤ 辜鸿铭:《中国人的精神》,秦海霞等译,中国城市出版社,2008年,第51页。

⑥ 同上书,第51页。

的相当一大部分人口置于一个伟大帝国统治之下,而且还维持了它的和平"①。可见,与冈仓天心从文化观念上割裂中国南北的意识不同,辜鸿铭认为中国南北都统一在中国人赖以生存的精神理想下,而这一精神理想的根本准则就是孔子的国家宗教,即"儒学"。

因此,可以说,辜鸿铭排斥"道"和"释",强调"儒"使中国和中国文明有机地统一在一起。冈仓天心虽然赞赏"道"和"释"对"儒"的补充,但是他不仅从文化观念上割裂中国南北,更无法将中国和中国文明有机地统一在一起。

不过,耐人寻味的是,辜鸿铭和冈仓天心都认为近代日本继承了真正的中国文明的衣钵。

三、辜鸿铭的中国文明观与日本

1912年2月12日,隆裕太后被迫代末代皇帝溥仪颁布了《退位诏书》,宣告了清王朝和延续了两千多年的封建君主帝制的覆灭。1919年,"反传统、反孔教、反文言"的新文化运动如火如荼地展开,"德先生"和"赛先生"逐渐掌握了舆论阵地。时代的大洪流使辜鸿铭对现实的中国大失所望,他再也没有发表过任何汉语文章。就在他对复兴儒家文化感到心灰意懒的时候,他接到了日本大东文化协会发来的邀请。他认为儒家复兴的希望可能就在日本,在这种背景下,1924年,他东渡日本三年大力讲授儒家思想。

在日本逗留期间,他发表了多篇纵论东方文明理想的演讲稿和论文。辜鸿铭在《中国文明的复兴与日本》这篇论文中,首先借牛津大学神学教授弗劳德(James Anthony Froude,1818—1894)的论文《基督教哲学》中的一则故事讲述了中国和日本之间的羁绊,认为中国文明好比"肮脏的泥土",给予了日本"这朵美丽的蔷薇花"充裕的养分,假若日本执意要摆脱中国这"肮脏的泥土",与"其他美丽的花束",即当今的欧洲文明为伍的话,日本迟早要枯萎凋谢,"她的骄傲不过是短暂、瞬间的事"②。在谈到"为什么日本是东亚诸国中唯一未被欧洲人踩在脚下的民族"这一问题时,他给出的解答是,"主要是因为日本人是一个高尚的民族的缘故"。至于日本人缘何是高尚的民族,他则认为,"这是因为日本的政治家在欧洲人到来的时候,不仅保存了所继承的中国文明的表象,而且保有了其文明的精神"。说到中国为何没有抵挡得住外侮,他论断:"那是因为在所谓共和国的今日中国,中国文明之中的'精忠报国'的思想在中国知识分子那里只剩下'忠''孝'这样的没有实际内容的、枯燥无味的文字。然而日本不同,日本受过教育的阶层即'士',真正吸取并保有了中国文明的精神去尊王攘夷。"③

那么,在辜鸿铭看来,日本保有的"中国文明的精神"到底是什么呢?为什么他认定这种精神在中国消失,在日本却完好保存?而这种精神和"尊王攘夷"又有何联系?

645年,日本孝德天皇以开元盛世的唐朝为楷模,发动了日本历史上具有划时代意义的政变——大化革新,废除大贵族垄断政权的体制,建立中央集权天皇制封建国家。儒家思想

---

① 辜鸿铭:《中国人的精神》,秦海霞等译,中国城市出版社,2008年,第65页。
② 此部分引文均见洪治纲主编:《辜鸿铭经典文存》,上海大学出版社,2008年,第97页。
③ 同上书,第100—101页。

在大化革新这一政变酝酿、发动和实施的过程中,扮演了举足轻重的角色。但是,儒家思想从"5世纪传入,直到12世纪平安王朝的终结,它始终处在发挥'政治功能'的阶段,未能提升到'学术研究'的层面,因而它便随着王朝政治的衰微而逐渐式微"。"当古典儒学开始走向式微的时候,道家思想与阴阳学说在日本却日益与非政治层面相结合,以更加深刻的方式透入日本的思想文化之中。"①至于佛教的接纳和吸收,更离不开道家思想的相辅相成,对日本传统的神道教也造成了相当大的冲击。英国哲学家罗素指出:"日本人是懂得尝试的民族。在全国推广佛教之前,先让一两个最显贵的朝臣去信奉,以此验证他们信奉佛教后是否比传统的神道教徒更幸运。几经波折之后,佛教最终被朝廷采纳,而且地位比神道教更显赫。"②至于显赫到何种地步,19世纪后半叶至20世纪初年活跃在日本的英国学者巴兹尔·霍尔·张伯伦③在他的论文《一种新宗教的发明》(The Invention of a New Religion, 1912)中论述:"近代以前佛教几乎排斥了其他所有的宗教而成为日本独一无二的宗教,有一种出自古代日本国的称为'神道教'的宗教几乎销声匿迹了。"④

由此可见,近代以前,中国的"儒释道"思想都对日本产生了深远的影响。相对于儒家思想,道家和佛家思想在日本获得了更加广泛的认同、吸收与传承。而古典儒学在日本王朝政治的形成和发展中虽然发挥过举足轻重的作用,但伴随以天皇为中心的中央集权制的瓦解,古典儒学开始走下坡路,尊崇皇权的"天覆地载,帝道唯一"⑤的"帝道"思想受到冲击,大权旁落将军之手数个世纪。

1868年,日本爆发了历史上著名的明治维新。所谓"维新"是改造旧体制、推进新秩序、实现国家近代化的运动。但是,明治维新兼有改造和复古的倾向在学界已成定论,在中国、日本乃至其他国家,都有很多专家学者进行过多角度、多层次的深入研究。明治时期,日本的确大量引入了西方文物制度,但是,不可否认的是,与此同时,明治时期的国策制定者们也将目光投向了古代中国和公元645年的日本。罗素在《中国的问题》的第六章"现代日本"中,引述了这样一段话:

> 英国史学家默多克在他著作《日本史》中写道:"1868年德川幕府被推翻,1871年封建制度被废除,政治家们必须给国家配备一套新的行政体系,但他们并没有到欧洲考察

---

① 此部分引文均见严绍璗、源了圆主编:《中日文化交流史大系·思想卷》,浙江人民出版社,1996年,第23—24页。
② [英]罗素:《中国问题》,秦悦译,学林出版社,1996年,第67—68页。罗素在《中国问题》这本书里写道:"对于现代中国而言,与之关系最重要的外国是日本。要明白日本在中国所占的地位,必须要了解一下日本的历史,这是我们不可忽略的。"在《中国问题》这本书里,他用四大章节主讲日本,分别为"第五章 明治维新前的日本""第六章 现代日本""第七章 1914年之前的日本与中国""第八章 '大战'中的日本与中国"。此书在世界范围内,尤其是东亚引起巨大反响,20世纪初期,孙中山高度评价罗素是"唯一了解中国的英国人"。
③ 巴兹尔·霍尔·张伯伦(Basil Hall Chamberlain,1850—1935),英国的日本研究家,东京帝国大学文学部名誉教授。与William George Aston, Sir Ernest Mason Satow(日本名:佐藤爱之助、萨道爱之助)一起被公认为19世纪后半叶20世纪初三大日本研究家。
④ 此处引文见[英]巴兹尔·霍尔·张伯伦:《一种新宗教的发明》。转引自[英]罗素:《中国问题》,秦悦译,学林出版社,1996年,第81页。
⑤ 大化二年(646年)正月初一,孝德天皇颁布《改新之诏》,正式开始改革,史称"大化革新"。新政权建立不久,为树立中央集权的指导思想,天皇在大槻树下召集群臣盟誓,"天覆地载,帝道唯一"。649年下诏,令博士高向玄理与僧旻"置八省百官",建立中央机构。地方设国、郡、里,分别由国司、郡司、里长治理。

以寻求范本。他们只不过参照了一千一二百年前的历史,恢复了藤原镰定及其助手于645年创设并于以后五六十年间完善的行政制度。今天十位大臣所组成的内阁和他们所管理的各'省'及各'省'的官吏,是中国'八部'的翻版,这早在7世纪时就确立下来了。现在的行政制度确实是来自国外,但这并不是几十年前才借用和改编的,也并非全借自或改自欧洲,只不过恢复古代的制度,以应付眼前急需。"①

由此可见,明治维新在极大程度上借鉴了公元645年的大化革新,是一场大政奉还、归政于君的政治复古,意味着"帝道"思想的强势回归。伴随着"帝道"思想的回归,"早就被湮灭而不为人所信""崇拜自然的原始宗教"神道教,"被从壁橱里拿出来,掸去灰尘","由于与皇室的特殊关系"而"独受推崇"②。可以说,在明治时代,儒学作为一种意识形态工具被再次利用,在建立中央集权的近代天皇制国家的过程中再次施展了巨大的"政治功能",并且与原产于日本、属于国粹的神道教相结合,极大地发挥了日本近代政治家们所期待的光大日本与天皇的作用。

1879、1882、1890年,明治天皇相继发布《教学大旨》《军人敕谕》和《教育敕语》,将儒学定位成国家意识形态,使之作为御用思想重新发挥巩固天皇神权的作用。1891年,井上哲次郎在《敕语衍义序》中声称:"君主比如心意,臣民比如四肢百骸,孝于父母,友于兄弟,归根结底还是为了国家,自己的身体应该献给国家,为君父牺牲。"③对此,北京大学比较文学与比较文化研究所所长严绍璗教授指出:"井上哲次郎最先把儒学所主张的'孝、悌、忠、信'阐释为极具现代性价值的'爱国主义',从而使明治天皇颁发的《教育敕语》能够获得最广泛的'受众面'。"④1906年12月,为宣告日本军队在'中日甲午战争'和'日俄战争'中的胜利,当时的日本陆军元帅兼海军大将伊东佑亨召集曾参与了这两次战争的日本现役军人的最高层,在东京北部的足利举行盛大的'祭孔典礼',他们以向中国孔子致意的形式,庆祝日本已经夺得东亚海域的制控权"⑤。从此,日本在军方主持下,以国家意识为主导,在东京汤岛开始了延续近40年的年度祭孔。20世纪20年代起,广泛活跃在日本学术界、教育界及政界、大力宣扬孔子学说的服部宇之吉致力于倡导"儒学原教旨主义"学说,主张"对儒学应该'在新时代注入新的生命','将对儒学(各派)的崇敬转向对孔子的崇敬',从而树立'以伦理为核心的孔子教在新时代的权威',并强调'孔子的真精神只存在于日本'"⑥。由此可见,于明治时代再次作为国家意识形态发挥"政治功能"的儒学,在近代日本政权体系和国家意识观念的树立中扮演了举足轻重的角色。从明治时代到大正时代(1912—1926),日本的军政高层在意识形态领域极度尊崇儒学,且出现了"独尊孔子"、倡导"儒学原教旨主义"以适应新时代的主张。这种尊崇儒学的意识形态与辜鸿铭信奉的观念中的、理想的中国文明,即去"释""道"的

---

① 此处引文见[英]罗素:《中国问题》,秦悦译,学林出版社,1996年,第80页。
② 此处引文见[英]巴兹尔·霍尔·张伯伦:《一种新宗教的发明》。转引自[英]罗素:《中国问题》,秦悦译,学林出版社,1996年,第83—84页。
③ 转引自李宪如:《中国大百科全书 哲学Ⅰ》,中国大百科全书出版社,1992年,第382页。
④ 严绍璗:《对海外中国学研究的反思》,《探索与争鸣》2007年第2期,第33页。
⑤ 同上书,第34页。
⑥ 同上书,第33页。

"儒"这种文明观不谋而合,而以适应新时代为出发点的"儒学原教旨主义"则与辜鸿铭批评朱子学"学而不思"、阳明学"思而不学",提倡"坚信恢复青春和适应新情况的孔子的学说"这一思想极其类似。

因此,可以说,辜鸿铭认为的日本保有的"中国文明的精神"实际上并非"保有",而是一种再发掘和再利用。在王朝政治终结后的数个世纪,发挥过巨大"政治功能"的儒家思想衰微,"帝道"思想被将军与幕府钳制,"自人类有历史和人们有记忆以来,世界上恐怕没有哪个国家像日本人这样慢待皇帝","有的权臣对皇室相当苛刻,以致于天皇和太子不得不靠卖字聊以为生"①。只是到了明治时代,日本重新将儒学上升到国家意识形态,赋予了天皇比任何专制君主都有过之而无不及的权力,反对天皇成为不可想象的事情,这才出现了辜鸿铭所说的"真正吸取并保有了中国文明的精神去尊王攘夷"。

至于日本人为何邀请他赴日讲学,笔者认为主要有三方面的原因:一是因为他的尊儒论调与日本重新将儒学上升到国家意识形态的国策相符;二是因为他认为日本才继承了真正的中国文明精神的衣钵,他的这种想法可以为日本当局吞并中国的野心罩上美丽的外衣;三是,他因大力颂扬中国文明而在西方世界享有的巨大声誉,一旦与他大力赞扬日本的论调合流,可以为日本带来良好的声誉。

因此,可以明确地说,日本人不仅利用辜鸿铭的中国文明观为国内的政治构建服务,也利用了他对日本的赞誉以及将复兴"真正的中国文明"的希望寄托于日本的这一幻想,为扩张的野心和行动做掩护。

四、冈仓天心的中国文明观与日本

在前文中,笔者已经论述,冈仓天心强调阿拉伯、波斯、中国、印度等所有东方民族多样性中的同一性,即爱与和平。同时,他也认为日本是"亚洲文明的博物馆",日本的艺术史是"亚洲诸种理想的历史"②。纵观他的三部曲和一系列阐述东方美术学说的著作,尤其是集大成之作《茶之书》,不难发现,在滋养了日本文化的所有亚洲文明和理想中,他花了最多的笔墨描绘中国文明对日本文化的浇灌,但是他仍不忘指出,"我们可以看到,现在有许多中国学者来日本寻找他们自己的古代知识的源泉"③。在《茶之书》中,冈仓天心论述,把茶从"粗野的状态中解放出来并最终使其理想化的,是唐朝的时代精神",而茶道的鼻祖陆羽就出生于

---

① 此部分引文见[英]巴兹尔·霍尔·张伯伦著《一种新宗教的发明》,转引自[英]罗素:《中国问题》,秦悦译,学林出版社,1996年,第82页。
② [日]冈仓天心:《"理想"之篇》,《中国的美术及其他》,蔡春华译,中华书局,2009年,第7页。原文为:"かくのごとくにして、日本はアジア文明の博物館となつている。"和"日本の芸術の歴史は、かくして、アジアの諸理想の歴史となる……"见「東洋の理想」,『福沢諭吉 内村鑑三 岡倉天心集』,(現代日本文学全集51),築摩書房,1958年,288頁。
③ 同上,原文为:"このことから、今日の中国の学者の中には、かれら自身の古代知識の源泉を日本に求めようとする動きを見せている人もいる。"见「東洋の理想」,『福沢諭吉 内村鑑三 岡倉天心集』,(現代日本文学全集51),築摩書房,1958年,288頁。

这个"儒、道、佛力图寻求相互融合的时代"①。但是,由于中国屡次遭受异族入侵和统治,文化的传承出现割裂和断层,对于后来的中国人而言,"茶是美味的饮料,而非理想",而在日本,茶"作为一种具审美性的宗教而被提升为茶道"。可以看出,冈仓天心虽然认为"在中国,无中国",而在日本,却可以感受到跨越了时间断层和空间割裂的完整的中国文明,即"在日本,有中国"。

在《茶之书》中,他专门开辟一个章节"道教和禅"着重论说茶禅之学、道家思想,认为"道教与其正统的后继者——禅"体现了"所有茶道中的有关人生和艺术的理想","茶道是道教的化身",它把"它的一切爱好者都培养成了趣味上的贵族,因为它代表了东洋民族主义的精髓"。因此,我们可以看出,冈仓天心认为日本继承和发扬的中国文明的精华之最,并非辜鸿铭追求的"儒",而是"微妙的哲理潜藏在这一切"的"道"。

在前文中,笔者已论述辜鸿铭认为日本之所以未被欧洲人践踏在脚下是因为日本运用了中国文明的精髓"儒",那么冈仓天心是否认为他推崇的"道"可以使日本免于外侮呢?在《东洋的理想》中,冈仓天心虽然浓墨重彩地描述了印度文明、特别是中国文明给予日本文化的滋养,但是他的核心论点却归结于"我们的原始艺术的精神从未死亡","我们这一充满自豪的民族就像一块有机地融合在一起的岩石,虽然经受了来自亚洲文明的两种伟大文化的滔滔浪潮的冲击,但却亘古未曾动摇","我们的国民性从未被湮没过"。② 在论述日本的国民性时,他高度赞扬了日本自古以来的"尚武"思想,在《东洋的理想》的第二章"日本的原始艺术"中,他这样收笔:

> 正是这种思想让勇武非凡的神功皇后激情高涨,无视大陆帝国而毅然决然地渡海,踏上保护朝鲜半岛的各朝贡国的征途。称权势炙手可热的隋炀帝为"日没之国的天子"而令其瞠目结舌的,也正是这种思想。毫不退缩地回击越过乌拉尔山脉、征服莫斯科、抵达胜利巅峰的忽必烈的傲慢挑战的,也是这种精神。而且,日本自己绝对不能忘记,正是这种英雄精神让现在的日本必须直面很多的新问题,对于这些新问题,日本需要更深入地强化民族的自尊心。③

---

① [日]冈仓天心:《"茶"之篇》,《中国的美术及其他》,蔡春华译,中华书局,2009年,第107页。原文为:"茶をこの粗野な状態から解放して終局の理想化に導くには、唐朝の時代精神が必要であつた。我々は八世紀の中葉に出た陸羽をもつて茶道の鼻祖とする。彼は佛教、道教、儒教が互に統合しようとしている時代に生れた。"见「茶の本」,『福沢諭吉　内村鑑三　岡倉天心集』,(現代日本文学全集51),築摩書房,1958年,346頁。

② [日]冈仓天心:《"理想"之篇》,《中国的美术及其他》,蔡春华译,中华书局,2009年,第14页。原文为:"しかしわれわれの民族の誇りと有機的統一体という岩石は、アジア文明の偉大な二つの極から押し寄せる強大な波濤を浴びながら、千古厳として揺がなかつたのである。国民的本性はかつて圧倒されることはなかつたのである。"见「東洋の理想」,『福沢諭吉　内村鑑三　岡倉天心集』,(現代日本文学全集51),築摩書房,1958年,289頁。

③ 同上书,第15页。原文为:"武勇に富む神功皇後の心を燃え立たせて、敢然海を渡り、大陸帝国をものともせず、朝鮮にある朝貢諸国の保護に赴かしめたものも、この意識であつた。権勢をほしいままにする隋の煬帝を、「日没する国の天子」と呼んでこれを瞠若たらしめたものもこれであつた。やがてウラル山脈を越えてモスコーに達すべき勝利と征服の絶頂にあつたクビライ汗の、傲慢な脅迫を退けて動じなかつたものも、これであつた。そして、日本自身にとつて決して忘れてはならないことは、今日日本が新しい問題に直面しているのは、この同じ英雄的精神のしからしめるところであつて、これらの問題に対しては、日本はさらに自尊の念を深くする必要があるということである。"见「東洋の理想」,『福沢諭吉　内村鑑三　岡倉天心集』,(現代日本文学全集51),築摩書房,1958年,290頁。

可见,在冈仓天心的观念中,他把日本抵御外侮的原因之一归结为日本自古以来的国民性——"尚武"。同时,他也没忽视明治维新中的复古,在《日本的觉醒》中高度赞扬"尊王攘夷",认为它是"皇权的复古,是对外国势力的排斥","强化了民族的统一,实现了民族的独立",使"大日本帝国跻身当今世界列强之伍,确立了能够光明正大地主宰自我的地位"。显然,与辜鸿铭一样,冈仓天心也认为"儒"在日本强国的道路上发挥了不可抹杀的作用,但是,这尚不够有力改变他尊崇中国文明中"道"家思想的事实。笔者认为之所以如此,一方面是因为他醉心于"茶道所秉持的优雅精神",另一方面是他在特殊的政治、历史情境下采取的文化宣传策略。

从《东洋的理想》《日本的觉醒》到《茶之书》,冈仓天心的创作格调由激荡走向了平稳,从呼吁"能挽救我们的是剑"变成了对"道家的化身"——茶道的追求。笔者认为有三大因素促成了这种转变。一是,日本继甲午战争后,在日俄战争(1904—1905)中再次取得了武力方面的胜利,进一步增进了日本人的民族认同感和优越意识。在《日本的觉醒》中,冈仓天心认为"西洋人理解并尊敬的是武力",日本必须跻身列强之伍才能使西洋人"不再傲慢"。在《茶之书》中,他继续肯定了战争的价值,认为"如果所谓的文明必须仰仗由血腥战争带来的荣誉,那就让我们彻底地满足于当野蛮人吧"[①]。但是,同时,他又为日本真正的精神尚未被世界所认知感到遗憾,不过,遗憾的同时他又抱以期待,表示"让我们翘首以待我国的艺术和理想得到应有的尊敬的时期的到来吧"。二是,在《茶之书》出版7年前,新渡户稻造的《武士道》问世,且引起了外国读者的极大兴趣。对此,冈仓天心也在《茶之书》中发表了自己的看法。他说:"最近关于武士道——让我国的士兵踊跃地为之献身的死亡艺术——的评论大为盛行,而关于茶道,尽管也有很多评论视其为我们的生活艺术,但它却几乎不为人所关注。"[②]他迫切地想要告诉西方人,茶道传达了日本人"对于人类与自然的所有见解",是日本的艺术和理想的极致。三是,日俄战争的胜利进一步激化了在欧美风行的"黄祸论",加深了白种人对黄种人,尤其是对日本人的穷兵黩武的警戒。冈仓天心在《茶之书》中批判了这种论调,他说道:"欧洲的帝国主义如果不以愚蠢地叫嚣'黄祸'为耻,就很难认识亚洲对于'白祸'之害的觉悟。"[③]他将近代化以来由西方帝国主义掀起的、使日本人不得已地"彻底地满足于当野蛮人""理解并尊敬的是武力"的思想观批评为"白祸"之害,更痛恨西方人将受"白祸"熏陶和催化后的日本指责为"黄祸"。在《东洋的理想》和《日本的觉醒》中,他认为使西洋人"不再傲慢"的方法是用"剑"。但是,"黄祸论"的激化实际上是傲慢的另一种表象。在战争获胜的喜

[①] [日]冈仓天心:《"理想"之篇》,《中国的美术及其他》,蔡春华译,中华书局,2009年,第98页。原文为:"もし文明ということが、血腥い戦争の栄誉に依存せねばならぬというならば、我々はあくまでも野蛮人に甘んじよう。"见「東洋の理想」,『福沢諭吉 内村鑑三 岡倉天心集』,(現代日本文学全集51),築摩書房,1958年,342頁。

[②] [日]冈仓天心:《"茶"之篇》,《中国的美术及其他》,蔡春华译,中华书局,2009年,第98页。原文为:"最近武士道——わが兵士に喜んで身を捨てさせる死の術——については盛んに論評されて来たが、茶道については、この道が我々の生の術を多く説いているにも拘わらず、殆ど関心が持たれていない。"见「茶の本」,『福沢諭吉 内村鑑三 岡倉天心集』,(現代日本文学全集51),築摩書房,1958年,342頁。

[③] 同上书,第100页。原文为:"ヨーロッパの帝国主義は、黄禍などという馬鹿げた叫びをあげることを恥じないが、アジアもまた白禍の恐怖に目覚めるかもしれないということを悟り得ないのである。"见「茶の本」,『福沢諭吉 内村鑑三 岡倉天心集』,(現代日本文学全集51),築摩書房,1958年,343頁。

悦、"彻底地满足于当野蛮人"的不得已而为之、对"黄祸论"的愤懑这三种情感的交织下,他选择了既不讴歌在日本强国的道路上发挥了不可抹杀作用的"儒",又不为日本国民性的传统"尚武"摇旗呐喊,更将近代日本黩武的原因归结为"白祸"的熏陶和催化。为了证实日本人的精神里潜藏着真正的文明,他选择了和风细雨般地诉说"茶道"。

五、个体具象与民族性的群像

笔者认为,不能因为冈仓天心在《茶之书》中有过零星批评不义战争的言辞,就武断地认为他或许有一点反战情绪①;也不能因为与之前的著作相比,他的论调变得和风细雨、宁静悠远,就认定他在面对掌握世界话语权的西方世界时放弃了民族抗争意识。正如东京大学教授佐伯彰一指出的那样:"在生活方式上,冈仓天心是一个彻底的世界主义者。也正因为如此,他越过了世界主义的门槛,在文化观念上,他一直秉持一贯的主张,从不动摇,是一个彻头彻尾的民族主义者。因此,我们有必要以这种认识重读他在40多岁时写就的三部曲,尤其是其中的最高杰作《茶之书》。"②

可以说,作为一个民族主义者,冈仓天心是有意识、有目的地选择了说"茶"论"道"。这种行为与辜鸿铭下意识地将"道"和"释"剔除出去在本质上具有同一性,那就是发挥个人主观能力的最大值来谋求本民族的利益。

不过,后来的辜鸿铭之所以没能像后来的冈仓天心那般平心静气地喝茶论道,而是冒着背负汉奸骂名的危险偏执地走上了独尊"儒"家的道路,一是因为他坚信遵循孔子的教导,"在一个具有真实基础的社会和文明中,人们也可以获得一种真正的生活,一种有心的生活"③。二是中国从君主制走向共和制,仍未摆脱饱受他国欺凌的命运。许多文化界人士,即使不希望再回归封建君主专制,也对民国的现状充斥着失望的情绪,民主革命家、思想家章太炎就曾以"民犹是也,国犹是也,何分南北;总而言之,统而言之,不是东西"表达对民国及民国总统的不满。民主革命家尚且如此,辜鸿铭就更加笃信"所谓共和国的今日中国"没有前途可言,只有恢复中国文明的精华,即"坚信恢复青春和适应新情况的孔子的学说",才能"尊王攘夷"。三是他目睹隔壁的岛国日本在他所认为的"真正吸取并保有了中国文明的精神"的基础上实现了"尊王攘夷",两相比较,愈发痛心疾首,并把儒家复兴的希望寄托于虎视

---

① 北京语言大学人文学院钱婉约教授在发表于2007年第6期《中国图书评论》的论文《写给西方世界的两部日本文化名著》中说:"那么,在不义的战争刚刚结束之时(值得特别指出,在当时能够如此反应中日甲午战争、日俄战争的战争行为的日本人寥寥无几),为什么不来讲讲我们的生活艺术——茶道呢?"笔者不太赞成钱婉约教授的观点。以森鸥外、正冈子规为代表的许多日本文化人士均认识到了战争的罪恶性,但又为日本能在战争中取得胜利感到喜悦,冈仓天心也不例外。笔者认为,冈仓天心选择在战争结束后讲茶道,是特殊时代背景和环境下的文化宣传战略。

② 佐伯彰一:「岡倉天心——コスモポリタン・ナショナリストの内面」,芳賀徹、平川祐弘、亀井俊介・小堀桂一郎編:『講座 比較文学5 西洋の衝撃と日本』,東京大学出版社,1973年,231—232頁。原文为:"身についたコスモポリタンとしての生き方に徹することでコスモポリタンを超え、文化的ナショナリストとしての強烈な意識を一貫して持続することによって、かえって、こだわりなき、とらわれないナショナリストとなり了せたのである。彼の四十代における三冊の著書、とくに最高の傑作『茶の本』は、改めてこの観点から読み直される必要があるだろう。"

③ 此处引文见辜鸿铭:《中国人的精神》,秦海霞等译,中国城市出版社,2008年,第79页。

眈眈地觊觎中国的日本,妄想日本在复兴"真正的中国文明"的道路上助中国一臂之力。第四,正如胡适评价辜鸿铭所言——"久假而不归"①。

这种偏执,将他引入了极端保守主义的漩涡。"一夫多妻,谓为天理;三寸金莲,当成国粹。不仅纳妾制、缠足风习,其他公认的国渣,诸如八股文、太监、贞节牌坊、廷杖夹棍等中国'独有的宝贝'(胡适语),他也要不同程度地加以辩护,而且辩护所及,还延伸到了辫子和随地吐痰。"②与此同时,不可避免地,这种极端保守主义成为了他最大的标签。中国现代伟大的文学家、思想家和革命家鲁迅的著作里,只有一句话提到了辜鸿铭这个名字,并且语带讽刺——"辜鸿铭喜欢小脚"。很显然,鲁迅是将辜鸿铭作为一个守旧的文化符号加以鞭挞和批判的。

然而,笔者认为,辜鸿铭绝非一味守旧,而是十分强调向西方学习的。在《〈尊王篇〉释疑解祸论》中,他说道:"中国自甲午一役,人人皆奋发有为,每思参用西……凡西法之有益于国计民生者,莫不欲次第仿行。"③蔡元培1917年主掌北大,聘请辜鸿铭为北大英文系教授的理由就是:"我请辜鸿铭,则因为他是一位学者、智者和贤者,而绝不是一个物议腾飞的怪物,更不是政治上极端保守的顽固派。"④辜鸿铭本人在1924年于日本东京工商会馆发表的演讲《东西文明异同论》中也谈到:"因为常常批评西洋文明,所以有人说我是个攘夷论者,其实我既不是攘夷论者,也不是那种排外思想家。我是希望东西方的长处结合在一起,从而消除东西界限,并以此作为今后最大的奋斗目标的人。"⑤可以说,与冈仓天心正相反,在生活方式上,辜鸿铭是一个彻底的民族主义者,在文化观念上,则饱含实实在在的世界主义情怀。国家和民族的饱受欺凌、民国的混乱无序和对中国前途的忧心,在很大程度上影响了他的性格和捍卫中国文明、传播东方文明时的表达手段与方式,使同时代、乃至现当代的许多人都误以为,无论是在生活方式上还是在文化观念上,他都是个彻头彻尾的保守主义者。

辜鸿铭对现实的中国感到失望,将复兴中国文明的重任寄托于虎视眈眈地觊觎中国的日本,为此给日本当局提出了种种寓意深远的建议。在《中国文明的复兴与日本》这篇论文中,他告诫日本,"现在的日本已经发展到了该学习如何正确地使用文明利器的时代了"⑥,如果日本一再地走穷兵黩武的道路,最终会迎来灭顶的灾难。1924年10月14日,在日本大东文化协会发表的演讲《何谓文化教养》中,他再次提醒日本:"如孔子说的那样,'远人不服,则

---

① 胡适:《记辜鸿铭》,《文坛怪杰辜鸿铭》,岳麓书社,1988年,第5页。胡适曾在《每周评论》撰文评价辜鸿铭:"现在的人看见辜鸿铭拖着辫子,谈着'尊王大义',一定以为他是向来顽固的。却不知当初辜鸿铭是最先剪辫子的人;当他壮年时,衙门里拜万寿,他坐着不动。后来人家谈革命了,他才把辫子留起来。辛亥革命时,他的辫子还没有养全,他戴着假发结的辫子,坐着马车乱跑,很出风头。这种心理很可研究。当初他是'立异以为高',如今竟是'久假而不归'了。""久假而不归"源自《孟子·尽心上》:"久假而不归,恶知其非有也?"原指假借仁义的名义而不真正实行,后指长期借用而不归还。胡适借这句话评价辜鸿铭,既不是说他假借仁义之名而不付诸实践,更不是指他借不还,而是说辜鸿铭故意以不寻常的论调包装自己,在世人中制造了一张"文化怪杰"的名片。在举世对他形成如此这般的印象后,他也乐得继续使用这张名片,在"立异"的道路上渐行渐远。

② 黄兴涛:《闲话辜鸿铭》,广西师范大学出版社,2001年,引言。
③ 辜鸿铭:《〈尊王篇〉释疑解祸论》,《辜鸿铭文集》,岳麓书社,1985年,第10页。
④ 王开林:《新文化与新真人》,中华书局,2006年,第8—9页。
⑤ 洪治纲主编:《辜鸿铭经典文存》,上海大学出版社,2008年,第124页。
⑥ 同上书,第103页。

修德文以来之'。但愿日本在处理同其他国家的关系时,不要依仗武力,而应用文德去光大国威。"①但是,他告诫日本正确使用文明利器、以德服人的言辞,日本的高层是不会理会的,冈仓天心的论调就十分鲜明地反映了当时日本知识阶层的立场:"如果所谓的文明必须仰仗由血腥战争带来的荣誉,那就让我们彻底地满足于当野蛮人。"在此,可以看出,冈仓天心的现实主义色彩更浓,而辜鸿铭则带有理想主义的色彩。从另一个角度,将眼光放长远来审视的话,冈仓天心的眼界拘泥于当下和眼前,而辜鸿铭的视野则穿越了时间的长河,看到了日本穷兵黩武的末路。

辜鸿铭和冈仓天心这两位向西方传播东方文明的巨匠,虽然他们的视野都横跨东西方,但是一个目光相对长远,一个目光相对短浅;辜鸿铭是生活方式上的民族主义者,富有世界主义情怀,在信念上带有较强的理想主义色彩,与之正好相反,冈仓天心是生活方式上的世界主义者,文化观念上的民族主义者、在信念上则具有更多现实主义的色彩。笔者认为,这种区别不仅表现在他们两者身上,也能在当时广大的中日知识分子身上找到类似的痕迹,甚至直至今天,依旧可以在探讨中日两国国民性的不同点时看到依稀的影子。《孙子·谋攻篇》有云:"知彼知己,百战不殆;不知彼而知己,一胜一负;不知彼,不知己,每战必殆。"近年来,中日两国龃龉不断,唯有做到"知彼知己",才能扬长避短,做出既符合当下利益,又不重蹈历史覆辙,放眼于未来的策略。

结　语

说起在后殖民主义时代中日两国如何看待那段西方列强美其名曰传播文明却用坚船利炮征服东方的历史,中国的主流媒体的口吻充满了从天朝上国沦落为半殖民地半封建社会的愤懑与悲凉,着眼点与主题始终在"落后就要挨打"上。而反观日本,2003年日本人在东京湾的入口横须贺港举行盛大的仪式纪念美国将军佩里,从游行队伍轻松友好的笑脸上,人们很难想象,150年前正是这位将军用武力迫使日本打开了自己的国门。② 可见,日本人在重新审视这段历史时,远没有中国人的心态沉重,同时又以积极的态度肯定了日本正是借此才开始融入东西文明交汇的大洪流。

而说到如何在东西文明交汇的大洪流中正确地保护和传播东方文明,辜鸿铭念念不忘的"尊王攘夷"和冈仓天心的用"剑"论显然已经不符合当今时代"和平与发展"的大洪流,但是辜鸿铭最认可的儒家学说和冈仓天心最尊奉的道家思想,却万万不能在东西文化交汇和融合的时代大背景里,被依旧相对强势的西方文明所稀释。

一百多年前,辜鸿铭和冈仓天心的著作之所以风靡西方世界,与当时西方高度发达的物质文明下的精神危机息息相关。如今,这种精神危机已席卷全球,成为一种世界通病,为了

---

① 洪治纲主编:《辜鸿铭经典文存》,上海大学出版社,2008年,第114页。
② 此部分文字参考《大国崛起》第7集"百年维新"3分16秒—3分48秒。《大国崛起》(*The Rise of the Great Powers*)是2006年11月13日在中国中央电视台经济频道(CCTV-2)首播的一部12集电视纪录片,记录了葡萄牙、西班牙、荷兰、英国、法国、德国、俄国、日本、美国九个世界级大国相继崛起的过程,并总结大国崛起的规律。

医治这种病,世界上诞生了许多像大江健三郎那样以"对人类的医治与和解做出高尚的和人文主义的贡献"①为出发点进行创作的文学家、思想家、艺术家等。在这种现状下,我们不妨回过头去看看辜鸿铭和冈仓天心论述的心灵般的生活,那种即便在最朴素的生存环境里也能达到的精神和文明的最高境界。和一百年前一样,这种文明论一定也能给当今的人们和未来的人们以深刻的启示。

作者简介:常芬,北京语言大学亚非语言文学专业博士生,长江大学讲师。

---

① 大江健三郎:『あいまいな日本の私』,岩波書店,1995年,17頁。原文为:"……人類の全体の癒しと和解に、どのようにディーセントかつユマニスト的な貢献がなしうるものかを、探りたいとねがっているのです。"

边疆多民族地区"比较文学"课程教学的新视野[①]

邹　赞

【内容提要】 边疆多民族地区由于其所处的特定地理空间位置,加之其内部丰富多元的文化生态格局,成为新丝绸之路全球文化交流的核心场域,也是中国比较文学最具活力、最富潜质的前沿阵地。本文通过引入"一带一路"战略模式下跨文化人才培养的现实目标,结合"比较文学"课程教学存在的客观问题,参照边疆多民族地区的特定历史文化情境,探析"比较文学"课程教学改革的新视野。

【关键词】 边疆多民族地区　比较文学教学　个案实践　新视野

New Horizon of Comparative Literature Classroom Teaching in the Frontier Multi-ethnic Areas

【Abstract】 Due to their special geographical location and plentiful cultural resources, the frontier multi-ethnic areas have become the core field of global cultural exchange at the age of the New Silk Road, and the forefront with great vitality and potentialities of Chinese comparative literature. This paper aims to discuss the new horizon of comparative literature classroom teaching in the frontier multi-ethnic areas in terms of their specific historical and cultural context and the realistic goal of training cross-cultural talents under the perspective of One Belt and One Road project.

【Key Words】 the frontier multi-ethnic areas　comparative literature classroom teaching　case study　new horizon

1931年,傅东华先生将法国学者洛里哀(Frederic Loliee)的《比较文学史》译介过来,标志着"比较文学"的名称正式进入汉语界并逐渐被接受。但对于中国学界而言,比较文学并非西洋舶来品,比较意识与比较思维在自古以来的文学实践和文化交流中清晰可循,比如远古时期的"西王母神话"、汉唐以来的佛教东传等。晚清民国以来的"西学东渐"大大推动了中国比较文学的学科化进程,一些高等院校开始设立与比较文学相关的课程和讲座。"从美国哈佛大学比较文学系获硕士学位归来的吴宓,积极提倡比较文学,并于1924年在东南大学开设了'中西诗之比较'等讲座,这是中国第一个比较文学讲座。"[②]20世纪二三十年代,"新批评"的早期代表人物I.A.瑞恰慈(I.A.Richards)东渡中国,在清华大学外语系率先开

[①] 基金项目:新疆大学"21世纪高等教育教学改革工程"四期项目"新疆大学汉语言文学专业本科课堂教学改革研究与个案实践"(XJU2015JGY55)阶段性成果。

[②] 杨乃乔:《比较文学概论》(第三版),北京大学出版社,2006年,第30页。

设"比较文学"课程,授课讲义被编撰成中国最早的比较文学教材。如果说,民国年间兴起的比较文学热潮标志着中国比较文学学科化的初始阶段;那么,历经冷战时期的停滞之后,中国比较文学在 20 世纪 80 年代迎来了全面复兴,一批专业学术机构、刊物、教材、学术组织和国际交流计划破土而出,一套相当完整的人才培养方案和课程体系也随之建立起来。1990 年,"比较文学"正式进入研究生培养目录。1998 年,教育部将"比较文学"与"世界文学"合并为"比较文学与世界文学",成为中国语言文学一级学科下属的二级学科。

与港台的比较文学通常设在外语系科不同,中国内地的比较文学绝大多数在中文系安营扎寨。截至目前,我们有数十所高校设有比较文学博士点,百余所高校拥有比较文学硕士点,"比较文学"课程在中文系本科阶段基本得到普及,形成以"文学概论""中外文学史""中外文论""中外文学作品选读"为基础的本科高年级专业必修课程。随着学界建立比较文学中国学派的呼声日益高涨,高校"比较文学"课程教学改革也提上日程。近来,国家全面推进"一带一路"的战略构想,这种总体发展思路呼唤更多具备跨文化视野和复杂性思维的高素质人才,为新形势下中国比较文学的发展提供了理想的契机。与此同时,边疆多民族地区由于其所处的特定地理空间位置,加之其内部丰富多元的文化生态格局,成为新丝绸之路全球文化交流的核心场域,也是中国比较文学最具活力最富潜质的前沿阵地。本文尝试引入"一带一路"战略模式下跨文化人才培养的现实目标,结合比较文学课程教学存在的客观问题,参照边疆多民族地区的特定历史文化情境,以新疆大学中文系"比较文学"课程建设为实践个案,探析边疆多民族地区"比较文学"课程教学改革的新视野。

一

作为一门晚近发展起来的新兴学科,比较文学即使是在欧美国家也只有一百多年的历史。在这段不算长的学术谱牒中,比较文学始终携带着一种深深的焦虑感,"危机"甚至"学科消亡"之说此起彼伏。纵观比较文学学科发展史上的种种"危机论",大致可以分为两类:

一是着眼于对"比较文学"学科命名的质疑,认为"比较文学"无非就是"文学之间的比较",既没有多么了不起的理论,也谈不上有科学的方法论体系,这样一来,从事比较文学研究与教学的学者也就很容易被认为是"不务正业""投机取巧"。事实上,这种对"比较文学"的消极误读甚至"污名化",主要缘于某些学者固守学科本位主义思想,担心"比较文学"一旦取得学科合法性之后,将会在学术资源方面与中国古代文学、中国现当代文学等传统学科形成激烈竞争。此外,一些学者对比较文学的学科史和方法论疏于了解,抓住一点皮毛就开始大放厥词,将"比较文学"等同于饱受诟病的"文学比附"(X 比 Y)。

另外一类比较文学的"危机说"更具学理性,问题意识主要关涉比较文学的学派、学科疆界以及介入现实问题的能动性等。1958 年,美国学者雷纳·韦勒克(René Wellek)在教堂山会议上发表了论战檄文《比较文学的危机》,批判矛头指向法国学派,认为法国学派提倡的"影响研究"要求事事找证据,陷入了"非文学化"的怪圈,韦勒克强调"比较文学"要向"审美"和"文学性"回归。2003 年,美籍印裔学者斯皮瓦克(Gayatri C. Spivak)立足全球化语境下跨文化交流的不平等现状,呼吁大家应高度重视比较文学的"欧美中心主义"陷阱。在她那本"骇人听闻"的《学科之死》(*Death of a Discipline*)里,斯皮瓦克给出了两点有助于引导比较文学走向"新生"之路的建议:其一,"将比较文学这一人文学科与社会科学中的区域研究(Area Studies)联手,看成是比较文学摆脱政治化并确保其跨界研究的新路径"①;其二,斯皮瓦克直言不讳,批评全球化的种种后果,尝试以一种尚未被西方中心主义侵蚀的"星球化"(planetarity)来代替"全球化"。此外,英国文化学派翻译理论家苏珊·巴斯奈特(Susan Bassnett)也从未放弃过与"比较文学"较劲,她预言"比较文学"将理所当然归入"翻译研究"的麾下。

自20世纪70年代以来,"比较文学"遭遇了全球人文学科"文化转向"的冲击,经历了所谓的"泛文化化"过程,甚至有被"比较文化"取代的趋势。"尽管比较文学的泛文化化有一定的历史必然性,但并不能因此就认为比较文化取代比较文学具有合理性。"②显然,比较文学绝不可能也不应该等同于"比较文化",两者在学科范畴、问题边界、实践方法上差异甚巨。需要指出的是,"文化研究"(Cultural Studies)和"比较文学"之间存在着相互影响的事实。"比较文学是一个批判性、理论性的跨学科研究项目能够自由试验的场域,其结果对于其他学科具有示范作用,因此也就在总体上影响到文学研究和文化研究的方向。"③与此同时,"文化研究"对实践性和政治性的张扬,其解构中心、重视边缘经验与差异性因素的学术旨趣也为比较文学打开了一扇崭新的窗口。

那么,比较文学的多舛命运又会给我们的课堂教学带来怎样的启示呢?笔者结合自己多年来为新疆大学中文系本科生讲授"比较文学"课程的教学实践,略谈几点个人的看法:

首先,要处理好"学科史""方法论"与"比较文学个案研究"三部分之间的比重关系。倘若过多讲授比较文学的学科发展与学理特性,那么这门本身难度就很大的课程势必迫使很多同学望而却步。但是比较文学的学科渊源及其方法论又是本课程教学大纲所规定的核心内容,有鉴于此,可以将课程按照32标准学时分为"三编",第一编是"绪论:'文化的位置'与比较文学的意义",占用4学时;第二编系统讲授比较文学的"学科史"与"方法论",内容涉及比较文学的历史、现状与学科定位,跨文化研究范式及其作为现代学术方法的"比较"④,占用8学时;第三编侧重于比较文学的经典案例,用20个学时简要介绍"文类学""主题学""形象学""比较诗学""译介学""文学与宗教""文学与大众传媒"等相关理论,指导学生结合自身的阅读积累和关注兴趣,展开个案分析。

其次,要重视"文化转向"的现实语境,不但让学生掌握"比较文学是什么、做什么、怎么做",也要帮助学生大致了解全球思想文化地形,并且在这个地形中寻找多维坐标,以便从更深层次认识到比较文学与跨文化研究的现实价值。笔者在"绪论"部分结合教材相关内容,

---

① 孙景尧、张俊萍:《"垂死"之由、"新生"之路——评斯皮瓦克的〈学科之死〉》,《中国比较文学》2007年第3期,第1—10页。
② 刘象愚:《比较文学的危机和挑战》,《社会科学战线》1997年第1期,第148—150页。
③ [美]乔纳森·卡勒:《比较文学的挑战》,生安锋译,《中国比较文学》2012年第1期,第1—12页。
④ 参见笔者对陈跃红教授的学术访谈,邹赞编著:《思想的踪迹:当代中国文化研究访谈录》,黑龙江教育出版社,2014年,第191—199页。

有意识地融入"文化研究"的前沿视野,通过重新评估新自由主义背景下知识生产与学院体制所面临的重大转型,考察"文化"如何摆脱"经济决定论"模式,成为漂浮在经济、政治之上的社会结构性因素。此外,通过简单介绍塞缪尔·亨廷顿(Samuel Huntington)的"文明冲突论"和弗朗西斯·福山(Francis Fukuyama)的"历史终结论",启发学生认识到如果要真正做到尊重文化多样性,就必须反对文化中心论、警惕文化相对主义。当学生初步了解这些大的社会文化命题之后,再去讲解"文化转型、文化差异与文化误读",并由此引出"比较文学"所承载的"互识、互补、互证"的跨文化功能,就显得水到渠成了。

最后,有学者指出:"本科生的比较文学课不应该主要讲授学科理论与研究方法,而应该以中外文学知识的系统化、贯通化、整合化作为主要宗旨和目的。"① 笔者对此观点深以为然,但仍需表明的是,我们有必要以专题的方式向学生介绍何为比较文学的"比较",它与一般认识论意义上的"比较"有什么不同,可以从哪些层面展开比较,如此等等。作为跨文化研究方法的"比较","一定要与价值追求、问题意识和学术目标结合在一起……'比较'的价值就在于要有'1+1>2'的判断,要保证其中存在不作比较就发现不了的学术命题"②。通过区分一般意义上的"比较"与作为跨文化研究方法的"比较",详细考察"比较意识"的历史生成,帮助学生发现多元文化对话时代的"比较"是一种建立在主体间性、文化间性思维基础之上的方法论,"要警惕'理论失效''通约性困扰',善于寻找共创机制——先对谈,再寻找机会提前发话,把自己最为问题,引入多种参照系"(陈跃红语)。可以说,厘清"比较"的内涵与外延是关系到比较文学学科合法性的关键问题,也是培养学生合理确定比较文学选题、培养跨文化思维的重要前提。

二

比较文学是一种跨文化、跨学科的文学研究,其跨越性主要表现在跨文化、跨民族、跨语言、跨学科③四个方面。鉴于中国社会历史情境与西方存在明显的差异,因此比较文学的"跨越性"并非放之四海而皆准的僵硬信条,我们必须结合具体的文化语境对之加以规约,这一点对于边疆多民族地区来说尤其如此。

"跨民族"可以算作中国比较文学的独特贡献,因为无论是法国学派还是美国学派,都不约而同地强调比较文学的"跨国性",只不过法国的梵·第根(Paul Van Tieghem)、基亚(Marius-Francois Cuyard)、卡雷(J. M. Carré)等人过分强调法国文学对他国文学的影响,这种单边思维折射出一种以法国为中心的文化沙文主义心态,也由此招来美国学者的不满。众所周知,20世纪的美国文学迎来了发展的巅峰状态,辛克莱·刘易斯(Sinclair Lewis)、尤

---

① 王向远:《"宏观比较文学"与本科生比较文学课程内容的全面更新》,《中国大学教学》2009年第12期,第55—60页。
② 邹赞编著:《思想的踪迹:当代中国文化研究访谈录》,黑龙江教育出版社,2014年,第193页。
③ 文学的跨学科研究应具备两个原则:一是"跨学科"研究应当坚持以"跨文化"为基本前提;二是要把握合适的"度"。"文学与哲学""文学与心理学""文学与宗教"之间的跨学科研究无疑是可行的,至于"文学与医学"甚至"文学与化学"之间是否存在跨学科研究的必要性,那就见仁见智了。

金·奥尼尔(Eugene O'Neill)、威廉·福克纳(William Faulkner)、欧内斯特·海明威(Ernest Hemingway)等相继荣膺诺贝尔文学奖,文学创作领域的卓著成绩为美国学者反思法国比较文学的偏狭性提供了坚实动力,美国学者明确提出比较文学应当超越纯粹寻找事实联系的局限,凸显一种注重文学性和审美特质的平行研究,但不管如何,这种平行研究主要还是强调跨国与跨学科两个层面。相比较而言,中国学者自觉认识到"跨国"只是中国比较文学的优先条件,但并非必要条件。比如,季羡林指出要将民族文学纳入中国比较文学研究的观照视域:"西方一些比较文学家说什么比较文学只有在国与国之间才能进行,这种说法对欧洲也许不无意义,但是对于我们这样一个多民族的大国家来说,它无疑只是一种教条,我们绝对不能使用。我们不但要把我国少数民族的文学纳入比较文学的轨道,而且我们还要在我国各民族之间进行比较文学的活动,这是一个广阔的天地,大有可为。"①此后,乐黛云等学者身体力行,努力探索中华民族"多元一体"格局下各兄弟民族之间的文学交流与文化互动,在遵循"中华多民族文学史观"的前提下,"特别强调结合中国多民族国家的历史传统,进行跨民族文化和跨学科的比较研究,并将人类学的田野分析方法引入比较文学"。② 可以说,"向内比"成为当下中国比较文学最具增长性的特色领域,也是边疆多民族地区"比较文学"课程教学应当重点突出的课题。这一问题在具体的教学实践中主要涉及三个方面:

第一,要密切结合当下中国各少数民族语言文字的实际使用状况,对"跨语言"的提法不能一概而论,在保证"跨民族"的前提下,充分关注到壮族、满族、回族等人口较多的少数民族目前通用汉语的历史事实。一个民族在历史的长河中因为种种原因丧失了本民族原有的语言文字,这种现象是客观存在的,但这并不能消弭某一民族文学创作或民族文化中内蕴的族群身份认同和审美特质,毕竟作为书写载体的文字无法替代民族文化的差异性和特殊性。因此,在具备"可比性"的前提下,比较分析买买提明·吾守尔维吾尔语小说里的"疯子"系列和沈从文笔下的"疯癫"形象可谓天然合法的比较文学选题。而从主题学、形象学等角度,对回族作家张承志、白先勇、霍达,壮族作家黄佩华、凡一平,满族作家王度庐、端木蕻良,以及锡伯族作家傅查新昌的汉语写作与汉族作家的创作展开跨文化研究,同样应当算作比较文学的个案实践。此外,我们在展开比较文学"向内比"的教学实践时,还应当注意一些跨国/境民族的特殊性,比如中亚的哈萨克文学与中国新疆维吾尔族文学之间的比较研究属于典型的"国际文学关系"研究范畴,中国境内的哈萨克族文学与维吾尔族文学之间的比较则属于国内多民族文学关系范畴,而中国境内的哈萨克族文学与中亚哈萨克文学之间又属于相同民族之间的跨国文学比较了。

第二,教师在教学实践中要从历史化视角出发,帮助学生大致了解从古至今中原汉文化与边地少数民族文化之间的交流互动,通过"胡服骑射""北魏孝文帝改革""唐传奇和变文"等历史事件和文化事实的讲解,让学生认识到中华"多元一体"文化格局是在各民族频繁接触、交往和融合的过程中形成的,进而培养一种互为主体、平等对话的间性思维,"在看到汉族在形成和发展过程中大量吸收了其他各民族的成分时,不应忽视汉族也不断给其他民族

---

① 吴光:《比较文学研究》,上海古籍出版社,2009年,第36页。
② 邹赞编著:《思想的踪迹:当代中国文化研究访谈录》,黑龙江教育出版社,2014年,第186页。

输出新的血液"①。只有实实在在建立起一种科学的跨文化对话思维,我们才能够以合理的态度去评价他者文化,并在与异文化的日常交往实践中,领悟前辈学者提出的"各美其美,美人之美,美美与共,天下大同"的要义。

第三,既然中国比较文学不是一个舶来品,那么我们在教学实践中就一定要突显出本土/在地性(locality),将比较文学看成是一种与现实生活持续对话的"活生生的知识"。因此,比较文学的课程教学不能只是埋在故纸堆里,而是应当积极主动与现实情境勾连起来,时刻保持对现实的介入和思考。笔者在本课程的"绪论"部分重点讲授了"学习比较文学的现实意义",专门结合新疆在丝绸之路以及中国和中西亚文化交流过程中的要冲位置,引导学生思考如下重要命题:佛教如何传入中土又如何影响到汉唐以来的文学创作?19世纪以来的中外旅行游记如何书写新疆形象?维吾尔族经典《福乐智慧》与中原汉文化典籍《四书》在哪些方面存在可比性?诸如此类问题要求思考者具备较广的阅读积累和一定的理论储备,教师可以在课堂上穿针引线、适时点拨,启发学生通过课后阅读和小组讨论来提炼自己的观点。

三

自比较文学在学院体制中取得学科合法性以来,学界就比较文学到底是"精英学科"还是"大众学科"展开论争。有学者强调比较文学与生俱来的"精英性",认为学习比较文学是一项高难度的知识挑战,"恐怕首先和主要的还在于它对跨文化、跨语言基本功力的要求。在中国,这就意味着学者们需要至少掌握好一门外语,并对中外两种文学、文化有较到位的把握"②。这种观点显然不无道理,它推崇比较文学的"原典实证"研究方法,凸显研究者要精通至少一门外语并具备熟读外文原著的能力。但如果将比较文学过分拘囿于知识精英的小圈子,那么这门学科将会因为曲高和寡而愈来愈脱离大众视野,最终沦为一种丧失介入现实活力的知识生产游戏。与此同时,以刘献彪、王福和为代表的一批本土学者自始至终"走在比较文学普及的途路中","让比较文学走向大众,把比较文学的精神传播推衍扩大,让更多的人了解、应用比较文学的方法,雅俗共赏,共享比较文学。具体地说,就是突出教学,培养世界公民,传播人文精神,构筑沟通对话、友好和平的桥梁"③。这些学者立足中国社会实际,编撰"教材""手册",探索比较文学教学新思路,提出"让比较文学走向中学语文教学",尝试将比较文学的思维与方法挪用到跨文化传播等领域,为中国比较文学的"普及"与"应用"捶敲边鼓、奔走呼告。

应当说,比较文学的准入门槛相对较高,如果没有良好的中西文学与文学理论功底,那又何来"比较文学""比较诗学"之说?在这个全球化深入渗透、电子传媒汹涌而至的时代,比较文学需要进一步贴近现实文化情境的变迁,思考并回应新生文化现象对于普罗大众日常

---

① 费孝通等:《中华民族多元一体格局》,中央民族学院出版社,1989年,第20页。
② 孟华:《比较文学的"普及性"与"精英性"》,《中国比较文学》2004年第1期,第17—21页。
③ 尹建民等:《刘献彪与新时期比较文学》,安徽大学出版社,2012年,第5页。

生活的影响,"走向大众""融入跨文化实践"成为比较文学无法推脱的时代使命。这种游走在"精英"与"普及"之间的张力状态,为"比较文学"的课堂教学提供了某种思路,那就是要在简要介绍学科史和方法论的基础上,择取"文类学""主题学""形象学"等文学范畴之内的比较文学以及"文学与宗教""文学与心理学""文学与大众传媒"等重要的文学跨学科研究,教师以经典案例阐释为线索,帮助学生掌握基本的学理知识,并运用"教师导向型"(Tutor-led Seminar)教学法,启发学生将比较文学的基本原理与个人阅读经验以及鲜活的当代文化现象勾连起来,真正做到比较文学的"理论性"与"实践性"、"世界"与"本土"的双重观照。笔者现结合自己的教学经验,简略谈几点边疆多民族地区比较文学课堂教学改革的思路:

第一,现行"比较文学"本科通用教材收录的案例大多因循守旧,"milky way"(牛奶路)、"赵氏孤儿"与"中国孤儿"、"寒山诗的流传"等已成滥套。我们在讲授"比较文学"的课程当中,有关学科史、方法论及其他学理性知识可以参阅指定教材,但秉着"因材施教"的原则,教师应当充分考虑到接受者的具体情况,有意识地引入符合接受者地域、族裔身份与文化传统的案例,这样更加能够引起接受者的共鸣,达到"教学相长"的旨归。在笔者讲授"比较文学"的课堂上,学生大多来自天山南北,也有少部分同学来自内地,有的甚至来自中亚诸国,学生的族裔身份涉及汉、回、维吾尔、哈萨克、塔吉克、锡伯、蒙古、柯尔克孜等,很多同学除了会说通用语言——普通话以外,还掌握了本族语言甚至多种其他语言,他们各自拥有本族文化传统与日常习性。为了充分调动起学生的课堂参与积极性,笔者有意替换了教科书上的案例,将一些富有新疆地域特色和民族特色的文学文本纳入进来。比如,在讲解"流传学"的时候,以阿凡提故事的跨文化传播为例;在讲授"形象学"一节时,以凯瑟琳的《外交官夫人的回忆》为文本范例,通过分析一个英国人眼中的"秦尼巴克"(China park)[①]、喀什噶尔旧城区、革命党人、晚清官员、维吾尔妇女等,让学生更加直观地理解"形象学"的基本原理。

第二,鉴于本科生的知识储备相对有限,部分少数民族同学尚需花时间补习通用语,所以比较文学的"学科史"和"方法论"环节主要由教师讲授,但"案例分析"环节一定要调动起学生的参与热情,教师应当结合学生的不同来源和知识背景,引导他们将比较文学的原理与方法运用到本民族文学与文化交流实践当中去。这样不仅有助于唤起学生的学习兴趣,还有助于在多民族文学研究领域融入比较文学的视野。比方说,笔者在讲授"主题学"一节时,特别提示学生关注新疆当代少数民族文学里出现的"动物出国"母题,结果几位少数民族同学充分调动语言优势,完成了一个十分精彩的"主题学"案例展示。说到底,比较文学对于大多数人而言应当是一门"实践"的学科,一个不断打开思维空间的思想游戏,一场始终关注日常现实的跨文化对话。

第三,边疆地区由于地理位置相对偏僻,在资讯传播、文化理念、文化资源的开发与利用等方面客观上存在一定的"时间差",这就要求教师在经典案例的择取上具备前沿视野,既要熟悉比较文学学科内部的最新发展动态,也应当了解当下社会文化的关键词。一方面,人文社科在全球范围内的边缘化态势警示比较文学应当持续激发自身的活力,超越文本中心主义,吸纳人类学、民族学的"田野调查"实证方法,在关注书写文本的同时,重视口传文本的价

[①] "China park"的直译为"中国花园",指的是英国驻喀什噶尔总领事馆。

值。一般认为,"文学人类学"正在成为中国比较文学尤其是边疆多民族地区比较文学发展最具活力的领域,因此,笔者在案例分析环节专门向学生介绍了"文学人类学"的发展概貌,同时讲授"民族志""口述史"等田野作业的基本方法。事实证明学生很感兴趣,有的在修完本课程之后,甚至选择了诸如"史诗《伊利亚特》与《江格尔》的英雄观比较"作为毕业论文题目。另一方面,我们身处一个"全媒体""大数据"的时代,文学的疆界、文学批评的方式与有效性、跨文化对话的空间与载体都发生了翻天覆地的变化。学生与教师处于同样丰富多元的资讯场域里,那种纯粹传授书本知识的教学模式显然已经过时,教师应当自觉跟上时代的步伐,在研读经典文本的同时,绝不能忽略时下流行的大众文化,在课堂教学中可以恰到好处地穿插一些大众文化论题和流行元素。笔者在"案例分析"部分专设"比较文学与大众传媒"一节,主要向学生介绍文学文本的跨国旅行与跨媒介转换,比如以《暮光之城》流行文化现象为例,讨论吸血鬼文学与电影的"流变"。

结　语

2015年4月,笔者有幸参加了由四川大学承办的"中国比较文学研究的回顾与展望"学术研讨会,中国比较文学学会新任会长曹顺庆教授在大会发言中透露了一个振奋人心的消息:比较文学正在申请成为一级学科。不管比较文学成为一级学科的可能性有多大,它都大致反映出了中国比较文学学者的一个美好愿景。对于边疆多民族地区而言,国家推行"一带一路"的发展战略,毫无疑问是一次自上而下对"中心/边缘"的重置与改写,它呼唤更多高层次的跨文化研究人才,为比较文学的理论与实践提供了极其理想的舞台。作为边疆多民族地区从事比较文学教学与研究的专业人士,我们在积极吸收比较文学前沿动态的同时,更应该沉下心来,了解、研究我们自身所处地域的空间特殊性与文化多样性,以勇于创新的姿态,探索出一条具有边疆多民族特色的比较文学教学之路。

作者简介:邹赞,新疆大学人文学院中文系主任,副教授、硕士生导师。

文学人类学:构建跨学科的"亚鲁学"①

蔡 熙

【内容提要】 近年发现的在贵州麻山地区苗族丧葬仪式上由东郎唱诵的《亚鲁王》史诗,是从远古时代流淌到今天的活态史诗,蕴含着苗族先民特有的精神价值、思维方式及艺术想象力,蕴含着苗族的宇宙观、民族信仰和丰富的原始文化,被学界称为"苗族古代生活的百科全书"。苗族史诗《亚鲁王》的发现,为史诗发生学、史诗分类学的研究带来重大变革,为史诗研究开拓了新的视野和路径。对它的研究不仅要深化,进行"立体""多层次"的阐释和挖掘,而且要运用跨学科的视野,在深掘《亚鲁王》史诗的丰富内涵及多元价值的基础上,构建跨学科、跨文化的"亚鲁学"。

【关键词】 文学人类学 《亚鲁王》史诗 "亚鲁学"

Literary Anthropology: The Construction of Interdisciplinary "Yalu Studies"

【Abstract】 The epic *King Yalu*, song by dongb langf at the funeral ceremony of Hmong, discovered in recent years and spread in Ma Shan area of Guizhou, is the living epic flowing from ancient times to today, which contains unique spiritual values, ways of thinking, and artistic imagination of Hmong, as well as cosmology, ethnic beliefs, and original culture of Hmong. It is termed as "Encyclopedia of the Ancient Hmong Life" by the academic. The discovery of *King Yalu*, the epic of Hmong, brings great changes to the research of epic embryology and taxonomy, and opens up new horizons and paths for the epic research. Research on *King Yalu* should not only be deepened and interpreted at a three-dimensional level, but also aimed at establishing a cross-disciplinary, cross-cultural "Yalu Studies" on the basis of an in-depth exploration of the rich connotation and pluralistic values of the epic *King Yalu*.

【Key Words】 literary anthropology　the epic *King Yalu*　"Yalu Studies"

新史诗的发现,于史诗研究的影响不言而喻,甚至可能会对传统史诗观念和史诗研究范式带来根本性的突破。近年发现的在贵州麻山地区苗族丧葬仪式上由东郎唱诵的《亚鲁王》史诗,蕴含着苗族先民特有的精神价值、思维方式及艺术想象力,被学界称为"苗族古代生活的百科全书"。苗族史诗《亚鲁王》的发现,为史诗发生学、史诗分类学的研究带来重大变革,为史诗研究开拓了新的视野和路径。对它的研究不仅要深化,进行"立体""多层次"的阐释和挖掘,而且要运用跨学科的视野,在深掘《亚鲁王》史诗的丰富内涵及多元价值的基础上,构建跨学科、跨文化的"亚鲁学"。

---

① 基金项目:2013年国家社科基金项目"《亚鲁王》的文学人类学研究"(13XZW024)。

一、《亚鲁王》史诗的多学科价值

在麻山苗族丧葬仪式上由东郎唱诵的《亚鲁王》史诗与宗教祭祀、巫术、音乐、舞蹈等活动紧密结合在一起，集唱、诵、仪式展演于一体，是从远古时代流淌到今天的活态史诗。《亚鲁王》史诗与仪式、神话、音乐、舞蹈、巫术、魔法、宗教等艺术形态融混一体，既是人生的浓缩，又是人生本身，几乎牵涉到了原始社会生活的所有课题，具有文学、历史学、人类学、宗教学、神话学、艺术学、美学、语言学等多学科价值。《亚鲁王》史诗是活态史诗、山地史诗的范本，是文学人类学研究的范本。

《亚鲁王》史诗是歌师在苗族的丧葬仪式上面对亡灵唱诵的，它与仪式步骤紧密结合且受仪式制约。丧葬仪式程序主要包括停灵仪式、报丧仪式、迎客仪式、守灵仪式、做客仪式、请祖仪式、开路仪式、砍马（牛）仪式、出殡仪式、安葬仪式等。丧葬仪式是麻山苗族容纳族群认同的储存器，族群成员通过融入仪式来强化自己的族群身份与集体意识。从根本上说，传统的丧葬仪式才是史诗《亚鲁王》传承千年不衰的深厚社会基础，一旦离开仪式展演，《亚鲁王》就失去了存续的空间和土壤。流传于麻山地区的《亚鲁王》史诗是口头传统的结晶，在历史上从未形成写定的书面文本，完全通过东郎的口耳相传而世代相承，实实在在地以"非物质"状态一代一代传承下来。《亚鲁王》史诗以仪式展演为主要生存形态，以口耳相传为主要传播方式，其展演活动是鲜活而富有生命力的。《亚鲁王》史诗的活态传承、口头叙事传统和史诗的神圣性与神秘性，为探索史诗的起源与发展规律、活态史诗的特点、活态史诗的传承提供了鲜活的当代案例，因而，《亚鲁王》是活态史诗的范本。

苗族史诗《亚鲁王》是从麻山腹地的贵州省紫云县发掘出来的。亚鲁王故事流传的苗族区域，主要是西部方言苗族居住的地区和东部方言苗族居住的部分地区，其核心区域是史诗《亚鲁王》保存完好的麻山山区，重点区域是贵州省紫云县宗地乡和四大寨乡。麻山地区是云贵高原向广西丘陵地带过渡的斜坡地带，系典型的喀斯特地貌。这里的高山大箐、山路弯弯、崎岖不平、村寨稀疏、自给自足的自然经济、与外界的封闭隔绝和交通不便，减缓了民族文化涵化的进程，客观上对古老文化起到保护作用，为民族传统文化的生存和传承提供了沃土，使麻山地区成为一个"文化孤岛"。麻山地区的自然生态环境孕育了史诗《亚鲁王》，同时又为《亚鲁王》的传承提供了天然的屏障。世居崇山峻岭中的麻山苗族，生产和生活都要受到山地生态环境的制约，从衣食住行到生活习俗都打下了山地的烙印。亚鲁王国的世代谱系、十二生肖一个轮回的集市、生产方式、生产工具、打铁技艺、食盐制作技艺、以牛作为图腾崇拜的习俗、"男耕女织、自给自足"的山地经济等，无不体现出山地文明的文明形态。《亚鲁王》史诗既呈现出麻山苗族对山地的独特认知，也展示了他们对山地经济的经营智慧，体现出与草原文明和海洋等文明迥异的文明形态，是南方山地史诗的范本。

《亚鲁王》史诗包容了大量的原始文化，它将苗族的神话、历史、语言、宗教、哲学、习惯法、天文历法等全部囊括其中，既是苗族的百科全书，也是苗族的活态文化大典，可以说是一部具有多元文化价值、多元文化视角、跨学科的史诗。

文化人类学起源于对原始文化的研究,法国哲学家福柯提出了一个概念叫"知识考古学"。运用文化人类学的视野、方法、成果与目标研究文学,知识考古,回到文化源点,是文学人类学一个重要目标。文学人类学是文学与人类学的交叉学科,它包含着文学和人类学两个方面,一是文学视野下的文学人类学研究,一是人类学视野下的文学人类学研究。文学人类学是以文化人类学的视野研究文学的学问,它致力于发掘被主流文化所遮蔽的无文字的、边缘族群的文学。苗族是一个没有文字的民族,在漫长的历史过程中,《亚鲁王》起到了以诗表情、以诗记史、以诗育人的作用,但它作为边缘族群的史诗长期被忽略在田野。可见,《亚鲁王》是具有独特价值的文学人类学范本。

《亚鲁王》史诗的丰富价值构成了一个多维的、立体的价值体系,对其进行研究具有十分重要的理论和现实意义:(1)《亚鲁王》以口耳相传的方式传承了苗族的历史和文化,在潜移默化中熏陶了苗民的精神、情感和道德品质。深入挖掘被主流文化所遮蔽的苗族的历史和文化,并对其进行价值重估,让《亚鲁王》从封闭的麻山走向现代世界,有助于激发苗族人民的本土文化自觉和文化自信。(2)在倡导文化间性、杂语共生与文化多元的今天,对《亚鲁王》的研究不仅有助于我们深入理解苗族文学在中国文学格局中的地位和作用,而且为我们构建多民族文学史观提供了重要的问题框架,进而推动多元共生的文学生态理想得以实现。(3)深入研究口传史诗《亚鲁王》,有助于强化大众对非物质文化遗产的自觉保护意识,对于传承濒临危机的口头文学,保存民族民间口头艺术的优秀基因,具有显见的现实意义。

二、构建"亚鲁学"的学科基础

一般认为,一门独立学科的诞生,具有四个基本要素,即:研究对象具有重大意义;该研究具有坚实的资料基础;独特的研究方法;已经产生一批具有影响力的学术成果。

首先,研究对象的价值与意义自不待言,上面已经展开论述,此不赘述。

其次,《亚鲁王》史诗的研究已经具备坚实的资料基础。自20世纪初期以来,与《亚鲁王》史诗相关的苗族叙事诗一直为学界所关注,大量的苗族古歌或史诗得到搜集、整理、翻译并刊布问世,《亚鲁王》史诗的异文和不同的版本也大量问世。第一,以创世、人类和万物起源为主要内容的古歌或史诗,如石宗仁翻译整理的《苗族史诗》,田兵主编的《苗族古歌》(贵州人民出版社,1979年),吴一文、今旦译注的《苗族史诗》(贵州民族出版社,2012年),燕宝整理译注的《苗族古歌》(贵州民族出版社,1993年),《王安江版苗族古歌》(贵州大学出版社,2008年),黄平县民族民族事务委员会编写的《苗族古歌古词》,苗青主编的《西部民间文学作品选》(一二册)(贵州民族出版社,1998年),夏杨搜集整理的《苗族古歌》(从1948年就开始搜集,最初发表于《金沙江文艺》,1986年由德宏民族出版社出版),马学良、今旦译注的《苗族史诗》(中国民间文艺出版社,1983年),罗鋆、蓝文书和吴正彪三人搜集整理的《苗族古歌(川黔滇方言落北河次方言)》,杨正宝、潘光华编的《苗族起义史诗》(贵州人民出版社,1987年),杨照飞编译的《西部苗族古歌》(云南美术出版社,2012年),毕节地区民族事务局编写的《西部苗族古歌》,潘定智、杨培德、张寒梅编写的《苗族古歌》(贵州人民出版社,1997

年),吴秋林、王金元、郎丽娜搜集整理的《蒙恰古歌》(西南交通大学出版社,2011年)等。第二,《亚鲁王》史诗的异文也不少,如《西部民间文学作品选(1)》(贵州民族出版社,2008年),《西部民间文学作品选(2)》(贵州民族出版社,1998年),杨兴斋、杨华献搜集整理的《苗族神话史诗选 苗汉对照》(贵州民族出版社,2000年),《四川苗族古歌》(巴蜀书社,1999年),《文山苗族民间文学集》(云南民族出版社出版,2006年),《西部苗族古歌》(云南民族出版社,1992年)。第三,《亚鲁王》史诗的不同版本,如冯骥才总策划、中国民间文艺家协会主编、余未人执行主编的《苗族英雄史诗》(中华书局,2011年);中国民间文艺家协会主编的《亚鲁王》(中华书局,2012年);贵州省文化厅、贵州省非物质文化遗产保护中心主编的《亚鲁王》(内部资料);曹维琼、麻勇斌、卢现艺主编的《亚鲁王书系》(贵州人民出版社,2013年),这一书系包括《史诗颂译》《歌师秘档》《苗疆解码》三本。

《亚鲁王》史诗文本从2011年由中华书局公开出版之后,开始受到学界的关注。学者们开始对史诗文本和东郎们的演唱资料进行初步的研究,这部沉睡千年的活态史诗从贵州高原走向全国,甚至走向世界。四年来有关《亚鲁王》的研究成果不断。经检索中国知网、谷歌等知名网站,其情况如下:(1)硕士学位论文2篇,一是杨兰的《苗族史诗亚鲁王英雄母题研究》(贵州民族大学,2014年),一是梁勇的《麻山苗族史诗亚鲁王音乐文化阐释》(陕西师范大学,2011年)。(2)论文集一部,即中国民间文艺家协会编辑的《亚鲁王文论集》(中国文史出版社,2011年)。该文集的主要内容包括8位东郎的口述史、4篇有关麻山苗族丧葬仪式的田野调查报告,另外还有3篇论文。(3)期刊论文105篇,对《亚鲁王》史诗的价值、史诗文本的形成时间、史诗的传承和保护进行了探讨。另外,叶舒宪的《〈亚鲁王·砍马经〉与马祭仪式的比较神话学研究》从比较神话学的视角入手,对《亚鲁王·砍马经》及砍马仪式所关涉的民间活态文化现象进行了深度解读;王宪昭的《神话视域下的苗族史诗亚鲁王》(《贵州民族大学学报》2014年第2期)对《亚鲁王》史诗的神话情节和母题、神话叙事及神话意蕴进行探讨。

曹维琼、麻勇斌、卢现艺主编的《史诗颂译》《歌师秘档》《苗疆解码》组成的《亚鲁王书系》2013年由贵州人民出版社出版之后,吴大华就提出"亚鲁学"这一概念:"亚鲁王对于贵州特色学科的学理孕育和成熟有着不可低估的作用。我隐约感觉到,有可能催生一门学科——'亚鲁学'。"①

其三,独特的研究方法。由《史诗颂译》《歌师秘档》《苗疆解码》组成的《亚鲁王书系》以口传史诗学、视觉人类学、文化人类学、文化生态学、非物质文化遗产保护等诸多学科理念和方法为指导,将口头唱诵的史诗、节庆展演的史诗、服饰镌刻的史诗、舞蹈展演的史诗、丧礼葬俗展演的史诗、巫技巫艺展演的史诗融为一体,试图还原蕴含在《亚鲁王》史诗中的历史信息、伦理观念、审美情趣、传统知识、仪式禁忌等,对《亚鲁王》史诗作了一次跨学科、多视角、多层次的整理探究。这一独特的研究方法是切合研究对象的。

尽管如此,就研究现状而言,"亚鲁学"仍在形成之中,距离一门独立的学科,还有很长一段路要走。综观目前《亚鲁王》的研究状况,可以发现,学界开始从过去单纯的搜集整理过渡

---

① 吴大华:《"亚鲁王"可能催生"亚鲁学"——一个启于〈亚鲁王书系〉的猜想》,《贵州日报》,2013—07—12。

到对《亚鲁王》的研究,但这种过渡还处于起步阶段。说处于"起步阶段",可以从三个方面来看。首先,从表层来看,目前还没有专著,也没有博士论文,甚至还没有在权威期刊上发表的论文。其次,从较深入的层次来看,对《亚鲁王》的研究视域还不够开阔,研究视角还比较单一。自从《亚鲁王》被发掘和整理、出版以来,相关研究众多,从文化的传承与保护、文化人类学角度切入的文章较多,这些研究又缺乏厚度的学理支撑,真正从文学的角度切入的研究文章却不多。理论性系统性还不强,深入度不够,如缺乏对史诗文化内涵深入开掘的文章。之所以说亚鲁学仍在形成过程中,主要是因为一门独立学科所必需的四个基本要素,它已具备其三,还欠其一。也就是说,它还欠缺一批具有重大影响力的研究成果。所谓"重大影响力的研究成果",不仅指它对《亚鲁王》史诗研究的理论和方法具有前瞻性的指导意义,而且对其他学科亦具有一定的影响力和借鉴意义。这是"亚鲁学"成败的关键之所在。"敦煌学"的生成为"亚鲁学"提供了重要的参照和借鉴。敦煌卷子被发掘出来之后,一大批中外知名学者通过扎实的研究,形成了一批厚重的学术成果,敦煌研究不仅成为一门学问,而且对于中国学术的近代转型起到了重要的推动作用。通过一大批知名学者的努力,产生了大量优秀的研究成果,敦煌研究才成为"敦煌学"。如果说"敦煌学"在学术上具有重要的文化"化石"意义,那么《亚鲁王》史诗则是山地史诗、活态史诗、文学人类学研究的"活化石"。树立全球视野(global perspective),运用文学人类学的理念和方法,立足《亚鲁王》史诗的多元价值,深入开掘《亚鲁王》史诗"富矿",构建跨学科、跨文化的"亚鲁学"。

三、文学人类学在构建"亚鲁学"中的价值与意义

文学人类学与史诗聚首是一个颇有价值的学术话题,二者的共通之处主要体现在两个方面。一是原始文化。以口耳相传为主要传播方式、以仪式展演为主要生存形态的活态史诗包蕴了丰富的原始文化。如在"亚鲁祖源"部分,讲述了很多有关人类起源和文化起源的神话,包括造天造地神话、造人神话、造山造丘陵神话、赶山平地神话、铸造日月神话、射日月神话、公雷涨洪水神话、造乐器造铜鼓神话、萤火虫带来火种神话、蝴蝶找来谷种神话、俩兄妹治人烟神话等。这些神话讲述了天地万物的起源、人类的来源和演进,追寻了人类的精神之根。神话是所有文学样式中最古老、最基础、最传统的部分,是文学结构中的原型的基础,也是文学和人类学的交叉点、结合点。在麻山地区,至今还有以羊场、猴场、鸡场、狗场、猪场、鼠场、牛场、虎场、兔场等十二生肖命名的苗语地名。以十二生肖构建起来的商贸圈在苗族地区至今依然保存着,按地支生肖纪日轮换集贸场所的习俗在麻山地区依然延续着。在史诗《亚鲁王》中对天干地支生肖有着生动的记载,苗族很早就将天干地支生肖广泛运用到集市贸易中。苗族在一定范围内,按子、丑、寅、卯、辰、巳、午、未、申、酉、戌、亥十二地支顺序,划作十二个区域作为集市贸易场所,又按照对应的生肖属相,把这种区域集市贸易场所称作羊场、猴场、鸡场、狗场、猪场、鼠场、牛场、虎场、兔场等。按照地支纪日,依次循环轮转进行贸易。六天换一个集贸场所,72天完成一次区域贸易轮回。

文学人类学是以人类学的视野研究文学的学问,以无文字的"原始文化"作为研究对象。

文学人类学早期的"神话仪式学派",强调神话、史诗与仪式之间的互动关系,把文学与神话、仪式置于人类发展的历史长河中去探寻其文化底蕴。20世纪中期以来,人类学逐渐将目光转向不同文化的"地方性知识"和文化文本解读的符号分析范式。二是跨学科性。史诗文本涵盖了一个民族的语言、历史、文化、宗教、哲学、天文、地理、民俗等诸多方面,是一个民族的百科全书。史诗的展演还涉及展演语境、听众的反应、歌手与听众之间的互动关系等。文学人类学是在人类学和文学的交叉点上发展起来的,是一门跨族群、跨时空、跨文化、跨学科的综合性学科,它将文、史、哲、政、经、法等诸多学科都整合在文化里面。"文学人类学不限于借用文学形式。它的精神在多学科合作和跨文化汇通。"①

首先,文学人类学这一新理念对史诗传统的重新认识提供了新的契机。世界上已知的史诗传统一般可以分为三种形态:口传的史诗、半口传的史诗(或半书面的史诗)和书面史诗(文人史诗)。即使已经文本化的书面史诗,如古希腊的荷马史诗、古代印度的史诗《摩诃婆罗多》《罗摩衍那》等,其背后也是一个历史久远的口头传统。从文学人类学的角度来看,以口耳相传为主要生存形态的史诗属于口传文化信息的传播,口头史诗是在展演过程中完成的,史诗的每一次展演都应是一个独特的文本。"一部口头史诗的文本指的就是一次表演文本,它具有不可重复性。同时每一个这样的文本无一不是传统的延续。每一个史诗歌手无一不是依赖传统创编自己的文本。一个源远流长、经历了若干代史诗艺人锤炼的口头表演艺术传统,不仅在一定程度上规范了史诗文本的内容和结构,使之趋于程式化,而且培养了艺人和听众,并将口头史诗文本的创作过程同它赖以生成和发展的语境维系在一起。"②因为"没有演述,口头传统就不是口头的。没有演述,传统就不再是传统。没有演述,有关荷马的观念本身也就失去了它的完整性"③。因此,史诗是一种活态的仪式展演,一种生活方式,一种文化现象。通过展演,充分地呈现一个民族、一个社区的历史和文化,展示人的价值。中国少数民族的史诗,如苗族的《亚鲁王》,彝族的《梅葛》《阿细的先基》《勒俄特依》《查姆》,纳西族的《崇搬图》,瑶族的《密洛陀》《盘古书》,哈尼族的《奥色密色》,阿昌族的《遮米麻与遮帕麻》等,属于口头传统的范畴,是活在具体展演情景中的丰富多彩的活生生的文学。如果说国学强调的是书写传统,那么文学人类学关注的则是"口头传统"与"活态文化"。

其次,文学人类学主张把史诗放在人类起源与发展的宏阔视野中进行文化思考。文学人类学对活态史诗的文化价值进行重新认识,以眼光向古、向下为基本特色。所谓"向古"就是面向古代的原始文化,一直到文明起源之前的无文字的口传时代;所谓"向下"即是面向田野。人类学起源于对原始文化的研究,文学人类学重在研究文学的原始形态和发生机制,以实现文学本质的人类学还原。文学人类学的开山之作《金枝》重点研究原始的巫术思维,勾勒了人类文化演进的三个阶段——巫术、宗教、科学。西方的文学人类学家"探究哈姆雷特传说的来源,从莎士比亚以前的戏剧追溯到撒克逊文学,从撒克逊文学追溯到有关自然界的

---

① 庄孔韶:《不浪费的人类学:诗的参与和传达》,《淮阴师范学院学报》1998年第2期,第45页。
② [匈]格雷戈里·纳吉:《荷马诸问题》,巴莫曲布嫫译,广西师范大学出版社,2008年,第24页。
③ 同上书,第36页。

神话传说,却没有因此远离了莎士比亚;相反,他愈来愈接近莎士比亚所创造的那个原型"①。文学人类学对原始文化的关注,包括两个方面:第一,没有文字的民族的文学,如苗族等少数民族文学与文化;第二,对于有文字的民族而言,如汉族,它重点关注文字产生以前的文学和文化现象。可见,运用文学人类学的视野、理论与方法究文学,知识考古,回到文化源点,是文学人类学一个重要学术目标。人类学文学观把文学置于人类文化的起源与发展的背景下进行追踪和考察,从而超越了传统的文学史观。

其三,文学人类学对《亚鲁王》史诗研究观念与范式的革新起到积极的促进作用。文学人类学是一种在广阔的文化视野中对文学文本和文学现象的研究。活态史诗的创作与展演、活态史诗的文本记录与文学人类学的田野作业、史诗文本与文化语境的关联、活态史诗的价值判断、活态史诗与书面史诗的双向互动、口头传承、书写传统及数字化传播的意义等,都是活态史诗的研究范畴,对这些问题的研究是跨文化、跨学科的。文学人类学的跨学科性内含着多元的视角,而多元视角是对同质化观念的拒斥,它要求批评者从不同的角度、不同的层面对史诗进行全方位的研究。

在苗族丧葬仪式上口头唱诵的活态史诗《亚鲁王》对苗族的族源来历、迁徙、征战、信仰、宗教、习俗等重大题材的翔实叙述,联系着两千多年前的久远历史与神秘文化,为苗族历史、苗汉关系史、古代长江稻作文明史、苗族与楚国的关系、苗俗与楚俗、古地名文化、古生物、语言学、古代法文化、古代宗教与文化等学科的研究,提供大量的来自古代的新材料,具有无可争辩的民族史诗的地位与价值,是一部集苗族五千年历史文化于一体的苗族百科全书。这是文献资料和文物资料之外的活态资料库,为人文社会科学乃至某些自然科学的研究提供了重要的资料和佐证。《亚鲁王》史诗涵盖了苗族的历史、语言、宗教、哲学、民俗等诸多方面,其多学科的学术价值表明它是具有多元文化价值和多元文化视角、跨学科的史诗。这一特性决定了对《亚鲁王》的研究必然要在广阔的文化视野中展开,必然是跨学科的、多元视角的、对话的,必然要运用多视角的立体思维。当跨学科、跨文化的人类学际遇跨学科、跨文化的史诗《亚鲁王》,必将开辟一条独具特色的史诗研究路径。这就要跳出狭隘的地域限制,树立博大的世界目光,以一种博古通今、融汇中西的宏阔视野,把史诗涵盖的历史、语言、宗教、哲学、神话、民俗等多元文化价值看成一个彼此联系的有机整体,放置到世界文化的总体格局中去考察。对史诗传承的文化生态、史诗本体、史诗传承人、亚鲁文化的活态性、原真性、本真性,《亚鲁王》史诗的活态保护和数字化传承等进行全面深入地开掘,对山地史诗与海洋城邦型史诗进行跨文化比较等,真正跨越学科藩篱。同时,跨文化、跨学科的文学人类学作为一种对话性、整体性的文学观,促使文学批评走向文学发生的文化语境,回归完整的、原生态的文学场域,把文学批评的焦点回归到人类学的特质上,朝着符合人的本性和美的规律的方向发展。真正的文学能够表现、传达和"再造"人类及其心灵,因而既是个人的又是人类的,既是民族的又是世界的。运用文学人类学的理论和方法将苗族史诗《亚鲁王》置于整个人类的文学系统中加以考察,其最终得出的结论不但具有个性,而且能彰显其共性;不但有民族性,而且还有普适的人类性,从而使得民族史诗在世界文学的大花园中绽放出夺目的

---

① 伍蠡甫主编:《现代西方文论选》,上海译文出版社,1983年,第343—344页。

光彩。

  传统的史诗研究大多局限于历史文献和文字文本,以史诗的历史文化内容和共享族群等问题作为关注对象,而文本背后的广阔田野却被忽略了。文学人类学的理论和方法以及所奠定的活态史诗观念有助于我们进一步反思并妥当地处理好文本与田野之间的关系。文学人类学的理论和方法强调文献资料与田野调查相结合,将传统的"自上而下"的文本研究与目光"向古向下"的田野考察结合起来。《亚鲁王》在苗族丧葬仪式中面对亡灵唱诵以及没有手抄本等特点,决定了对它的研究必须从具体而微的田野作业开始,在田野作业中进行现场录音,在田野作业中深描史诗传承的自然生态环境、文化语境、史诗的仪式展演过程,在田野作业中考察歌师在表演过程中的眼神、表情、手势、嗓音变化、肢体语言、乐器技巧、音乐旋律等展演风格,把握每一个史诗传承人的成长经历、个人职业、习艺过程、性格特征、展演实践以及当下的生活状态等,在田野作业中发现史诗的濒危现状,思考相应的保护对策,进而深入到史诗传统内部的运作机制中去阐释史诗的历史、民族和文化价值,同时在史诗的展演场域中研究史诗田野、史诗传承人、史诗传统法则、史诗展演的生命情态。

作者简介:蔡熙,贵州省社会科学院研究员。

Hans Christian Andersen in China

Christoph Harbsmeier

Some writers somehow seem to manage to change the very essence of their reader's lives. The Taoist writer, mystic, and philosopher Zhuangzi(庄子) was and will long remain such a writer, and Hans Christian Andersen (HCA) is of the same sort. The two men have much in common anyway: the poetic celebration of multifarious subjectivities. Zhuangzi's butterfly, the one which a someone thought he was, after which he was wondering whether it was he who had dreamt he was a butterfly or whether it was a butterfly who had dreamt she was he, that butterfly, I say, could easily flutter into HCA's fairy tales—but it would risk to have to become less pretentiously intellectual and analytic of his own condition, except in a humorous, light-hearted mode which in this instance is not that of Zhuangzi. The discourse of the cicadas in Zhuangzi's "Chapter One: On Free Roaming", as they indulgently assert the universality of their paltry perspective, on the other hand, is straight from HCA: or rather—of course—the other way round. Or indeed: does it matter which way around it is? One does not care. There is a cross-civilisational congruence here. A cross-civilisational *Wahlverwandschaft*. There is an intimate harmony of poetic and philosophical sensibilities here between Zhuangzi and HCA. HCA struck a Chinese cord. He continues to strike a Chinese cord. In fact it will turn out that he even struck a traditional Chinese cord when he thought that he invented the Emperor's invisible clothes. But we need to see if we ever get to the end of this lecture to consider the details of that case. (And in order to insure that we get there, I shall not speak of the obviously tempting comparison between HCA and Pu Songling and his *Strange Stories from a Chinese Studio*. For in Pu Songling (蒲松龄) and his *Liaozhai* (《聊斋志异》) there is also this fascinating phenomenon that the Chinese fabulist feels compelled to add a moral after most tales, a moral which is as alien to the spirit of the tale itself as the moralistic interpretations perpetrated on the occasion of HCA's tales.)

Like Zhuangzi, HCA needs to be HEARD. Even as you read him, you must hear the ironies, the delicious ambiguities, the sarcasm: the text must be brought to life through lively intonation. HCA was—and always remained—something of an actor. He always recited his fairy tales to audiences large and small, and he was never uninterested in audience response, as his diaries document so abundantly, almost embarrassingly. HCA's *Tales* are like so many theatre scripts: they live in their performance. So much so, that even in silent reading one must create this drama in one's head in order to begin to do justice—or at least proper injustice!—to the text. In a way, the text is no more than a libretto: it lives through the music of proper oral intonation only. Oral interpretation must bring out the importance of the unsaid, and the subtle sarcasms, ironies, and the whimsy humorous complexities in what is being said.

The textuality of these texts is oral: *nu skal du høre*, it says, "Now you shall hear," never "Now thou shalt read." If ever there was poetry in prose, HCA's tales are it. And as we shall see, there is much philosophy to boot.

No wonder many translators try so desperately to convey something of that existential delight and enrichment which HCA has given them in their mother tongue. Everyone knows that there is good reason that HCA dropped the addition "told for children" from the title of his fairy tales. These tales are in fact often inappropriate for children (because there is so much adult reflection in them that is far beyond them), and they are equally inappropriate for adults (because they must be read (listened to) in the spirit of poetic jejune, tender open-heartedness of open-minded childhood).

And there we have it: If you do not become like children, you will never enter the Kingdom of Heaven, the fairyland of the observant empathetic poetic hypersensibility that is more than mere poetic fantasy. HCA hypersensitises those who have ears to hear, hypersensitises one to the poetry of the human experience. (And one might add that Lucian, in the second century AD, was interested not only in the poetry of human existence, but in the poetics of it. This, I think, is where HCA drew the line. (But that is an important separate story.))

THE HCA CRAZE: THE 200TH BIRTHDAY OF HCA

Hans Christian Andersen occupies a unique place in the hearts of the Chinese, not only in their literary minds, their *wen xin*: there is a veritable HCA craze in China, that is, an *Antusheng re* (安徒生热). This became particularly virulent on the occasion of his 200th birthday last year.

Among the HCA enthusiasts, it is not uninteresting to note the 12th General Secretary of the Chinese Communist Party, Hu Yaobang (胡耀邦) who is reported to have said: "You must read HCA, because there is philosophy in HCA. Every time I run into trouble in political movements or when I feel I am unjustly treated, the means by which I get through things is because I've read HCA... Through the influence of HCA's fairy tales, in many things, when I can take them easy, I take them easy." This was very strong stuff, in Hu Yaobang's life and times.

In modern China, HCA is not just a famous author or a classic, it is simply a literary must (必读经典), as literary critics agree. A classic that forms people's lives before they are deformed and distorted by ideology.

The new thing after the Cultural Revolution was that quite apart from the children, many adults picked up their old childhood volumes of HCA. Hu Yaobang was one of these.

From a purely commercial point of view, it is not an exaggeration to say that HCA's fairy tales started off a major book industry.

There is even an experimental kindergarten in Peking in which all education is based on HCA.

HCA became so much of a household word that even Chinese character input systems automatically write the correct characters as long as one types the Pinyin spelling An Tusheng.（The mythical Greek fabulist Aesop（伊索）does not qualify, I am afraid, for the time being, although Aesop continues to be popular alongside HCA, owing to his clear moralistic final lines. Over one hundred books under his name are on sale at the Commercial Press. None of them translated from the Greek and the Latin of the original, as far as I know.）

HCA figures on many Chinese stamps, and I know exactly how proud he would feel about this, because I have myself always kept a copy of the one stamp on which I am myself barely visible, but clearly present. HCA remained intensely sensitive about his public effect even after he had become almost embarrassingly famous.

It has been claimed by a specialist in comparative literature, Che Jinshan（车槿山：北京大学比较文学与比较文化研究所教授）, that HCA's fairy tales are the living proof that profound, deep-level cross-cultural exchange is indeed possible.

For what is transported here in HCA is more than prudential wisdom and moral rectitude. It is a new poetic and philosophical sensibility, a new spiritual horizon that is opened up for children, but especially for adults who are still able "to become like children" and who still have ears for the philosophical poetry of HCA.

Peking University professor and literary critic Zhang Yiwu（张颐武：20世纪60年代出生于北京，现为北京大学中文系教授、博士生导师，知名文学评论家）takes a less conventional perspective, and puts his finger on it, the crux: "HCA is hypersensitive to life. He helps us to discover that in fact life contains so many elusive subtle and fragile things." Hypersensitive to life-that was the expression one needed.

Professor Zhang shrinks back from HCA's autobiographic tragic poetic recognition: the recognition that what is so elusive and fragile in life is the very basis of one's all-important emotional and philosophical orientation in that life.

The famous literary critic Zhou Siyuan（周思源：浙江杭州市人，现任北京语言大学汉语学院教授、博士生导师，中国红楼梦学会常务理事，《红楼梦学刊》编委，中国中外传记文学研究会理事）said："In HCA's works there is a feeling for the tragedy of life, and of sympathy with humankind, his works are permeated by a kind of spirit of humanism."

"HCA opened up for China an education in loving sensibility for people and things"（《安徒生：为中国人开启"爱的教育"》）runs a headline in newspaper campaign on the web on the occasion of his 200th birthday. "Using fairy tales", it is said, "he gave human warmth to the human condition."

HCA does not just entertain or titillate, he informs and transforms lives. As the only foreigner, he has entered the very core of what it is to feel Chinese: he has entered the very process of acculturation in China, if we are to believe the rhetoric of 200th-anniversary celebrations.

The most distinguished Chinese specialists in comparative literature Che Jinshan concurs: HCA "is not just a great literary artist, but in fact there has never been a foreign writer who like him seamlessly entered the culture of the Chinese language so as to have a profound impact on the very formation of the spiritual makeup of the Chinese nation."

By comparison, Shakespeare pales into *Feinschmecker* insignificance, and even Norway's Yibusheng（Ibsen）scratches no more than the surface of urban high-brow theatre-going or pro-Western intellectual Chinese culture.

That is why in China we find poetry like this poem in prose by Zhang Xiaofeng（张晓风）, which could never be parallelled in Denmark for its undiluted and untrammelled, boundless enthusiasm：

> 如果有人5岁了，还没有倾听过安徒生，那么他的童年少了一段温馨；
> 如果有人15岁了，还没有阅读过安徒生，那么他的少年少了一道银灿；
> 如果有人25岁了，还没有细味过安徒生，那么他的青年少了一片辉碧；
> 如果有人35岁了，还没有了解过安徒生，那么他的壮年少了一种丰饶；
> 如果有人45岁了，还没有思索过安徒生，那么他的中年少了一点沉郁；
> 如果有人55岁了，还没有复习过安徒生，那么他的晚年少了一份悠远。

If at 5 one still has not heard Antusheng, then in one's childhood one has missed out on some warmth;

If at 15 one still has not read Antusheng, then in one's youth one has missed out on some brilliance;

If at 25 one still has not found the subtle taste for Antusheng, then in early adulthood one has missed out on something refreshingly limpid green;

If at 35 one still has not understood Antusheng, then in one's adulthood one has missed out on something profoundly enriching;

If at 45 one still has not thought through Antusheng, then in one's middle years one has been missed out on something gloomy;

If at 55 one has not rehearsed one's Antusheng, then in one's later years has missed out on a wider perspective.

The poetry of the imaginary tale can be more philosophically and spiritually uplifting than mere philosophic prose. Yuan Yin（苑茵）, wife of the greatest of China's HCA translators, whom I fondly remember both in their splendid traditional quad in central Peking（四合院）, and later in their beautiful flat, puts her finger on a significant basic human point: "In this society which is so full of commercialism, people need a return to humaneness and to moral values, and HCA contributes this purification of the mind and this raising to a higher level, this '升华'." She could have said this "spiritual and aesthetic horizon"（境界）, for this is how HCA enters into Chinese lives: he broadens the spiritual horizon (for which he sorely lacked the Chinese word *jingjie*（境界）. His tales have this peculiar "aesthetic and semantic depth"（意境）, for which the ancient Greeks had the helpless word *hupsos* (height, higher literary dimension, or the "sublime"). There is no word for *shenyun* in any European a know of.

HCA was so integrated into Chinese children's literature that many children never noticed that he was other than Chinese. As the *Dream of the Red Chamber* or to use the translation by my revered teacher David Hawkes *Story of the Stone* specialist Zhou Siyuan puts it: "People may not know that he is Danish, or where Denmark is, but they are thoroughly familiar with his tales."

Indeed, during the thirties he was standard fare in the English curriculum. As the comparative literature specialist Yue Daiyun（乐黛云：1931年1月生于贵州，北京大学现代文学和比较文学教授、博士生导师）reports: "the Little Girl with the Matches" lights matches of hope: And it is through this wonderful HCA tale that she came to love ENGLISH. That is quite a fairy tale.

HCA AS PHILOSOPHER

A Danish newspaper declared Ye Junjian's translation of HCA the best in the world because the translator understood that HCA was a poet, a democratist, a philosopher. And what La Fontaine claims for his hero Aesop in his *Life of Aesop the Phrygian* is so true, so true for HCA: "Quant à Ésope il me semble qu'on le devait mettre au nombre des sages dont la Grèce s'est vantée, lui qui enseignait la véritable sagesse, et qui l'enseignait avec bien plus d'art que ceux qui en donnent des définitions et des règles." ("It seems to me that Aesop should be counted among the sages of which Greece was speaking so proudly, Aesop who taught veritable wisdom and who taught with much more skill than those who give definitions and rules.")

There is poetic spirituality in abundance in HCA, but HCA adds to this ethereal generic poetic philosophy, something that was quite alien to La Fontaine as well as to Phaedrus and Aesop: that all-important realist touch, that fascination even for technology, modernity and progress.

Dare I add, that when things got really serious, philosophically I mean, not only Jesus was fond of parables at crucial points, but also the dramatizing philosopher Plato made Socrates himself wax narrative and poetic, and, remarkably, while he banned Homer from his ideal republic, La Fontaine recounts over-enthusiastically that Plato was full of praise for Aesop, and he continues selfishly: "la vérité a toujours parlé par paraboles". ("The truth has always spoken in parables.") —So, there we are.

The fact is, in any case, that according to Plato's — *Phaidon* 60a Socrates himself does the effort to put Aesop's tales into verse...

That essential link between poetic imaginary tales and philosophy is an ancient one. La Fontaine goes on to explain: "Il (Plato) souhaite que les enfants sucent ces fables avec le lait; il recommande aux nourrices de les leur apprendre: car on ne saurait s'accoutumer de trop bonne heure *à la sagesse et à la vertu*." ("Plato wants the children to suck these fables in with their mother's milk, and he recommends wet-nurses to teach them to their little ones: for it is never to early to get used to wisdom and virtue." (ed. Livres de Poche p. 40)) As a tool of moral education, Aesop certainly remains popular in China, and in his case very little filtering had to be done in the process of translating Aesop directly or indirectly from Attic Greek. Now HIS wisdom DOES seem to go seamlessly into Chinese culture.

Aesop's *Fables* express a kind of philosophy that travels more easily across generations, across languages and even across civilisations than HCA's.

THE TRANSFORMATION OF HCA INTO ANTUSHENG

Introduced and enthusiastically promoted to the Chinese public by Lu Xun's learned brother Zhou Zuoren (周作人) from 1908 onwards, HCA was decisively promoted by towering literary figures such as Zheng Zhenduo (郑振铎) and Zhao Jingshen (赵景深) as well as the great scholar Liu Bannong (刘半农).

Ye Junjian (叶君健), my long-time friend, was the man who did more than anyone else to introduce HCA to the Chinese people. His complete translation of *HCA's Fairy Tales* continues to dominate the market even today. He was a highly communicative writer, and having joined Lao She in England to study English literature in Cambridge, he spent some considerable time in Denmark, on the very mellow island of Funen (福恩岛, 安徒生的故乡). That was HCA's home, and indeed mine for many happy years. In fact I looked up the family with whom Ye Junjian stayed, who even in the seventies had most fond memories of the man. It is often said that he was the first to translate HCA directly from Danish, but it has to be emphasised that in doing so he was making extensive use of a very pleasant Danish informant for his task.

And as we have seen, according to the Chinese Internet, Danish paper declared Ye Junjian's Chinese translation "the best in the world because the translator understood that HCA was a philosopher, a poet, and a democratist."

In 1995, the diplomat scholar and specialist in Nordic mythology Lin Hua (林桦) published a careful and passionately-felt new version of the fairy tales, after a seven-year diplomatic stint in Denmark, to be followed by a more complete translation in 2006. Whereas Ye Junjian still had a predominantly moralistic vision of HCA, he wanted the tales to be instructive and delectable, Lin Hua put great weight on an aspect of HCA's work which might seem inconsistent with fairy tales but which is essential to his success: the autobiographic element. He has even gone so far as to move "The Ugly Duckling" to the beginning of the collection to draw attention to this fact that HCA expresses HIMSELF, the tragedies and farces in his OWN life, through the medium of his tales.

Lin Hua fully understands how HCA's tales are written with his life's blood when he quotes HCA's famous little speech to a young author, towards the end of his life: "I have paid a heavy price for these tales of mine. ... For the sake of the tales I have disregarded my own happiness."

In his famous doctoral thesis of 1907, the literary critic Hans Brix emphasised the importance of identifying the autobiographic episodes which occasioned many tales, by reference to the diaries. And Bo Grønbech, in his wonderfully philosophical and readable doctoral thesis on HCA defended in May 1945, which it has been a great pleasure to re-sample for this paper, emphasised the underlying psychodynamics in the composition of HCA's tales as well as the irony and the (good) humour that pervade these tales.

In 2006 another version was translated from English, jointly by the professional translator and writer of children's books Ren Rongrong and Shi Qin'e.

The Commercial Press in Hong Kong offers well over one hundred editions of various kinds of the works of HCA. (For a detailed bibliographic survey of the reception of HCA in China see Christoph Harbsmeier, "H. C. Andersen in China," in *Anderseniana* 1978/9, pp. 84—111.)

SHAKESPEARE GOES TO PARIS AND HCA GOES TO PEKING: THE VAGARIES, TRIALS AND TRIBULATIONS OF TRANSLATION

But here comes the crux: how seamlessly CAN and DOES HCA actually enter China as Antusheng. Would HCA recognise Antusheng at all? Was HCA really an author who transcends differences between states, as the 200th birthday rhetoric has it: "an author without any country's characteristics."

Some time ago Barbara Cassin has edited her wonderful *Dictionnaire des intraduisibles*. This focusses on the immense wealth of important conceptualisations which are untranslatable from one European language to another. Those untranslatables between widely different languages like Danish and Chinese are surely even greater in number than within the European context that Cassin considers. And when translation is not from the original but from one translation to a third language, then the meaning-loss in the transfer is inevitably going to be even more significant. This needs to be explored.

Translation is inscribing something alien into a new cultural context. Translating involves a double filtering: what one cannot conveniently express is filtered out, and what the author should not have said or even intended, for moral or aesthetic reasons, is filtered out. Shakespeare's ubiquitous sexual double-entendres have traditionally been cut out in France until modern times, for both reasons at the same time. What the author "surely" would have thought and should have said is even filtered **in**. What the author does not openly share of one's own cultural presuppositions is (often surreptitiously) "filtered into" the translation.

In a multi-cultural environment, sensitive souls take on different personalities in different languages. I remember that 20 years ago, I started a lecture in Paris using English, but by what I would call characteristic popular French demand I was made to switch to French: I ended up delivering a much simplified lecture, but in particular, a very French lecture, not the English one. Gestures **as well as** content was changed radically. I am not simply myself in French or in Chinese. Personas as well as works of literature are profoundly transformed when moved into different languages.

My wife proposed several times to divorce, as it were (long before we even got married!), because she could not stand the Oxonian English version of myself. She has never come back to the proposal for 35 years ever since I have learnt to speak Danish to her. But, as time went on, imperceptibly, I think I have become more and more myself **in Danish**. Also in literature, similar cultural osmoses occur, and I believe that more and more of HCA is gradually filtering into Antusheng.

A. Shakespeare's "dirty mind"

Consider in particular, by way of comparison, Shakespeare in Chinese, whose "all the world's a stage," HCA developed and generalised with such consummate, almost maniacal, poetic inventiveness. For Shakespeare only thought of the human stage, whereas for HCA all creatures and all things, no matter small and insignificant, become actors in that cosmic farce of conflicting and contrasting subjectivities of which human life is only a small part. There is, I feel, a "direct line" from Shakespeare to HCA in more ways than one. Now, Eric Partridge's 223 small pages entitled *Shakespeare's Bawdy* (London: Routledge, Kegan and Paul, 1968) pointed out in a highly readable manner that Shakespeare's plays were replete with covert obscenities **in addition to the wonderfully overt ones**. Frankie Rubinstein, *A Dictionary of Shakespeare's Sexual Puns and Their Significance* (London: MacMillan Press, 1989) has elaborated on Shakespeare's foul language and his pervasively dirty mind on 372 tightly printed pages, and Gordon Williams, *A Dictionary of Sexual in Shakespeare and Stuart Literature* (London: Athlone Press, 1994) provides the embedding context for Shakespeare's dirty mind in three volumes of altogether 1616 pages.

There is no question that Voltaire was right when he found Shakespeare's plays indecent and—to use William Clinton's phrase—"inappropriate" for the French scene. French translations of Shakespeare for the stage had to be rewritings and expurgated adaptations, and they remained so until the early twentieth century: There is no room, in "decent" tragedy, for vulgar obscenities. But Shakespeare was a genius, of course, but since he had desperately bad taste and a very dirty mind indeed he could never compete with a Racine or a Corneille on the classical Paris theatre scene.

When one reports this story of Shakespeare going to Paris to Chinese Shakespeare-lovers, one meets with disdainful disbelief: the greatest of poets CANNOT have had a distinctly dirty mind. This would be culturally ungrammatical. Chinese translations of the bard are apparently sufficiently expurgated to make him inoffensive to the Chinese public. And in any case: How COULD the world's greatest artist have had a dirty mind? Shakespeare is not just translated but transposed into an innocent key.

Translation often also involves yet another, third effect: adding what the author should have said if he had been in his right mind or if he had tried to be logical and transparent. This is not the occasion for me to tell the tale of how Monsieur Daci saved Hamlet from death in his play, and how he was hugely successful in rewriting Shakespeare's plays to reduce them to the dramatic logic and format of the classical French theatre. (This story is beautifully told in John Pemble, *Shakespeare Goes to Paris: How the Bard Conquered Frances*, London: Hambledon and London, 2005.) What becomes painfully obvious in Daci, I suggest, is very much inherent in cross-cultural translation in general. At various levels, translation obviously must remain adaptation, and Mao Zedong, acutely aware of the problems here involved, argued in vain for uncompromising hard literacy in translation when he personally supported the great Chinese poet Lu Xun's slogan "宁信而不顺", which I take the liberty to translate freely as "be faithful to the original even at the cost of awkwardness."

"The Little Mermaid" comes to be summarised as "telling men to sacrifice everything, selflessly, for love", or so it was announced on the radio on the occasion of his birthday! And from "The Ugly Duckling" they must learn, like the ugly duckling, not to fear the hardships and the adversitities of life.

Here, Antusheng is received and then conceived as a moralist, his tales are taken as wonderful poetic vehicles for a supremely banal moral messages.

In point of fact, very few of HCA's tales simply serve to convey a moral. Where an apparent moral is expressed, there often is that crucial and elusive humorous touch of IRONY that pervades his work, and which in Danish is given the elusive name *lune*. You never QUITE know where you have HCA.

B. HCA'S Humour and Irony

Humoren var egentlig saltet i mine eventyr.

"When all is said and done, it is the humour that was the real salt in my fairy tales," H. C. Andersen wrote in his diary June 4, 1875. Actually, this is how it goes, in its context: "Visit at the sculpturer Saaby whom I told on the spot, very clearly, that I was dissatisfied with his statue of me, that neither he nor any of the other sculpturers understood me, *at de ikke havde set mig laese*, that I did not suffer anyone behind my back at that stage, that I did not have children on my back, on my lap, or in my arms, that my tales were as much for adults as for children, that these kids only understood the *staffage*, and that it was first as adults that they understood the whole thing. That the naïve things were only a part of my tales, and that humour was ultimately the salt in them." ("Smukt varmt Sommerveir. Tog 111/2 en Vogn, kjørte ud af Vesterport og ind af Øster. Solen brændte, jeg blev saa søvnig paa Farimagsveien at jeg faldt isøvn. — Besøg hjemme af Billedhuggeren Saaby, som jeg denne Gang sagde klart og tydeligt at jeg var utilfreds med hans Statue af mig, at hverken han eller nogen [af] Billedhuggerne kjendte mig, havde ikke seet mig løse, at jeg ingen taalte da bag ved mig og ikke havde Børn paa Ryggen, paa Skjødet eller i Skrøvet; at mine Eventyr vare ligesaa meget for de Ældre som for Børnene, disse forstode kun Stafagen og som modne Folk saae og fornam de først det Hele. At det Naive var kun een Deel af mine Eventyr, at Humoret var egentligt Saltet i dem...")

There are certain kinds of humour which, like French Bordeaux red wine, are notorious for not really travelling very well: Bordeaux sells well everywhere but is manifestly at its best before it has gone to New Zealand. HCA's text comes with a way of reading it, a *dufa* (读法), and it is the subtle play of that *dufa* which cannot come across in translation—and is indeed only subtly adumbrated in the printed text, unsubtly black and white, dead on the page. Quite unlike what HCA tried to bring out, when he read out his tales, deliberately singing a song that he hoped his little children listeners would come to see the point of in much, much later years. After they had lost their splendid innocence of expectation.

But there is more. Local genre-expectations play an important part: folk-tales must not be suffused with self-humour, sarcasm, and irony. Subtle double-bottomed (*underfundig*, 深妙, 奥妙) humorous and ironic orality is of the very essence in HCA's style, and very little of all that can ever come across in translations into English, let alone into Chinese.

I know it is irritating to be told that things are beyond one. But here is an example that is not in fact beyond the reach of those of us who lack the sense for that Funen variety of Danish which is so different from the dominant Copenhagen variety:

On New Year's Eve 1835 HCA wrote to a lady friend Henriette Hanck in the little town of Odense: "I am now beginning to write children's tales, for, you see, I must go and get coming generations on my side." ("Nu begynder jeg paa nogle 'Børneeventyr', jeg vil se at vinde de kommende slaegter maa De vide.") He was, of course, joking, but he succeeded to an astonishing degree—and extent.

HCA wrote fairy tales, and he added a curiously redundant phrase "fortalt for boern" ("told for children") as if that was not self-evident, for fairy tales. (The message is for adults, but the story is told for children.) Here again, his addition has to be taken with a pinch of salt, for very many of his tales are not at all "told for children", quite unsuitable for children, manifestly. They are told for those who are willing to listen to them "like children" in the literary spirit of the New Testament, to enter this ethereal poetic universe where everything is alive and respected for a subjectivity all of its own, where nearly everything seems to acquire a complex subjectivity and psychology of its own. If you do not become like children, you will not enter this ethereal and very philosophical kingdom of Poetry.

HCA decided to drop the addition very soon after he put it in. HCA's addition "told for children" always had to be taken with a pinch of salt, like most other things in HCA's fairy tales, and indeed in life.

There is cold irony and sarcasm which we know from Voltaire and from the famous Chinese writer Lu Xun (鲁迅), and there is this kind of elusive, warm, self-distancing and playful poetic self-irony which plays this crucial part in HCA. You never know where you have him, as an author expressing his opinion, much less as a moralist preaching any moral maxims. Like Plato, and like Zhuangzi at his best, HCA remains behind the stage in his fairy tales, and he never speaks in his own voice. What he appears to say always needs to be taken with that elusive pinch of salt. (Not a spoonful of salt: he is not ironic in the sense that he means the opposite of what he says.) This is part and parcel of HCA's pervasive humorous touch, *lune*, which is so manifest throughout to sensible souls who have had the good fortune of intimate familiarity with the mellow island of Funen, but which disappears already in all English versions of HCA that I have seen, how much more in Chinese translations from the English.

Styles of irony, no matter whether of the cold or the warm variety, vary remarkably from one country to the other. Norway, for example, has long been a kind of colony of Sweden and under the stong cultural influence particularly from Denmark, but attitudes towards irony continue to vary diametrically between Norway and Denmark. It is disconcertingly endemic in Denmark, and needs to be used with overexplicit care in Norway. Indeed it preferably needs to be signalled unambiguously if used at all. The mild humorous variety of persistant humorous irony in HCA, the *lune* of HCA's home, the mellow provincial island of Funen, is again something quite different from the self-distancing sharp-witted ironic sarcasm typical of the capital Copenhagen. All these styles of irony travel badly across language barriers and dialectal barriers, not to speak about the barriers that separate profoundly different civilisations. They have to do with the literary tonality in which sentences are to be taken, the way things are meant, rather than with the meanings of words and sentences. They are the subject matter of philosophical comparative rhetoric to which I have devoted much of my private life.

For HCA the fairy tale became a medium for the cultivation of reflexive philosophical and poetic hyper-sensibility which passed, most of the time, well above the heads of children, as truly good children's literature should do, something for which *Winnie the Pooh* will remain a living proof, and of which *Alice in Wonderland* has been studied in great detail by the great linguist and philosopher of language Y. R. Chao as an experiment exploring the limits of translatability. (See 《阿丽思漫游奇境记》, 赵元任译, Shanghai 1922, second edition 1923, many reprints)

"The Ugly Duckling" is the story of a swan who is out of context and therefore in trouble everywhere, particularly because he thinks he is only a duck. And the tale has a real subtly ironic punch-line when he recognises himself as a swan among swans: "Never mind that you are brought up in a duck-pond, as long as you are born from a swan's egg."

If there is a moral in HCA's tales, it was expressed by Lucian (ca. 120—ca. 180) (ed. Loeb, vol. 1, p. 114) in the phrase *kata to phusei kalon zēn* (to live by what is inherently beautiful) —NOT by wealth, power, success, gluttony of experience and every other kind. It is to live by the quiet inherent and exhilarating poetry in things all about you. And, curiously, when you do this, you are not quite OF THIS WORLD. HCA transports you, transports you to this ethereal realm of aesthetic as well as moral hypersensibility. Unlike Lucian, HCA does not talk about what he is doing, he DOES it. In Wittgenstein's spirit he SHOWS and does not aim to EXPLAIN **away**.

In the second century AD the writer Lucian, in whose comic dramatic vision of the universe beds bear spoken witness against their incumbents, and where lamps comment on what they have shed light on, he asks leave of the reader and explains he must not be taken seriously, and that he will refuse to give a moral (**epimuthion**) to his tale, and then he goes on to give away the secret of what he is doing: "Just look and see in what way I'm like what is in the tale (*kath' ho ti tōi mutōi eoika*)!" (ed. Loeb, vol. 1 p. 58) Unlike Lucian, HCA perhaps rarely explicitly thinks this way. But he writes this way. Partly in the spirit of the great morally elusive writer, humorist, and philosopher Lucian who seemed to be able to get under the skin of everyone and everything, seeing things from every point of view without sticking to any point of view. On the other hand, there is much, much more poetic, romantic, as well as autobiographic *engagement* in HCA. What profoundly links Lucian and HCA is a kind of *raptus poeticus* in prose, and that same protestation that is always implicit in HCA: *ouk alogōs mainomai*, which I permit myself to translate as follows: "I may be raving, but not illogically."(Loeb, vol. 1, p. 104)

Life as a farce of conflicting subjectivities, conflicting subjectivities even of animals, plants, artefacts and lifeless things, is inspired by Shakespeare but more profoundly by Lucian. HCA tells this Freudian underlying tale so well that his audience naturally begins to construe their own lives poetically by "inscribing" their own personal subjective narrative into HCA's tales. Just as Zeus, in Lucian's divine dialogue *Zeus Ranting* begins by inscribing himself into a classical tragedy, in his desperation over the fact that he may not even turn out to be, ultimately more than a mere name.

In many devious ways, this underlying humorous and poetic philosophy increasingly come across in translation: more Antusheng translations are increasingly sensitive to—and even curious about—HCA.

What I am proposing is a specific little contribution to the study of the spirit of modern China. We need a detailed philosophically inspired investigation into the nature of the transformation of HCA into Antusheng, the sinicisation or sinification of HCA. Where are the conceptual resistances, the rhetorical resistances, the cultural resistances, the philosophical resistances, and the significant differences in sensibility, the culture clash of literary tastes…

In other words, what I think we should like to have is a cultural history of the basic dynamics in the Chinese cultural appropriation—and rejection! —of HCA.

The case of HCA is unique, because it is not just polite rhetoric but simply true that no other foreign writer has had anything like HCA's formative influence starting from pre-literary childhood, neither from the East nor from the West. The literary influence of someone like Selma Lagerlöf, Strindberg or Ibsen, the philosophical influence of someone like Kierkegaard, the artistic influence of Munch, the musical influence of Sibelius and Grieg: all these are significant Nordic factors in modern Chinese cultural life. But none of these Nordic artists enter the Chinese mind during this formative early-childhood stage where the very parameters of adult mentality are established. Even the Germanic fairy tales of the brothers Grimm fade into comparative insignificance by comparison, I am afraid. It is at this fundamental level that HCA's transformation into Antusheng deserves careful detailed philological attention, not just in the context of the history of cultural relations between Scandinavia and China, but in the the much deeper context of the study of the ways of thinking and feeling in modern China.

One is tempted to tell the story of HCA's transformation into Antusheng in the style of one of his own fairy tales, or more precisely in the style of Lucian's humorous analytic dialogues. How people on the other side of the globe wax enthusiastic every time these poetically maniacal tales seem to come near to saying something that resonates **non-trivially** in their Chinese aesthetic and moral world. One would have come full circle and entered HCA's intellectual world properly. But this is for another lecture.

THE CHINESE (EMPEROR'S) NEW CLOTHES

What belongs here, at the end, is the discovery, which we all owe to my very old Buddhologist friend Eric Zürcher, namely that HCA's idea of invisible clothes proudly worn is in fact attested in China a very long time before HCA was born. I have always thought this idea was characteristically HCA's own, indeed rather typical of him, one of those translatable things eagerly taken over abroad. As the journalists Liu Jiang (刘江) and Liu Yang (刘洋) put it on the Xinhua News Agency web-page: "This idea has peeled away the cultural foreignness and has become a commonplace in daily speech." Well, it was in fact anticipated in China in the biography of the famous monk Kumārajīva who died around 400 AD, in the *Biographies of Eminent Monks* no. 2059 of the Taishō Tripitaka. Here is this story, in the original and in my tentative translation:

龟兹王为造金师子座。	The king of Qiuci built a golden-lion-seat for Kumārajīva,
以大秦锦褥铺之。	and he padded the seat with cotton padding from the Near West,
令什升而说法。	and he ordered Kumārajīva to get up on the seat and to preach the Law.
什曰。	Kumārajīva said:
家师犹未悟大乘。	"My master still does not understand the Great Vehicle,
欲躬往仰化。	and I wish to go out to convert him respectfully.
不得停此。	It is not right for me to remain here."
俄而大师盘头达多不远而至。	All of a sudden it turned out the Grand Master Daduo had not minded the distance and had arrived at Qiuci.
王曰。	The king said:
大师何能远顾。	"How is it that you are able to make such a distant visit?"
达多曰。	Daduo said:
一闻弟子所悟非常。	"Firstly, I heard that my disciple had made unusual progress,
二闻大王弘赞佛道。	and secondly I heard that your great majesty showers great praise on the Way of the Buddha.
故冒涉艰危	Therefore I braved difficulties and dangers
远奔神国。	and from afar hastened towards your divine state."

什得师至	When Kumārajīva got to know that his Master had arrived,
欣遂本怀。	he was delighted that he was able to realize his original plan.
为说德女问经。	He expounded [v. l. + for the sake of his master] the *De nü wen jing*,
多明因缘空假。	which extensively illustrates [the principles of] conditioned production, emptiness, and conventional existence.
昔与师俱所不信。	These were all things that he had not believed in with the master.
故先说也。	So he made a start explaining these things.
师谓什曰。	The Master addressed Kumārajīva as follows:
汝于大乘	"When it comes to the Great Vehicle,
见何异相	what different and new aspects have you caught sight of,
而欲尚之。	so that you want to convert to the Great Vehicle from our orthodox faith?"
什曰。	Kumārajīva said:
大乘深净	"The Great Vehicle is profound and pure."
明有法皆空。	And he explained how everything that has properties is empty,
小乘偏局	how the Small Vehicle was one-sided,
多诸漏失。	and how it missed out on many things.
师曰：	The Master said:
汝说一切皆空甚可畏也。	"When you say that everything is empty, this is scaring indeed!
安舍有法而爱空乎。	How can one reject what has properties and love what is empty?
如昔	It is like once upon a time
狂人令绩师绩线	a fool ordered a tailor to sew a silk garment,
极令细好。	and he ordered it to be made thin in the extreme.
绩师加意	The tailor paid attention to this,
细若微尘。	and it became as thin as fine dust.
狂人犹恨其粗。	Still, the fool was still unsatisfied because the thing was too coarse.
绩师大怒	The tailor got very angry,
乃指空示曰。	and he pointed into the thin air and said:
此是细缕。	'But this is the fine gauze.'
狂人曰。	The fool said:
何以不见。	'How come I do not see it?'
师曰。	The artisan said:
此缕极细。	'This gauze is extremely fine,
我工之良匠犹且不见。	even the capable specialists among my works can't see it.
况他人耶。	How should others be able to!'
狂人大喜	The fool was overjoyed,
以付织师。	and he paid the tailor.
师亦效焉	The artisan did as the fool did,
皆蒙上赏	and they all took on the 'thin gauze', and much appreciated its delicacy,
而实无物。	but in fact there was nothing.
汝之空法亦由此也。	These empty properties of yours are also like this!"
什乃连类而陈之。	Kumārajīva then expounded it (viz. the principle of the emptiness) by gathering similar things (i. e., apologues such as the one told by his master).

往复苦至经一月余日。	Only after he had made great efforts, again and again, for more than one month,
方乃信服。	[his master] was finally convinced.
师叹曰。	The master sighed and said:
师不能达反启其志。	"I still do not understand and you have opened the right meaning for me.
验于今矣。	This saying has been proved right now.
于是礼什为师。	Then he treated Kumārajīva politely as his master,
言:和上是我大乘师。	saying: "The *upādhyāya* is my master in the Great Vehicle;
我是和上小乘师矣。	I am the *upādhyāya's* master in the Small Vehicle!"

Bornons ici cette carrière,
les longues ouvrages me font peur.
Loin d'épuiser une matière,
on n'en doit prendre que la fleur.
(La Fontaine 6, Epilogue)

作者简介:何莫邪(Christoph Harbsmeier),挪威皇家科学院院士,奥斯陆大学汉学系教授。

[异邦新声]

洛特曼对巴赫金理论的演变与发展

Б. Ф. 叶果罗夫

Ю. М. 洛特曼世界观与创作方法的演变与发展早已成为学界的研究课题,其中,韩国学者金洙关的著作《Ю. М. 洛特曼创作演变的主要方面:"圣像""空间""神话""个性"》(莫斯科:文学新观察出版社,2003年)可谓不可多得的研究成果。这是他在俄罗斯科学院俄罗斯文学研究所(即"普希金之家")所写的论文,而我是他的导师。

将"洛特曼与巴赫金"作为研究课题的文学评论家和哲学家的研究成果可列举如下:B. B. 伊万诺夫的《М. М. 巴赫金的"符号""话语"和"对话"理论对现代符号学发展的意义》(《符号学》1973年第6期,第5—44页,转载于《对话·狂欢·时空体》1996年第3期,第5—58页);D. 西格尔的《苏联语言学中的结构主义》(特拉维夫,1974年);I. R. 提图尼克的《巴赫金学派与苏联符号学》(《布局》1976年第1卷第3期,安娜堡,第327—338页)和《巴赫金与苏联符号学》(《俄罗斯文学》第10卷第1期,阿姆斯特丹,第1—16页);A. 里德的《谁是洛特曼?为什么巴赫金要如此诽谤他?》(《话语的社会/社会的话语》1990年第3卷第1—2期,第325—338页);A. 曼德尔克的《符号学的范围:洛特曼、巴赫金和维尔纳茨基研究中的机体论》(《美国现代语言协会出版刊物》1994年第109卷,第385—396页);П. 格里日别克的《巴赫金的符号学理论与莫斯科—塔尔图符号学派》(《洛特曼学术思想研究集》,第1卷,第240—259页);N. 考其尔斯奇斯克维利的《弗洛连斯基、巴赫金、洛特曼——对话的距离》(《斯拉夫研究》1996年第4卷的《Ю. М. 洛特曼的遗产:现在与未来》,的里亚斯特,第65—80页);I. 威尔克的《诗歌与散文:从巴赫金到洛特曼及以后……》(出处同上,第153—162页);D. M. 贝斯阿的《巴赫金的"透明性"与洛特曼的"诗性思维":代码及其与传记文学的联系》(《斯拉夫和东欧研究》1997年第41卷第1期,第1—15页)等,但在上述所列的研究中并未触及"洛特曼对巴赫金理论的演变与发展"这一层面。

然而 H. C. 阿夫托诺莫娃在自己的研究著作《开放的结构:雅各布森—巴赫金—洛特曼—加斯帕洛夫》(莫斯科:俄罗斯政治大百科全书出版社,2009年)中则提到了这种演变的特征。我们认为,该著作具有深远价值和重要意义。

洛特曼高度重视巴赫金的学术研究价值,尤其体现在1983年的一篇专门用德语写作的有关巴赫金的文章以及1990年写作的文章《丘特切夫的诗意世界》中。洛特曼表示最看重巴赫金在基础理论研究方面所做的贡献,还预先说明自己在具体分析时亦有可能犯错。他对此一直持不变的态度,除了由先前的分歧转向观点相近时所产生的转变。洛特曼一直致力于"空间"与"时间"概念研究,他尊重巴赫金的"时空体"理论,但并不认为时间与空间可以相互等同。洛特曼认为,与空间相比,时间是第二性的,因为我们可以用表述空间的语言来表达时间范畴(如 время бежит, время остановилось 等)。但在洛特曼晚年的创作中,他开始向巴赫金的"时空体"理论靠拢。

洛特曼在 1983 年 7 月 15 日写给 Л. Л. 菲奥尔科娃的信中这么写道:"……在当代符号学中存在着两种截然不同的对空间的理解……巴赫金是从物理学角度(相对论)出发,将空间和时间视为同一种现象(有可能这种想法来自于康德)。而我们(我认为,最早开始研究这个问题的是 C. 聂克留朵夫和我)是从数学(拓扑学)角度来理解空间概念的;这个意义上的空间可称之为彼此间存在连续性关系的各个客体(点)的集合……从这一观点来看,空间是一种广泛的模型化语言。试想,我们在日常交际中可以用表述空间的语言表达时间概念(如 предыдущий, последующий, время бежит, время остановилось 等),而用表述时间的语言表达空间概念是不可能的。"(Ю. М. 洛特曼:《1940—1993 年书信集》,莫斯科,1997 年,第 270 页。"C. 聂克留朵夫和我"指的是《在第二暑期学校进行的第二次模拟系统的报告摘要》(塔尔图,1966 年)的两位作者。)

然而,洛特曼在其生命最后几年的学术研究中开始如巴赫金一般对时间范畴予以足够的重视。他开始扩展及加深其对时间概念的认识,并逐渐将时间与空间相互等同。特别是在《丘特切夫的诗意世界》一文中,我们看到了两个不同观点的演变过程:洛特曼式的"巴赫金主义"的演变以及洛特曼对丘特切夫创作方法的观念的演变。洛特曼比以前更加全面深入地分析了诗歌文本中的时间范畴,可以看到,时间与空间概念的分析占据了同等重要的篇幅:在洛特曼最负盛名的著作《诗人与诗歌》(圣彼得堡,1996 年)中,在 30 页的文章中,对空间和时间概念的分析各占据了 6 页。

虽然洛特曼努力追求客体接受的完整性以及自我世界观、方法论的完整性,但却不太愿意进行研究方法的改变。这点在他分析丘特切夫创作的过程中尤为明显。《丘特切夫》一文写作的三年前发生了一件重要的事情:洛特曼在塔尔图大学与我的博士研究生 M. A. 车尔内舍娃就其副博士论文《丘特切夫抒情诗中人与世界关系的演变》进行了辩论,该论文详细阐述了诗歌的各种评论准则的演变。洛特曼最后高度评价了该论文,并表示赞同论文的结论,甚至还间接地引入了自己的《丘特切夫》文章中。洛特曼曾这么强调:"……通常来说,艺术世界是动态的、易发生演变的,而更重要的是,在不断变形的作用下创建文本。"(《诗人与诗歌》,第 170 页)

然而洛特曼并不想改变丘特切夫抒情诗分析的结构框架,他认为:"该结构特点非常稳定,虽然在语义对立的结构内部发生着各种位移,形成了各种复杂的组合,但对立本身在整个创作过程中是很稳定的。"(《诗人与诗歌》,第 170 页)洛特曼列出了近十组二元对立,如"存在与不存在""真实与不真实""地上与天上""混沌与宇宙""北方与南方"等。(顺便说一下,有些二元对立,如"北方与南方",在丘特切夫的创作中并不一定是稳定的:俄罗斯问题的加深以及系列爱情诗的创作导致了显著的结构性变化,直至发生符号的更替。)

早期(至 21 世纪初)的研究人员对洛特曼的一篇名为《巴赫金的遗产与符号学的现实问题》的文章不甚了解。这是洛特曼 1983 年 10 月在德国耶拿席勒大学举行的巴赫金国际研讨会上所作的报告,随后这篇报告被收录在大会论文集内(或许我是最早在研究洛特曼的著作中提及此文的人)。①

该文为了解莫斯科—塔尔图学派晚期的学术思想(这些学术思想亦可作为巴赫金思想批评的研究对象)提供了十分有趣的见解。该文关注的重点并非莫斯科—塔尔图学派的演变过程,而是对巴赫金学术遗产的分析。作者完全没有考虑到自己研究方法上的转变,只是强调了巴赫金研究中毫无争议的主要结论(只保留一些细微的修改),似乎是在暗示自己态度的转变,同时也堵住了过去或将来的那些只会根据巴赫金早期创作对其进行评判的评论家们的嘴。

因此这篇文章可以看作洛特曼自我观点的陈述。如果说这些观点基本符合巴赫金思想,只能说明方法论发生了转变,归结于巴赫金的学术成果及其对莫斯科—塔尔图学派的批评研究在洛特曼早期思想中的影响。这种影响是由一种内在的、潜移默化的趋势所致,有着重要的意义。

报告的第一部分分析了巴赫金与索绪尔理论的两个截然不同的观点:第一,与索绪尔的静态符号系统不同,巴赫金强调了符号系统的动态性;第二,巴赫金创立了与过去的"独白"理论相对的"对话"理论。洛特曼在这里给出了唯一的评注;他认为巴赫金的对话理论有一些不确定性,有时甚至是隐喻性的,并随后从符号学的角度给"对话"下了定义:"这是一种对新的、在对话关系之前尚未成型的信息的加工机制。"(第38页)鉴于巴赫金把结构主义者视为索绪尔的追随者②,洛特曼在文章中对巴赫金与索绪尔的观点分歧不予任何批评甚至还带有一丝赞许的行为似乎是对巴赫金评价的一种委婉的修正:您不是指责我们是索绪尔的跟班儿吗?我们倒还完全认同您与索绪尔的观点不和呢!

上述关于对话理论的定义引自报告的第二部分内容。在第二部分内容中,洛特曼阐述了莫斯科—塔尔图学派对巴赫金思想,特别是对话理论的继承和发展。莫斯科—塔尔图学派自1970年进入学术成熟期后的一项基本原则,即一种文化是由两种或两种以上的语言,如口头语言和描写语言、文学语言和戏剧语言、文学语言和电影语言等相互补充的必然规律,是与对话理论密不可分的。该理论的产生也与20世纪生理心理学的一项伟大发现,即大脑两半球功能上的不对称性息息相关。

的确,这一原则是根据对话理论的定义(即对话交际是由两种或两种以上的语言和代码所构成)而得出的。洛特曼从符号学范畴强调了对话的动态过程。他对于"对话"的全新定义也是根据这个动态公设(即新的信息产生过程)而获得动态性质的③。文中洛特曼也不止一次地强调符号学的意义并不在于机械性地传递信息,而在于总是处于对话中的新信息的创造过程。

附带说明一下,洛特曼晚期,特别是在《在思维世界里》这本书中指出,在"我—他"的单

---

① [俄]Ю. М. 洛特曼:《巴赫金的遗产与符号学的现实问题》,《"小说与社会——巴赫金国际学术研讨会"论文集》,耶拿:席勒大学,1984年,第32—40页。接下来在本文中对该文将采用直接引用的方式,引文部分由笔者翻译,因俄语翻译出现时间较晚,见[俄]Ю. М. 洛特曼:《俄罗斯文化的历史和类型》,圣彼得堡,2002年,第147—156页。

② 参见[俄]巴赫金:《语言创作美学》,莫斯科,1986年,第238页。

③ М. Л. 加斯帕洛夫在研究洛特曼时引入了"动态性"的概念(参见[俄]М. Л. 加斯帕洛夫:《洛特曼诗歌文本分析:1960—1990年》,《洛特曼研究文集》1995年第1辑,莫斯科,第189页),但或许巴赫金对其影响更为直接。

向信息传递过程中,信息不变,传递的只是信息恒量;但也有例外:当自我交际产生时,信息传递方为自我本身,在这种情况下代码会发生变化,同时形成信息。但是洛特曼没有考虑到,在向他人传递信息时代码时常会发生变化,在新的语境下也会不断产生信息。因此,笔者认为"我—他"型和"我—我"型的交际模式无需对立区分。

由此可见,洛特曼在20世纪80年代的符号学理论研究中借鉴了巴赫金的方法论思想。然而,需要补充的是,М. Л. 加斯帕洛夫在与同事们的私人会谈上提出并随后公开发表的一段评述颇引人深思:"巴赫金的'对话'指的是人与人的对话,因此两方在对话交际后都有所改变;而洛特曼的'对话'通常指的是人与文本的对话,因此在这样的对话结束后,人改变了,但文本保持不变。"

但普通的符号学原则并不能涵盖世界观体系的方方面面,而世界观体系内又往往存在着复杂的相互关系。很遗憾,据我所知,几乎所有研究巴赫金和洛特曼的学者都没有对该二人的世界观进行深层次的探讨,而事实上这里存在的差异性很大。

首先需要谈到的是,巴赫金终身信仰宗教,而洛特曼在其家庭和社会环境中成长为一名无神论者(但仍需注意到洛特曼晚期经历了严重的宗教冲击,加深了他意识中的反符号学"天性")。巴赫金作为一个知识分子,又是一个自由的富有创造性的基督教徒,他与官方教会和保守的传统始终保持距离,却对狂欢式的亵渎持宽容态度,事实上巴赫金本人也曾在与В. Н. 图尔宾的交谈中稍稍流露出对福音书狂欢式的、离经叛道的、"亵渎"般的想法。尽管如此,宗教思想一直是巴赫金世界观的基础[1],他正是在此基础上建立起他的美学理论,"罪孽""过失""牺牲""救赎"这一类的概念在他的著作中随处可见。

毫无疑问巴赫金一直对20世纪20年代的形式主义者持冷淡态度,反之亦然。要知道对巴赫金1929年出版的陀思妥耶夫斯基研究著作大加赞赏的书评人А. В. 卢那察尔斯基是一位马克思主义者,而并不是什么形式主义的领军人物,同样,形式主义者们也不见得非要对书中精妙的分析解读感兴趣吧!П. Н. 梅德韦杰夫于1928年出版的《文学批评中的形式主义方法》一书发出了一个敌对的信号:形式主义者们或许知道这本书是处于巴赫金的研究范畴内的,但重点并不在此。巴赫金与形式主义者们的"疏离感"首先来自于世界观的不同:宗教信仰与无神论。四十年后巴赫金指责形式主义者们对其"长远时间"理论的轻视,认为他们忽视永恒性,忽视文化的历史及艺术的内容、价值等种种也都是由世界观的不同所引发的。虽然巴赫金也曾肯定形式主义者的贡献,表示他们"对艺术提出了新的看法和见解"[2]。

巴赫金对20世纪60年代出现的结构主义和符号学的批评态度似乎是他对形式主义不满情绪的延续。他批评了结构主义中"封闭的文本""机械化的范畴""非人格化"等问题[3]。再次强调,巴赫金当时显然并不了解洛特曼在文化历史方面的研究,更别提后期洛特曼在符

---

[1] 参见[俄]В. Н. 图尔宾:《狂欢:宗教,政治,神智学》,《巴赫金研究文集》1990年第1辑,莫斯科,第25页。近年来出版了不少研究巴赫金宗教性及其起源的作品,最新的研究成果中包括:[俄]Н. Д. 塔马尔琴科:《神人类思想争辩语境下的作者和主人公(巴赫金、车鲁别茨柯依和索洛维约夫)》,《语篇》1998年第5/6期,新西伯利亚,第25—39页。
[2] [俄]М. М. 巴赫金:《语言创作美学》,莫斯科,1986年,第372页。
[3] 同上书,第352、372页。

号学概念上的演变。巴赫金曾宣称符号学的代码是机械的、有限的、无创造性的,相反语境则是无限的、广阔的。然而莫斯科—塔尔图学派在自己早期的研究中已然在寻求远离"静态性"与"不变性"的解决方法,更不用提后期方法论的革新。顺便说一句,巴赫金在批评结构主义时以"语境"代替"代码"的做法是不正确的,因为这是两个完全不同的概念:代码是信息传递规律的汇编,而语境是一种巨大的文化背景,是无限深奥、纷繁复杂的联想世界。然而我们却注意到,巴赫金在1970年发表的《答〈新世界〉编辑部问》一文中强调:"康拉德、利哈乔夫、洛特曼及其学派的著作是近年来优秀的文艺学著作。"①然而这并不妨碍他始终对洛特曼及其学派保持疏远态度,正如他经常重复的那句话一样:"我不是结构主义者。"

除此之外,巴赫金与洛特曼的哲学观也各有不同。巴赫金的年轻时代是在新康德主义的影响下走过的。他曾在涅韦尔与他的好友、哲学家 М. И. 卡甘一起创办了康德研究小组。卡甘曾于1907—1914年在德国的莱比锡、柏林、马尔堡等地的大学哲学系学习,师从新康德主义者 H. 柯亨和 P. 纳托尔普,并撰写了题为《从笛卡尔到康德的"先验自我"》的论文。巴赫金除了自己对康德及康德主义者学术成果的钻研外,想必也从卡甘那里了解到很多有关柯亨、纳托尔普和马堡学派的知识。

除了活跃在卡甘的哲学小组,巴赫金还在涅韦尔为当地知识分子开设哲学讲座。"……我的哲学讲座内容主要涉及康德和康德主义。我认为这是哲学的中心。"他还与其中一位热情的听众、后来成为著名钢琴家的 М. В. 尤金娜一起多次进行专门有关新康德主义的谈话②。20世纪20年代末巴赫金还在当时的列宁格勒开办了"康德主义讲座"③。

巴赫金依据新康德主义原则分析道德问题,并论证了伦理学在哲学中的首要作用。(他曾在1921年末写给卡甘的信中请求对方设法在莫斯科获取柯亨所著的有关康德伦理学的书④。)巴赫金提出了"同一""行为""责任"等概念,此外,他还将人物的个性化因素推到了首位,指出文学作品中主客体范围的相互作用及问题与答案的创新型认知作用。

近年来一些学者开始关注巴赫金在20世纪20年代中期对新康德主义原则的超越问题:"他大大地超越了自己新康德主义的起源"(G. S. 莫尔松)⑤;"巴赫金的哲学体系无疑已经超越了柯亨哲学体系的范畴"(Н. И. 尼科拉耶夫)⑥;"……哲学家已然评判地看待自己少年时期的新康德主义"(K. 埃梅尔松)⑦。1994年1月28日 В. Л. 马赫林在莫斯科国立师范大学巴赫金科学教育实验室的理论研讨会上作了名为《柯亨与巴赫金》的报告,其中详细地分析了两位哲学家哲学思想的异同。报告的主要结论为:"……在'超越形而上学'的问题上柯亨和巴赫金给出了不同的答案:柯亨试图在'纯文化'和'纯认知'中找到依托,而巴赫

---

① [俄] M. M. 巴赫金:《语言创作美学》,莫斯科,1986年,第330页。
② 同上书,第237—238页。
③ 同上书,第145页。
④ 《记忆》第4辑,莫斯科—巴黎,1976年,第262页。
⑤ [俄]G. S. 莫尔松:《巴赫金主义》,《斯拉夫和东欧研究》1986年第30卷第1期,第86页(俄文引文引自《对话·狂欢·时空体》1994年第1期,第65页)。
⑥ [俄]Н. И. 尼科拉耶夫:《涅韦尔哲学流派》,《巴赫金与20世纪哲学文化》(第一册),第二部分,圣彼得堡,1991年,第33页。
⑦ [俄]K. 埃梅尔松:《从巴赫金研究看美国哲学家》,《对话·狂欢·时空体》1993年第2—3期,第7页。

金想把文化扎根于'道德现实'。"①我们不得不同意马赫林的观点,但尽管如此,大多数的研究者还是认为巴赫金直到自己生命的最后时刻都一直信仰康德主义。

巴赫金从未对黑格尔哲学有过好感,他将黑格尔的哲学方法视为独白性的、抽象化的方法,将黑格尔辩证法看作是"对话的倒退",认为辩证法中的个人情感、个性化特征被消除了,"抽象的概念和论断被剥离出来,一切都被塞进了一个抽象的意识中"②。С. Г. 博恰罗夫在一篇带有回忆录性质的文章中精彩描述了巴赫金对黑格尔及其辩证法的厌恶之情,同时引用了巴赫金一句惊人的论断:"黑格尔辩证法就是一种骗术。正题不知道反题要取消它,而傻子合题不清楚自己已经被取消了什么。"③

当然,黑格尔哲学中的历史主义,以及从历史角度研究文学作品和文学体裁的方法对巴赫金的研究方法不可能不产生影响,但总体而言巴赫金的研究倾向于更宏大的范畴,立足于圣经式的"长远时间"。洛特曼曾拿文学评论家Ю. 特尼扬诺夫与巴赫金作过比较:"特尼扬诺夫的思想在某种程度上很像巴赫金:具体的想法往往是伪装过的,概念带有偏见……但总体的研究是卓有成效的、有创造力的。"(见《书信集》第331页)类似的想法还出现在了《丘特切夫》一文中:"正如尽管巴赫金在历史、文学语境下对拉伯雷创作的解读有很多薄弱之处,但巴赫金对于拉伯雷的理论思想是深刻而卓有成效的一样,特尼扬诺夫的《普希金和丘特切夫》一文的意义也完全不仅限于对普希金和丘特切夫之间关系的研究。"④显然,巴赫金思维的理论性和大规模性完全不是黑格尔式的,而是圣经式的、康德式的。

相反,洛特曼是在20世纪30—40年代列宁格勒的学术环境中成长起来的,他的老师所接受的思想都是黑格尔思想及发源于黑格尔的马克思主义思想,因此历史主义的热情和辩证法思想都渗透进了年轻的洛特曼的世界观中。他的很多结构主义理论都是在辩证法哲学思想的基础上建立的。

19世纪俄罗斯社会哲学思想同样对洛特曼起到了积极的教育作用。19世纪俄罗斯思想界带有浓厚的黑格尔色彩而非康德色彩,但到了20世纪,局面却发生了变化:不是黑格尔主义者的数量急剧减少,就是康德主义者的数量明显增多了。为此,洛特曼的儿子小洛特曼还曾试图将自己的父亲列入康德学派的阵营:"洛特曼是一位康德学派的信徒。"⑤后来小洛特曼还根据父亲的《文化是主体又是客体》一文,认为"洛特曼的学术研究从1989年起便放弃了黑格尔传统,转而投向了莱布尼茨和康德思想"⑥。这种观点无疑十分夸张。洛特曼从未远离过黑格尔。虽然洛特曼的确在自己的文章中提到过,将文本表现精神转换为读者对文本的反映(即接受者对文本的解释)这一诠释学问题源于康德,但是更确切地说是源于"伟大的欧洲新思想奠基人——黑格尔和康德"。随后洛特曼受哲学家莱布尼茨单子论的启发,

---

① 《对话·狂欢·时空体》1994年第4期,第126页。这一期中在124—126页中提供了马赫林报告的详细摘要。
② [俄]М. М. 巴赫金:《语言创作美学》,第352、364页。
③ [俄]С. Г. 博恰罗夫:《一段谈话及其相关的》,《文学新观察》1993年第2期,第72、88页。
④ [俄]Ю. М. 洛特曼:《丘特切夫的诗意世界》,《丘特切夫研究文集》,塔林,1990年,第109页。
⑤ [俄]М. Ю. 洛特曼:《文本背后:简述塔尔图符号学派的哲学背景(第一篇)》,《洛特曼研究文集》第1卷,第216页。
⑥ [俄]М. Ю. 洛特曼:《后记:结构主义诗学及其在Ю. М. 洛特曼学术遗产中的地位》,出自[俄]Ю. М. 洛特曼:《论艺术》,圣彼得堡,1998年,第678页。

开始转向符号信息角度的研究。该研究是非常重要的(虽然很可惜这一问题没有得到进一步的探讨),但绝对不是康德式的。

尽管两位学者的学术思想有着不同的来源(巴赫金具有圣经式的、康德主义的本体论思想,而洛特曼则深受黑格尔及西方符号学、结构主义思想的影响),但从两人在分析大型材料并得出大型结论的方法论特征中我们可以看到,他们之间又具有很多相通之处。洛特曼在自己的研究中大量运用到了巴赫金的研究成果,并在此基础上阐扬光大。比如洛特曼在分析"情节"时依据了巴赫金的'时空体'概念和长篇小说话语的概念,"M. M. 巴赫金引入的'时空体'概念对长篇小说体裁类型的研究起到了实质性的推动作用……如果再加上巴赫金所深刻分析的长篇小说的话语特征,以及由此得出的无限涵义的可能性的话,小说读者和研究者对情节的无限性的感受也就不言而喻了"①。

用 B. C. 瓦赫鲁舍夫评论洛特曼的《在思维世界里》一书的话来说:"当洛特曼谈论陀思妥耶夫斯基、作家的'不确定'话语、文化的多相语言的复杂多声的特点(第148页)以及各个对话系统的离散性(第194页)等问题时,作者常常会跑到巴赫金的领域里来。"②洛特曼自己也在上文中提到的德语文章中指出,一种文化必须具有至少两种语言符号的这一思想就直接来自于巴赫金的对话理论。

两位学者不光在世界观范畴,还在整体或局部的方法论上有着相似的观点和结构框架。比如巴赫金和洛特曼都视本体与功能为对立面。波兰文化学家鲍古斯拉夫·日尔科就在自己的著作中对巴赫金的"体裁""长远时间"与洛特曼的"符号"概念进行了比较③。而洛特曼本人则在《文化与断裂》一书中提出:要运用巴赫金的相关理论来分析 O. M. 弗赖登贝格的学术方法和她对体裁及情节的研究。④洛特曼本人对上述领域的研究也同样借鉴了巴赫金思想。

除了相通性之外,洛特曼也对巴赫金理论某些部分做了更确切的说明。如巴赫金曾将"独白—对话"这一对立概念运用于"诗歌—散文"这个同源对立概念的研究中,洛特曼在此基础上进一步发展了这一理论。他认为,不仅在文学种类之间,而且在艺术方法上都存在"独白—对话"的对立,多声的(对话式的)巴洛克与独白式的浪漫主义常常能在诗歌或者散文中遇到。⑤

当然两位学者最相似的地方还是他们的道德标准,无论在理论研究方面,还是在实践(即生活行为方式)方面皆是如此。基督教的道德准则一直支配着巴赫金命运多舛的一生,他自始至终都没有背叛过自己的道德观念;洛特曼虽不曾经历过像巴赫金一样被逮捕、被流放的遭遇,却也经受过四年战火的洗礼及饱受威胁、恐吓的岁月,他也从未放弃过崇高的道德原则。更重要的是,二人无论在日常生活中还是在创作思想上都体现出深厚的民主思想:

---

① [俄]Ю. M. 洛特曼:《19世纪俄罗斯长篇小说的情节空间》,出自《诗语流派:普希金 莱蒙托夫 果戈理》,莫斯科,1988年,第325—326,330页。
② 《文学问题》1998年第6期,第344页。
③ [俄]B. 日尔科:《米哈伊尔·巴赫金》,格但斯克,1994年,第182—184页。
④ [俄]Ю. M. 洛特曼:《文化与断裂》,第217—218页。
⑤ [俄]Ю. M. 洛特曼:《普希金诗体小说〈叶甫盖尼·奥涅金〉》专题课程,塔尔图,1975年,第33页。

巴赫金的对话理论和狂欢理论是从参与者地位平等的角度出发的；而洛特曼的文化学理论也同样极富民主精神。二者所有的创作追求都是诚实的、无愧于心的。借用 Н. К. 米哈伊洛夫斯基的术语来说：与"真理—真相""真理—正义"密切相关。

洛特曼在前文所提到的德语文章的结尾处如此评价巴赫金："所有有幸与巴赫金本人结识的人，都能确信他不仅是一位天才的研究者，也是一位有着崇高人格、优秀职业道德并执着追求真理的学者。因此，我们不仅应该说我们是如何看待巴赫金的，更应该说巴赫金是如何看待我们的。我希望我们的学术追求无愧于他。"其实，我们也完全可以用这些话来评价洛特曼。

洛特曼自己正如他所言，"有幸与巴赫金本人结识"。当巴赫金一家有机会离开流放地萨兰斯克回到莫斯科附近居住时（自 1969 年底的六个月内巴赫金在库兹尼佐夫医院治病，1970 年 5 月在格里夫纳的一家养老院开始定居生活），洛特曼经莫斯科朋友的介绍才得以与这位学界的老同行见面。他也曾盛情邀请巴赫金接受塔尔图大学的一份永久教职，但因种种原因未能成功。（郭舒曦译）

作者简介：Б. Ф. 叶果罗夫，前苏联及俄罗斯著名语言学家、文学批评家、历史学家、文化学家。

译者简介：郭舒曦，广东外语外贸大学西方语言文化学院俄语系讲师，南京大学博士生。

语文学与世界文学①

埃里希·奥尔巴赫

Nonnulla pars inventionis est nosse quid quaeras. ②

一

如果我们依然像歌德所做的那样,将"世界文学"(Weltliteratur)这个词同时指向过去和未来的话,那么现在是时候追问这个词到底还能有什么意义了。作为世界文学的场域,我们的星球并不仅仅意味着一般意义上的普遍与人性;而且,地球将人性看作是它的成员之间富有成果的交流的产物。世界文学有一个福祸相依的预设(felix culpa):即人类按照不同的文化分成许多支系。然而,今天人类的生活却在变得日益标准化。强制推行一致性的做法最初起源于欧洲,如今依然在进行中,其结果便是所有独立的传统的根基都遭到了破坏。不可否认,民族意志比以往任何时代都要强烈和喧嚣,但是就每一个民族而言,其所推进的现代生活的标准和方式却全然是一致的;所以对不带偏见的旁观者来说,民族存在的内在基础显然正在朽烂。欧洲诸文化一直以来都得益于彼此之间富有成效的相互联系,并且也一直从对自身价值的自觉意识中获得支持,这些文化因此依然保持了它们的独立性。尽管如此,即使在这些文化中间,抹平差异性的进程仍然在以前所未有的速度进行着。总之,举目所及,标准化都处在统治地位。所有的人类活动都正在被归化到欧洲—美国以及俄国—布尔什维克这两个模式中,当它们和构成印度和中国传统基础的基本模式相对照的时候,不管在我们看来它们是多么伟大,这两个模式之间的差异相对来说其实都是极其微小的。如果人类能够禁受得住如此有力而又迅速的归化进程——虽然为此的精神准备一直很薄弱——那么人们将不得不使自己适应在一个标准化的世界里的生存,适应一种单一的文学文化、有限的几种文学语言,乃至于一种单一的文学语言。那么随之而来的是,世界文学这个观念在被实现

---

① 英译者注:摘自《百周年评论》1969 年第十三卷,第 1—17 页。译者注:本文原题为"Philologie der Weltliteratur",收录在瓦尔特·穆施克与埃米尔·施泰格主编的《世界文学:弗里茨·斯特里希教授 70 华诞祝寿文集》(伯尔尼:佛郎克出版社,1952 年,第 39—50 页)中,此书为纪念弗里茨·斯特里希的论文集。斯特里希教授是《歌德与世界文学》(1946)一书的作者,这部著作与《摹仿论》一样都是在战争期间写成的。梅尔·赛义德与爱德华·萨义德将原文翻译成英文,标题为"Philology and Weltliteratur"。本文由英译本转译而来,同时参考德文原文。

② 译者注:摘自[古罗马]奥古斯丁:《首七卷问答录》导言(Quaestiones in Heptateuchum, Prooemium)。意为"对于求索者来说,事先知道自己要追寻的是什么可不是一件小事"。

的同时也就被摧毁了。

　　如果我估计得没错的话，就其强制性和对群众运动的依赖性而言，目前的这个局面是歌德所没有预料到的。因为歌德很乐观地回避思考那些被后来的历史证明是无可避免的事情。他偶尔也承认我们的世界中那些令人沮丧的趋势，然而那时还是没有人能够猜到这样一个令人厌恶的可能性会被实现得如此彻底和出人意料。虽然歌德的时代的确很短暂，但是我们中间的老一辈人却真的经历了这个时代的逝去。自从欧洲的民族文学赢得相对于拉丁文明的优越性并从中获得自我意识以来，已经过去了将近五百年；而我们历史主义（historicism）意识的苏醒至今不过勉强有两百年的时间，而正是这种意识使得我们有可能形成"世界文学"的概念。一百二十年前逝世的歌德，通过他自己的榜样和他的作品，对历史主义的发展和由之衍生出的语文学研究做出了决定性的贡献。然而，在我们这个时代，我们见证了一个历史主义的意识于其没有多少实际意义的世界正在崛起。

　　尽管歌德式人文主义的时代确实如白驹过隙一般，但是它却不仅在当时产生了重要的影响，而且也开启了许多持续至今，并仍在发展分化中的事业。到歌德晚年的时候，可供研究的世界文学的数量已经比他出生时要多得多；然而，和我们今天能够见到的世界文学相比，那个数量依然很小。我们关于世界文学的知识得感谢历史主义的人文研究所赋予那个时代的冲动；那种人文研究所关心的不仅仅是材料发掘和研究方法的发展，更是对材料与研究方法的洞察和评估，只有这样，一种人类的内史（inner history）——统一在其多样性之下的人类概念正是因此被创造的——才能付诸笔端。自从维柯和赫尔德①以来，这种人文研究一直是语文学的真正目的。正是因为这个目的，语文学才成为了人文学科中具有主导性的分支。语文学在其身后描画出了艺术、宗教、法律以及政治等学科的历史，并将自己分别编入其中，织成某些确定的目标和被普遍达成的秩序的观念。由此在学术和综合研究上所取得的成就，对当下的读者来说已经毋庸赘言了。

　　在环境和前景都完全改变的情况下，这样一种活动继续下去还有意义吗？我们没有必要过分强调这种活动确实在继续，并且还在广泛传播这个简单的事实。因为一种习惯或制度一旦形成总会持续很长时间，特别是当那些认识到了生命的境遇发生了根本性变化的人们常常既没有准备好又无法将他们的认识转化成实际行动的时候。从少数具有突出才能和原创性的年轻人对语文学和历史主义研究热情的投入中，我们仍然能够看到希望。我们可以希冀这些年轻人对这份工作的天分不会辜负他们，并且这项研究也依然和当下与未来有关，这样想无疑是令人鼓舞的。

　　在科学的组织和指导下对现实的研究充斥了并且统治了我们的生活；如果我们想要为其命名的话，它就是我们的"神话"——因为我们并不拥有另一种神话具有如此普遍有效性。历史是关于现实的科学，最直接地影响我们、最深刻地扰动我们，并且最有力地迫使我们产

---

① 英译者注：关于赫尔德，请参看本卷中所选的文章。启蒙时代的哲学家詹巴蒂斯塔·维柯在他的《新科学》（1725）一书中主张人类的历史与制度必须用世俗的而非神学的术语来理解。维柯的计划，以及他对法律和文学语言的密切关注，深深地启发了奥尔巴赫；参看他的论文《维柯与审美历史主义》，《美学与艺术批评》1950年第8期，第110—118页。

生自我意识。历史是唯一一种让人类以其整体站在我们面前的科学。通过历史的注脚,我们不但可以理解过去,还可以理解普遍局势的演进;历史因而将当下也包括在内了。上一个千年的内史是人类获得自我表达的历史;而这便是语文学这门历史主义学科的研究对象。这段历史包含着对人类大胆而又强力的跃进的记录——向着关于其自身境况自觉意识的跃进、向着实现其天赋潜能的跃进;这种跃进的最终目标(即便以当下这个完全碎片化的形式)在很长一段时间内几乎都是不可想象的,然而尽管过程曲折,它看上去依然像是在按计划进行中。我们的存在所能胜任的一切富有张力的关系都被包含在这个过程中了。一个逐渐展开的内在梦想,用它的广度和深度给予旁观者以勃勃的生气,让他能够在目睹这幕戏剧的同时变得充实,从而与自己天赋的潜能和谐共处。这样一种景象的消失——其表象完全是建立在展示和诠释之上的——将是一种无可挽回的贫困化。诚然,只有那些还没有彻底遭受到这个损失的人才会注意到这种贫乏;即便如此,我们仍然必须在力所能及的范围内不惜一切地去阻止这样一个严重的损失的发生。如果我在这篇文章开始时对未来的思索还有几分可信的话,那么收集素材并将其转化为一个能够持续发生效力的整体便是一项紧迫的任务了。我们基本上还是能够完成这项任务的,这不仅是因为我们所拥有的供我们使用的材料非常之多,更主要地是因为我们还继承了对这项工作来说不可或缺的历史透视主义意识(historic perspectivism)。我们之所以还拥有这种意识,是因为我们正在经历着、体验着历史的多样性,而如果没有这种经验,这种意识恐怕就会很快失去其现实的具体性。同样,在我看来,我们生活在一个反思性的历史学能够最充分地实现其潜能的时代(Kairos[①]);而接下来的许多代人是否还属于这样一个时代是值得怀疑的。我们已经受到了一个非历史性的教育体制所酿成的贫困化的威胁;而且这个威胁不仅存在,还宣称要统治我们。不管我们是什么,我们都是在历史中生成的,也只有在历史中我们才能保持当下的样子并由之向前发展;展示这一点以便使它能够不被遗忘地穿透我们的生活是语文学家的职责所在,因为他们的领域正是由人类历史所构成的那个世界。在阿达尔伯特·施蒂夫特(Adalbert Stifter)的《夏日般的初秋》(Nachsommer)中"路径"这一章的末尾,一位人物说道:"最高远的期望是,设想当人类结束在地球上生活的岁月之后,一个精灵会来考察并总结一切人类艺术从孕育到消亡的全过程。"不过施蒂夫特所谈论的只是美术,而且我也不相信现在可以讨论人类生活的终结。但是把我们的时代说成是一个发生了决定性转变的时代却是正确的,在这场转变中一种至今为止独一无二的考察似乎正在变得可能。

  这个世界文学的概念及其语文学比起它们的前辈来,显得没那么活跃、没那么实际,也没那么关乎政治。现在不像以前了,再也没有人谈论不同民族之间的精神交流了,也没有人谈论风俗的改良和种族之间的和解了。这些目标一部分没有达到,一部分在历史的发展中被取代了。某些杰出的个人,抑或是一些具有高度修养的小团体在这些目标的指引下,一直在享受有组织的文化交流;他们也将继续这样做下去。不过这种活动对于文化或者人们总体的和解来说却几乎毫无用处;因为它无法承受既定而又相左的利益所带来的风暴——正

  [①] 英译者注:Kairos这个希腊词指的是一个有利的时段或者机会,与单纯的年代相对;在基督教神学中,这个词逐渐被用来特指危机重重的时代以及事物新秩序的降临。

是从这种风暴中诞生了高强度的宣传活动——因而它的成果也就立即烟消云散了。只有在政治发展的基础上将不同的成员事先融洽地整合到一起,它们之间的交流才会有效果。这样一种文化上的对话有一个内在的一致效果,能够增进相互理解并服务于一个共同的目的。但是对那些没有被整合到一起的文化而言,在一片令人不安的(对一个有歌德式理想的人文主义者而言)普遍和睦中,矛盾依然会长久存在(例如那些在不同的民族国家身份的差异化过程中产生的对立),除非自相矛盾地完全借助强力来磨合,否则对立还是得不到解决。本文所宣扬的世界文学的概念——一个关于分享共同命运的不同背景的概念——并不寻求影响或改变已经开始发生的一切,尽管这可能和期待相反。我所说的这个世界文学的概念承认世界文化正在被标准化这个无可避免的事实,但是它依然希望能够准确地——从而自己才可能得到保存——并且自觉地来促成并表述文化融合这项命运攸关的事业:这样一来,对于那些身处富有成果的多样性的晚期阶段的人来说,被如此促成和表述的融合会成为他们的神话。通过这种方式,过去一千年间的整体精神运动才不会衰退。现在推测这项努力在未来会有什么效果是不会有什么结论的。我们的任务是为这样一种效果创造可能性;现在只能说,对于像我们的时代这样的一个转型时期来说,效果可能会非常重大。当然,这种效果很可能也会帮助我们更从容地接受我们的命运,使得我们不再憎恨反对我们的人——即便当我们被迫摆出敌意的姿态时也是如此。由此看来,我们的世界文学的概念与它的前辈一样关于人类与人文主义;对历史的内化理解——它是这个世界文学概念的基石——与之前的理解并不相同,但后者却是在前者的基础上发展而来的,而且没有前者也是不可想象的。

二

上文已经提到过,我们从根本上是有能力进行世界文学的语文学研究的,因为我们掌握着无限的材料,而且其数量还在稳定增长中,还因为我们拥有从歌德时代的历史主义那里继承来的历史透视主义的意识。可是无论这项工作的前景看起来多么充满希望,实践起来的困难依旧十分巨大。对于某个个人来说,为了洞悉世界文学的材料并进而建立起一个充分的相关论述,他必须亲自掌握那些材料——至少也要掌握其中的主要部分。然而,由于材料、方法和观点的过分丰富,那种意义上的掌握已经事实上变得不可能了。我们所拥有的文学来自世界的各个角落,时间跨度长达六千年,大约用五十种文学语言写成。今天为我们所知的许多文化在一百年前还不为人知;过去为我们所知的许多文化其实我们还都是一知半解。至于那些数百年间学者们已经了然于胸的文化时代,相关的新发现是如此之多,以至于我们关于这些时代的概念已经被彻底地改变了——一些全新的问题也随之出现。在所有这些困难之上,还得再加上这个考量:一个学者不应该只关心某个给定时代的文学,他还必须研究这种文学赖以发展的环境;他必须将宗教、哲学、政治、经济、美术以及音乐都纳入到考虑范围之内;这些学科中的每一个都必须维持一个活跃、独立的研究。越来越具体的专业化从而应运而生了;专业的方法被发展出来,以至于在每一个这样的独立领域——甚至在某个领域的各个专业观点中——都形成了一种深奥难懂的专门用语。这还不是问题的全部。异域的、非语文学的、或者科学的方法和概念也开始在语文学中崭露头角:社会学、心理学、某些种类的哲学以及当代文学批评构成了这些外部影响中的首要部分。这样一来,所有这些因素都必须被吸收和重组,即便公平地说,这样做只能表明其中某个因素对于语文学是无用的。如果一个学者并不一直将自己局限在一个狭窄的专业领域或者与一小群志趣相投的同事共享的观念世界中的话,那么他的生活就会受到各种对他的印象和断言的困扰:让这个学者来公平地对待这些困扰几乎是不可能的。不过,将自己只局限在一个专业领域中的做法正变得越来越不能令人满意。例如,在我们的时代,要成为一个普罗旺斯专家,只掌握直接相关的语言学、考古学和历史事实几乎是不可能做好的。在另一方面,有些专业领域已经变得如此之繁杂,以至于要花一辈子的时间才能精通。举例来说,这样的领域有:但丁研究(这几乎不能被称作一个"专业领域",因为公平地说,研究但丁会在事实上把你带到任何地方)、宫廷传奇及其三个相关的(但又很成问题的)子议题:宫廷爱情、凯尔特问题和圣杯文学。又有几个学者能够在其中一个领域真正做到游刃有余?还有任何人能够继续谈论一种学术的、综合的世界文学的语文学吗?

今天的某些人确实在总体上对欧洲的材料拥有高屋建瓴的把握;然而,据我所知,他们都属于两次世界大战之前成长起来的那一代人。这些学者不会那么容易地被取代,因为自从他们那一代人以来,对希腊语、拉丁语和《圣经》的学术研究——这是后来的资产阶级人文主义文化的主干——在几乎所有的地方都崩坏了。如果从我自己在土耳其的经历来推断,那么我们很容易注意到在非欧洲的,但是同样古老的文化中发生的相应的变化。原来在大学阶段(英语国家的研究生阶段)可以被认为是理所当然的能力,现在必须在大学里通过学习才能获得;而且经常发生的情况是,这样的学习不是太晚了就是不充分。此外,大学或者研究生院的知识重心也发生了转移,更偏重于极新潮的文学和批评;而且即便当学术界对更早的时代有兴趣的时候,他们所关注的也大多是巴洛克时代这样的历史时段——可能是因为处于现代文学的偏见和万金油式术语的范围之内才在最近被重新发现。如果整体历史对我们能有什么意义的话,那么很显然一定得从我们自己时代的境况和心态出发来对它加以理解。但是一个天资聪慧的学生无论如何都具有他自己时代的精神,也被这个精神所占据:在我看来,他应该不需要学术上的指导来把握里尔克、纪德或者叶芝的作品。不过,为了理解古代世界、中世纪和文艺复兴的语言传统和生活方式,也为了学习和了解探索更早的历史时期的方法和手段,学生的确是需要指导的。当代文学批评中的问题设置和范畴分类总还是意义重大的,这不仅因为这些问题和范畴就其本身而言常常很精巧又能有所启发,也因为它们表达了这个时代的内在意志。尽管如此,其中只有一部分可以在历史主义的语文学研究中被直接利用或者当作被真实传递的概念的替代品。这些问题和范畴大多数都太抽象和模棱两可了,而且经常带有过分个人化的偏见。它们加强了一种大学一年级新生(以及二年级生)经常会陷入的那种诱惑:即想要通过实体化了的抽象概念体系来掌握大量材料;这将导致研究对象被消解为关于一些虚无缥缈的问题的讨论,并最终变成仅仅是关于术语的戏法。

尽管这些学术上的趋势看起来令人不安,但是我并不认为它们真的具有危险性,至少对于那些真诚而又有才华的文学研究者来说是如此。再者,有些有天赋的人能够自己设法获得任何对于历史或者语文学研究所必不可少的材料,还可以在面对知识界的时髦潮流时采取恰如其分的开明而又自主的态度。这些年轻人在许多方面都拥有胜过自己前辈的不寻常的优势。在过去的四十年间,各种事件扩展了我们的知识视野,关于历史和现实的新见解已经得到揭示,关于人类间历史进程(interhuman processes)的结构的观点也得到了丰富和更新。我们参与了——而且仍在切实地参与着一堂关于世界历史的实践研讨课;因而,我们在历史事务方面的洞见和概念上的能力也有了相当程度的发展。这样一来,许多以前在我们看来是晚期资产阶级人文主义杰出的语文学成就的优秀作品,如今在问题设置上就显得不够实际和有局限性了。今天的人们在这方面所面临的情况要比四十年前简单一些。

  但是综合(synthesis)的问题要怎么解决呢?一个人一生的时间似乎连做好准备工作都显得太短促;而一群人的团体工作也不是出路,即便团体工作在其他地方都很有用。我在这里所谈论的历史性的综合,尽管只有建立在对材料学术性的掌握的基础上才有意义,但却是个体直觉的产物,因而也只能期待在个人身上发现。如果这种综合能够完美地成功,那么我们就能同时获得一项学术成就和一件艺术作品。甚至一个出发点(德语:Ansatzpunkt;英语:point of departure)的发现——我会在后面再论及这个问题——也是一个关于直觉的问题;所谓的综合如果要实现其潜能,就必须以一种统一而又联想丰富的方式来进行。毫无疑问,这样一项工作所取得的真正值得注意的成就要归功于一种统摄性的直觉;而为了达到其效果,历史性的综合还必须额外具有一件艺术作品的外表。文学艺术必须拥有自为的自由这个传统的异议——这意味着不受科学真理的束缚——几乎没有人再提了,因为历史资料正如今天其自身所呈现的那样,为想象力在选择、问题设置、组合和塑造上都提供了足够的自由。实际上我们可以说科学真理对语文学家来说是一个有益的限制;因为它保存并保证了"现实"中的或然性,这样一来逃离现实的巨大诱惑(不论是通过琐屑的粉饰还是通过虚幻的变形)便遭受了挫折,因为现实是或然性的评判标准。此外,我们还要考虑到一种综合性的、内在的历史书写的需要,正如欧洲文学艺术传统是一个谱系(Genos)一样,古典时代的历史编纂也是一个文学谱系;类似地,德国古典主义和浪漫主义所创造的哲学—历史学批评也在奋力寻找属于自己的文学艺术的表现形式。

三

  这样一来我们又回到了个人。个人如何才能达到综合呢?在我看来,个人当然无法通过百科全书式的收集材料来做到这一点。一个更加宽广的视野而不仅仅是事实的堆积,是一个不可或缺的条件,但是这种视野应该在整个过程的一开始就并不刻意地去取得,而且要以一种天生的个人兴趣作为自己唯一的指路牌。不过最近几十年的经验已经向我们证明了,在某个领域中,那种为了努力穷尽大部头的通论类书籍而进行的材料积累,不管这些通论类书籍是关于一个民族的文学、一个伟大的时代,还是关于一种文学谱系,都几乎不能导向综合和体系。困难之处不仅在于材料之冗繁几乎不可能被单独的个人所掌握(以至于似乎必须有一个群体计划才可以），也在于材料本身的结构。对材料的传统分类方法，不论是年代学的、地理学的还是类型学的，都不再适用，也无法保证任何有力而又统一的进步。因为这样的分类方法所涵盖的领域和达到综合所要应付的问题领域并不重合。甚至在我看来，关于单个的、重要的人物的专著——有许多这一类的作品都极为出色——是否还适合充当我一直在谈论的那种综合的出发点都很值得怀疑了。当然，由单个人物所体现的生命的统一性，其完整和实在并不逊于任何其他方式，而且这种统一性也总是优于人为的构造；但是同时这种统一性终究是无法把握的，因为它会逐渐转变为一潭非历史性的、不可穿透的死水，而那往往正是个人最终的归宿。

在成就了一种综合性的历史主义观点的著作中，恩斯特·罗伯特·库尔提乌斯（Ernst Robert Curtius）最近关于欧洲文学与拉丁中世纪的书①是最让人印象深刻的一部。在我看来，这本书的成功得归功于这样一个事实：尽管书的标题是全面的、整体的，但是它却是从一个事先规定清楚，几乎有些狭隘的单一现象——学院修辞传统的传承——来展开的。尽管此书所组织的材料汗牛充栋，但其最出色的那些章节却并不仅仅是众多条目的堆积，而是从少量条目向外的辐射。总体上，这本书的主题是古代世界在拉丁中世纪的传承，以及古典文化所采取的中世纪形式对新的欧洲文学的影响。面对如此概括而又全面的一个意图，作者起初是什么也做不了的，他站在一大堆繁杂而又无法归类的材料前，在其计划的最初阶段只能对一个泛泛而论的题目做一番概述。如果真要机械地来收集材料的话——比如说，以一系列单个作家为线索，或者以整个古代世界在中古的几个世纪间的接续传承为线索——仅仅对这一大块材料做一个梗概就会让任何规划的意图变得不可能。只有通过发现并立即明确界定一个现象，使之足够全面与核心来充当出发点［在这里是修辞传统，特别是主题（topoi）］，库尔提乌斯的计划才能够得以实现。我这里并不是在讨论库尔提乌斯对于出发点的选择是否令人满意，抑或这在就他的意图而言可能的选择中是不是最好的一个；正是因为人们可以提出异议说库尔提乌斯的出发点难堪重任，他最后达到的成就才更加值得赞赏。因为库尔提乌斯的成就必须得归功于以下这条方法论上的原则：为了完成一项综合性的艰巨工作，就势必要定位一个出发点，或者说，一个可以让问题被把握住的把手。对出发点的选择必须以一种严格界定、容易辨识的现象为标准，对这种现象的解释是一种从内向外的辐射，能够进而整理并解释比其自身所占据的地方更广大的区域。

这种方法早已为学者们所熟知。例如文体学这门学科长期以来就是因为得益于这种方法才得以用若干确定的特征来描述一种特定的文体的。不过我还是认为有必要强调一下这种方法的一般意义——这是唯一一种让现在的我们在面对一个更宽泛的背景时能够综合地、富于联想地写作一部内史（history-from-within）的方法。这种方法也能让年轻的学者，甚至一个初学者来完成同样的目标；一旦直觉发现了一个有希望的出发点，相对适量的一般性知识再加上他人的指点就足以胜任了。在阐释这个出发点的过程中，知识的图景会充分而又自然地扩张，因为对所需材料的选择是由出发点决定的。这种扩张因而也是具体而微的，其组成部分是如此必要地黏合在一起，由之所获得的一切都不会轻易失去，其结果在有

---

① 译者注：即《欧洲文学与拉丁中世纪》(*Europäische Literatur und lateinisches Mittelalter*)，初版于1948年。

规则的展现中是拥有统一性和普遍性的。

在实践中一般性的意图无疑并不总是先于具体的出发点。有时候我们会发现某个单独的出发点会消解对普遍性问题的识别和规划。当然,这种情况只有在对问题有先入之见的前提下才会发生。必须加以说明的是,只凭一般的、综合性的意图或问题是不够的。我们需要寻找的毋宁说是一种能够部分地被理解的现象,尽可能的界限清楚、具体而微,因而可以用技术的、语文学的术语来描述。各种问题会进而由之生发出来,这样对我们的意图进行规划才变得可行。在另外一些情况下,单独一个出发点是不够的,必须要有好几个才行;不过如果第一个出发点浮现了,其他的也更容易被找到,这尤其是因为它们在属性上必须不单单将自己和其他出发点连接起来,也必须交汇于一个中心意图之上。因此这是一个专业化的问题,但不是针对传统的材料分类模式的专业化,而是针对近在手边、需要不断重新发现的题目的专业化。

出发点可以有很多种类,因此在这里列举所有的可能性是不现实的。一个好的出发点的特质,一方面是其具体性和精确性,另一方面是其向外离心辐射的潜能。一个语义学的解释、一个修辞学的比喻、一个句法上的序列、对一个句子的解释或者在特定的时间和地点所做的一组评论——所有这些都可以成为一个出发点,但是出发点一旦被选定就应该具有向外辐射的能力,这样我们才能借以处理世界历史。如果有人要探究 19 世纪作家的境况的话——不管是一个国家的还是整个欧洲的——这种探究就会生产出一部我们应该对它心怀感激的有用的参考书(如果它包含了所有对于这项研究来说必不可少的材料的话)。这样一部参考书自有其用处,但是如果能够从作家关于受众的某些评论入手,我一直在谈论的那种综合会更容易达到。类似地,像不同诗人们的持久名声(la fortuna)这样的题目只能够在找到一个具体的出发点来控制整体主题的情况下才可以被研究。如果要研究但丁的名声,各国现存的著作当然是必不可少的,但是如果去追溯《神曲》中的个别片段从最早的评注家那里到 16 世纪,再从浪漫主义兴起以来所受到的解释的话[我要感谢欧文·潘诺夫斯基(Erwin Panofsky)的这个建议],我们则会看到一部更加有趣的著作的出现,那将是一种真正的精神史(Geistgeschichte)。

一个好的出发点必须是明确而客观的;各种抽象的范畴是无法胜任这个任务的。诸如"巴洛克""浪漫主义""戏剧性""命运观""紧张感""神话"或者"时间的概念""透视主义"这样的概念都是危险的。如果这些概念的含义在一个特定的语境中被解释清楚了,那么是可以使用的;但是作为出发点来说,它们太模棱两可和不够明确了。因为出发点不应该是一个从外部被强加给主题的一般概念,而应该是这个主题自身内部一个有机的组成部分。研究对象应该自己发声,而这在出发点既不具体也没有得到明确定义的情况下是绝对不会发生的。无论如何,高度的技巧都是必需的——即便我们可能拥有最好的出发点——以便我们能够聚精会神于研究对象。那些现成但却很少恰如其分的概念的吸引力是会骗人的,因为它建立在动听的声音和时髦感的基础上;这些概念潜伏着,伺机而动,准备跳进那些与研究对象的活力失去了联系的学者们的著作中。就这样,一部学术著作的作者经常受引诱将一些陈词滥调作为真正的研究对象的替代品,当然许多读者也会上当受骗。既然读者们大多易于接受这种替代,让这样的偏离变得不可能就成了学者的职责了。意图达到综合的语文学家所处理的现象包含着自己的客观性,而且这种客观性在综合的过程中绝不能消失——要做到这一点是极为困难的。我们当然不能以某个特定事物所带来的欣喜和满足作为目标,而应该受整体的运动的触动和激发。不过一场运动只有在所有组成它的特定事物都被作为本质掌握之后才能以其纯粹的形式被发现。

据我所知,我们还没有人尝试对世界文学做一个语文学上的综合;在西方文化中只能找到一些初步的、朝着这个方向的努力。但是我们的地球越是变得紧密相连,历史主义的综合就越有必要通过扩展自己的活动来平衡这种收缩。让人们意识到他们身处在自己的历史之中是一项伟大但也很渺小的工作——更像是一种弃权——只要我们想一想人并不只是处在这个星球上,也处在这个世界和宇宙之中。但是之前的时代所敢于做的事情——为人类在宇宙中指定一个位置——现在看起来却是一个极其遥不可及的目标了。

不管怎样,在语文学意义上这个星球都是我们的家,而且它再也不可能成为一个民族国家了。一个语文学家所继承的遗产中,最珍贵和最不可或缺的仍然是他本民族的文化和语言。然而,只有当他先和这个遗产分隔开,再超越之,这个遗产对他来说才能真正起作用。在这个无可否认已经变革了的局势中,我们必须回到前民族国家的中世纪文化已经懂得的一个认识:精神(Geist)是没有民族性的。贫穷与异域(Paupertas and terra aliena),或者与之效用相近的某种东西,在沙特尔的伯纳德(Bernard of Chartres)①、索尔兹伯里的约翰(John of Salisbury)②、让·德·默恩(Jean de Meun)③以及许多其他作者那里都可以读到。圣维克托的雨果(Hugo of St. Victor)④曾经写道(*Didascalicon* III, 20):

> Magnum virtutis principium est... ut discat paulatim exercitatus animus visibilia haec et transitoria primum commutare, ut postmodum possit etiam derelinquere. Delicatus ille est adhuc cui patria dulcis est, fortis autem cui omne solum patria est, perfectus vero cui mundus totus exilium est.
>
> (德行的伟大基础……是为了让经过训练的头脑能够渐进地学习,开始是学习转化那些可见的、转瞬即逝的事物,以便之后能够把它们留在身后。觉得自己的故乡很迷人的人依然是软弱的,觉得各处都是乡土的人是强大的,但是只有觉得整个宇宙都是异乡的人才真正达到了化境。)

雨果写这些话是为了那些志在将自己从对世界的迷恋中解脱出来的人。但是对于那些希望找到对这个世界恰当的爱的人来说,这也不失为一种解决之道。(靳成诚译)

作者简介:埃里希·奥尔巴赫,德国著名的罗曼语文学家与语言教育家、文学批评家,中世纪文学研究者。

译者简介:靳成诚,北京大学中文系比较文学与比较文化研究所博士生。

---

① 译者注:12世纪法国新柏拉图主义哲学家。
② 译者注:12世纪英国教士,沙特尔主教。
③ 译者注:14世纪法国文人,曾续写《玫瑰传奇》。
④ 译者注:12世纪法国神学家。

> 青年园地

摹仿：在文学与历史之间
——读奥尔巴赫《摹仿论：西方文学中现实的再现》

孙尧天

【内容提要】 奥尔巴赫通过重新阐释《旧约》、基督教文学的方式，梳理出在西方文学叙述中曾被古典主义压抑的现实主义文学传统。在这个意义上，摹仿不同于任何古典主义文学观的论述，它要求文学必须展现底层社会运动以及民众生存状况的真实面貌。由此形成了以社会等级划分为根据的古典主义的文体分用，与现实主义文学"文体混用"形成两种对立的文学传统，这更深刻地反映了构成西方文明本源的希伯来与希腊两种传统的对抗。奥尔巴赫实践了历史主义的研究方法，他对底层社会运动的关注，使得现实主义文学传统具备了反抗古典等级制、社会压迫的特征。本书也可以视作奥尔巴赫第二次世界大战流浪期间对于德国纳粹的反思。

【关键词】 摹仿 文学 历史

Mimesis: Between Literature and History
——on Erich Auerbach's *Mimesis: The Representation of Reality in Western Literature*

【Abstract】 In the way of reinterpretation of *the Old Testament* and Christian literature, Erich Auerbach sorted out the tradition of realistic literature, which was suppressed by classism in the history of western literature. Literature was demanded to reveal the real circumstances of the movements as well as revolutions of the underclass in each era, in this sense, his thoughts of representation was absolutely different from any other discourse of classism. Therefore, the tradition which contained the two different forms of literature was shaped up, meanwhile, profoundly reflected the conflicts of ancient Greek tradition and the Hebrew tradition that formed the origins of western civilization. Auerbach has practiced his research method of historicism. His concern on the movement of the underclass endoved the tradition of realism with the characteristics which revolt the classical hierarchy and social oppression. This book can also be considered as his self-examination on Nazi Germany while he was living in exile during World War Ⅱ.

【Key Words】 representation literature history

奥尔巴赫(1892—1957)是20世纪德国伟大的罗曼语文学学者。第二次世界大战期间，他曾流亡伊斯坦布尔大学，《摹仿论》即写就于这段艰苦岁月中。这部著作初版于1946年，1953年被译至英语学界，随后掀起广泛影响。韦勒克便曾赞叹，《摹仿论》是"过去五十年里所出版的美学和文学史领域内最重要和最出色的著作"①。《摹仿论》的中文版根据英译本于2002年翻译出版。不过令人困惑的是,虽然此书在国内学界有着诸多好评,但直到2014年春末由商务印书馆再版,此间十多年,讨论这部著作的文章却寥寥可陈。虽然我们常常为作者优雅的文笔、天才的洞见而击节称叹,但如作者坦陈,他的解读更像是出于"本能"的,因而旁人很难把握他的思路。加之他深厚的语文学功底,精湛的文本阐释,前后贯穿西方三千年文学史的跨度,足以使得任何一位严谨的现代东方读者感到棘手,阅读这部厚重的作品绝非轻松的事情。

文学·摹仿·历史

《摹仿论》缘起于奥尔巴赫对现实主义的追问,"19世纪初反对文体有高低之分的古典学说的革命不可能是第一次革命;浪漫派和现实主义当时所拆毁的障碍是16世纪末及17世纪才由古典文学的严格摹仿学派建立起来的"②。他因此首先将现实主义的范畴扩充到中世纪和文艺复兴。然而,通观《摹仿论》二十章,奥尔巴赫将"现实主义"与诸多流派沟通,遂出现了"古典写实主义""教会写实主义""宫廷写实主义""民间现实主义""宗教现实主义""唯美现实主义"这些看似悖谬的组合,甚至伍尔夫、普鲁斯特这类一般被认为是现代主义风格的作家也被他纳入现实主义文学的谱系。对于旨在探索"西方文学中的现实"的《摹仿论》而言,现实主义不仅仅指涉一个起源于19世纪初的具体文学流派,奥尔巴赫更愿意把现实主义视为贯穿西方三千年文学流变的某种基本品质。

当然,奥尔巴赫必须重新解释"现实"和"文学"的关系,也就是界定"何为摹仿"。在《摹仿论》最为著名的第一章中,他就表明了文学只是为了"书写历史"的立场。"现实主义"诞生于这样的困境——"书写历史是如此之难,以至于大多数历史学家不得不退而采用传说的写作方法"③。传说是最早的写实文学形态,它为记录历史而出现。《旧约》之所以比荷马史诗更接近历史,也正由于《旧约》的写作理念使得"传说向历史报道转变"。因此,《摹仿论》可被视为一部以文学视角观察历史的"认识论"著作,奥尔巴赫关心的是:文学如何通过摹仿处理历史?韦勒克也曾指出,奥尔巴赫关注的"不是现实主义而是人类对待一般世界的态度,人类有意识和无意识的认识论,人类表达这种态度的艺术,并不十分注重诸如现代文学现实主义之类的一场具体运动"④。

自20世纪初,在西方文学批评从形式主义、新批评、结构主义不断向内转的情形下,奥尔巴赫选择古老的文学摹仿论,探索文学对于外部历史的再现过程,甚至将外部历史作为现实主义文学的尺度,使得这部著作呈现出反潮流的特点。由于人们常常误把《摹仿论》视作一部现实主义文学史,奥尔巴赫不得不多次辩解,"我永远也写不出欧洲现实主义史之类的

---

① [美]韦勒克:《近代文学批评史(第七卷)》,杨自伍译,上海:上海译文出版社,2006年,第194页。
② [德]埃里希·奥尔巴赫:《摹仿论》,吴麟绶等译,北京:商务印书馆,2014年,第653页。
③ 同上书,第24页。
④ [美]韦勒克:《近代文学批评史(第七卷)》,杨自伍译,上海:上海译文出版社,2006年,第197页。

著作"①,他所致力的是"研究在处理写实题材时严肃性、问题性或悲剧性的尺度和方式"②。全书二十章之间仅仅维持着一种松散的联系,此即萨义德指出的,"他依次重新认识和解释作品,并且,以他平易的方式,演示一个粗糙的现实如何进入语言和新的生命的转变过程"③。虽然存在从古至今的时序,但这并不意味着现实主义随着历史推进而逐步发展;对奥尔巴赫而言,更为重要的是揭示文本和历史现实——萨义德所谓的"语言和新的生命"——的关系和韦勒克所谓的"人类对待一般世界的态度"这一主题。

文学只有面向"真实"的历史运动,"摹仿"才成为可能。在第一章对比荷马史诗和《旧约》的文体风格时,奥尔巴赫曾揭示出二者之间的一个重要区别。荷马虽然具备描述人物感情及心理活动的能力,但他凡事追求地点和事件的现时性,使得他的文学最终停留在某种"前景"中。继承了这一文学传统的古典作家——如佩特洛尼乌斯和塔西佗,也无法触及"前景"背后的历史运动④。对于古典主义文学"道德化"和"修辞化"的特征,奥尔巴赫更是斥其为"非摹仿性的手法"。与此恰成对比的是,《旧约》文学深刻地再现了历史——比如,下层民众运动、社会动荡,这些内容使得文学表述被"后景化"。奥尔巴赫的现实主义文学"摹仿论"暗含着与古典主义摹仿理念的对立。在柏拉图的文学与真理相隔三层说的理论中,文学以形而上的理念作为摹仿的"后景",这在奥尔巴赫看来并不是"真正"的摹仿。首先,这不具备摹仿要求的深刻的政治、经济的冲突;其次,古典主义推崇的理念、道德和修辞也与历史真实无关。奥尔巴赫对《旧约》的分析表明,摹仿本质上以对人类和历史真实——政治、经济和其他社会关系的观察为基础——"后景"。在理想国中,柏拉图最终驱逐了文学,亚里士多德虽然肯定文学摹仿历史的可能,但他要求文学超越一般历史本质和规律,也与奥尔巴赫对文学与历史关系的认识截然不同。

总之,写实文学必须通过历史性来限制,它自身无法与必然性与普遍性联系起来。这是奥尔巴赫的研究立场使然。奥尔巴赫研究了一辈子维柯,他曾于1924年推出了《新科学》的德文节译本,又在1927年完成了克罗齐《维柯的哲学》一书的译本,此外还有一系列关于维柯的文章、述评和其他评论。⑤《摹仿论》的方法论和研究态度无疑都深深浸染着维柯的历史主义理念。维柯也是把"人"从理念世界放回到现实情景的第一人,并最早提倡世界是变化的、运动的历史观——这与古典主义追求静止、永恒的观念恰成对立。维柯的人文主义思想也很好地体现在《摹仿论》中,与历史主义一道构成了奥尔巴赫写作的两个维度。因此,他极为明确地凸显了但丁的重要性,正是但丁将中世纪"神的秩序"转向"人的秩序",现实主义只有在"人的秩序"的土壤中才能生长出来。奥尔巴赫曾充满感激地承认维柯对自己思维方式所产生的深刻影响,他也在《摹仿论》中通过每一章节的历史主义分析,以将文本内部的语言/文体问题衍伸到社会历史层面的方式,实践了维柯的哲学思想。

---

① 《摹仿论》,第646页。
② 同上书,第654页。
③ [美]萨义德:《五十周年纪念版导论》,朱生坚译,《摹仿论》导论部分,第17页。
④ 《摹仿论》,第47页。
⑤ 详见《后期拉丁语古代和中世纪的文学语言与文学公众》一书的绪论部分《宗旨和方法》。转引自[美]韦勒克:《近代文学批评史(第七卷)》,杨自伍译,上海:上海译文出版社,2006年,第218、219页。

本书每一章都体现了相似的写作套路,奥尔巴赫往往在开篇引述一段文字,然后对其进行语文学分析。他在此展现了一位语文学家的深厚功底。任何一种语言形式都被视作历史的具体呈现,恰如在分析但丁的语体结构时奥尔巴赫所感叹的,"他以无比准确有力的手法表现出无比丰富的现象和内容,因而人们相信,此人凭借自己的语言重新发现了世界"①。但丁的重要意义在于,他的文学产生在中世纪向早期现代的历史转换的关键时刻,他能够运用丰富的语言与创造性的文体把握历史转换进程中的世界图景。奥尔巴赫对历史真实的追求可见一斑,文体问题的真正含义因此是历史问题,文体的变化在根本上是"后景"——深层历史不断运动的结果。在分析塞万提斯的《堂吉诃德》时,奥尔巴赫这样描述文艺复兴时期文体与历史的关系:一方面,"一部小说的文体——如果它是最好的——会展示出世界秩序。然而另一方面,现实的各种现象即使对他来说也是难以一目了然的,它们再也不能以一种单一和传统的方式来排列了"②。

"两希传统"的对抗与文体混用的必然

选择荷马史诗和旧约文学作为本书的起点,奥尔巴赫意在表明:文体对抗所反映的实际是西方文明源头处的两种世界观的冲突;希腊传统和希伯来两种传统分别衍发出古典主义和现实主义两种文体。奥尔巴赫对于文体的反思,同时也是对整个西方文明的再思考。

荷马史诗开创的古典主义传统是静止的,属于上流社会的,即便本书中有"古典写实主义"的说法,但这种文体充斥着对下层群众的戏谑;《旧约》因其深刻反映犹太下层运动而成为现实主义文学的滥觞,却被古典主义打成低等文体。两种文体的对抗喻示着上流和下层两个阶级的对立和斗争。一方面,现实主义传统被压抑,很能反映出犹太人在西方社会长久以来遭受的歧视;另一方面,从犹太—基督教文学发掘现实主义传统的源流,颇容易让人联想起当时流浪伊斯坦布尔的奥尔巴赫的心境。萨义德在本书的《导论》中敏锐指出,奥尔巴赫表现出了"犹太人"和"欧洲人"两重身份的矛盾。而从奥氏对现实主义文学的褒扬来看,他似乎更为认同他的"犹太人"身份。再联系奥尔巴赫的自白——"我是个普鲁士人,信仰犹太教",当1935年被纳粹驱逐到伊斯坦布尔,这是否更刺激起他的犹太教信仰呢?

犹太人对上帝和彼岸世界的崇拜决定了写实文学的文体特征:没有任何插入情节,主句之间句法上联系极少,不讲究修饰,口语化,并列句,运用直接引语。此后的教会文学也是支离破碎、条理极差、缺乏综合能力,直到但丁时期,现实主义的低等文体都没有自觉提出更高的文学要求,更不可能被文学主流重视。在分析6世纪格里高尔主教的文体时,奥尔巴赫指出过教会文学"直接摹仿事件"的现象,那些修辞极差的文字恰恰成为了现实主义文学的理想表现,它们展示出了一个"完全真实的、日常的、根据地点时间及环境是可辨认的,另一方面又是个在基层动荡的、在我们面前不断变化、不断更新的世界"③。下层民众的运动由此构

---

① 《摹仿论》,第214页。
② 同上书,第425页。
③ 同上书,第53页。

成了现实主义的"后景",忽略了这一"后景"的古典主义无法捕捉到历史真实。由于古典主义文学传统长期霸占了主流叙述,奥尔巴赫在描述圣经文学的文体风格时一度陷入"无以言表"的尴尬——"这种题材不能归入已知的任何种类。像彼得否认这样一个情节不具备任何古典文学的属性。对于喜剧来说,它过于严肃,对于悲剧来说它太日常化,时代感太强,对于历史学来说它的政治意义又太微不足道——而且它的直接表达方式是古典文学所没有的"[①],也因此,奥尔巴赫对犹太—基督教的现实主义文学传统的发掘颇有空谷足音之感。

奥尔巴赫曾引述布洛瓦的观点说明古典主义的"文体分用":"首先是悲剧的上等崇高文体;其次是社会喜剧的中等文体……最后是民间笑剧的低等文体。"[②] 这种划分的现实依据是特定的社会等级结构。而由于面向下层群众传教的需要,犹太—基督教文学传统必然始终保持着"文体混用"的传统,追求俗世普通生活里的崇高、悲剧和严肃性:"上帝化身为地位卑微的人物,他在人间变形,与平民百姓与最普通的人交往,按照世俗的观点,上帝受尽了耻辱和苦难,通过以上一切,这种文体混用的特点变得更加明显,更加突出……"[③]《圣经》把最卑微者与最崇高者黏合在一起,与古典文学的旨趣正相背道而驰。耶稣及其门徒出身的贫寒与卑微说明,"文体混用"在本源处就意在对抗社会等级结构的意涵,夸张点说,这种"文体混用"更近似于"文体破坏"。

人们不免疑惑,如果古典主义的"文体分用"是社会等级结构使然,那么基督教文学的"文体混用"何以能够说明西欧中世纪的社会结构呢?在中世纪的西欧,基督教教会不仅掌管了尘世心灵通向彼世的拯救之路,还具备了超越世俗政体的现实政治、经济、军事等实权,是典型的"政教合一"形式。而教会权力与世俗政体的权力之争,更是引发了西方早期现代的发生,这也是但丁及随后的薄伽丘、拉伯雷、蒙田等一批人文主义作家创作的历史语境。事实上,奥尔巴赫并非没有注意到宫廷文学与教会文学的对立。在关于中世纪文学的四个章节中(第四、五、六、七章),格里高尔的教会文学与《罗兰之歌》以及宫廷骑士小说就构成了鲜明对比。乍看起来,这有些自相矛盾,但却恰恰说明了,奥尔巴赫把犹太—基督教文学视作一个连续性的传统,他注意到的只是文体——"文体混用"与"文体分用"的对立——低等的写实文体突破古典文学等级限制的问题,仅就文体而言,中世纪的基督教文学依然是反古典等级制的,这和教会是否作为权力机构又没有完全的必然关系。

在古典向中世纪的过渡期,古典文学与犹太—基督教文学曾存在汇通契机。早期教父的创作(以哲罗姆和奥古斯丁为代表)表现出对古典修辞学的重视,表达方式也日渐受到古典文学的影响,但这并未从整体上动摇犹太—基督教文学的"文体混用"风格。因为绝无更改《圣经》中上帝及其门徒出身的可能,这是宗教教义的必然要求,卑微的日常与崇高的彼岸必然被关联在一起。奥尔巴赫同样预料到,追求超越的教义与世俗历史运动之间互相排斥的特点,萨义德也曾就此指出过奥尔巴赫的摇摆不定。因此在第二章,他在比较完古典史学与新约的文体差别后,即指出,基督教对现实生活感官性描写与宗教教义之间的确存在不可

[①] 《摹仿论》,第55、56页。
[②] 同上书,第433页。
[③] 同上书,第51页。

调和的斗争,而且"这种斗争就是早期基督教甚至整个基督教的现实观"①。作为解决,奥古斯丁发展出了一种"喻象"解经的方法,他"对圣经故事所做的补充几乎都是为了合理地解释历史上发生的事情,从而将喻象化的阐释与历史过程连续不断的观念谐调起来"②。这种新的修辞手法,使得基督教文学得以不断吸纳现实历史运动的经验,最终维护宗教的崇高和神圣。

奥古斯丁的"喻象"解经法其实渊源有自。早在第一章中,奥尔巴赫便开始强调,为了保证对于彼岸世界的信仰,犹太—基督教传统必须顺应历史的运动变化,运用诠释学的方法,将新的历史变迁纳入进来,而"几千年来,这种解释的变换和欧洲人的生活同处在永无止境的、动荡的发展之中"③。奥古斯丁的"喻象"化阐释建立了尘世和彼世的垂直联系,现实生活中的任何偶然都可以被诠释为上帝救世的一个方案。经由奥古斯丁的"喻象"法,犹太—基督教的文学传统确立了"圣经—世界历史的框架"。因此,实现真正的世俗化需要首先打破这个框架,使人物造型从宗教信仰中解放出来。奥尔巴赫再次强调了但丁的重要性,他认为这一突破正是发端于但丁。在《神曲》里,但丁用他天才的艺术创造力使得"尘世命运的作用超过永恒境地的作用"④,从而开辟出人文主义的新道路,彼岸静止、崇高的秩序此后逐渐被俗世的历史变迁取代。

历史主义与大众性

如何叙述这种历史变迁构成了本书后半部的主题。西方社会现代早期的变化对于文体产生的最大影响,是古典主义严肃、悲剧和崇高这些概念的丧失,作家们渐次形成了运动变化的历史观。薄伽丘的《十日谈》最早反映了崛起的市民阶层的趣味,拉伯雷和蒙田、塞万提斯在随后一一展现了复杂变化的现代历史景观:"人类生活于其中的现实在变化,它变得更加广阔,可能性更丰富……生活范围常常从一个变换成另外一个,即使在没有发生这种情况的地方,也可以看出一个自由的、包容着无限世界的意识,一个作为描述基础的意识。"⑤

在论述德国浪漫派时,奥尔巴赫终于阐明了他所秉持的研究立场和方法——历史主义的概念。奥尔巴赫盛赞浪漫派的历史主义是现实主义的美学前提,但他本人的分析却表明,历史主义并不必然直到此时才参与构成现实主义的文学传统。在17、18世纪古典主义大行其道的时候,圣西门就通过非理性的直觉方式,记录了零碎的日常生活,直追人物内心深处;而这明显早于德国浪漫派时期,奥尔巴赫更褒扬圣西门的回忆录是"彻底的现实主义"。然而仔细想来,这一历史主义的叙事方式又何止是从圣西门开始?倘据奥尔巴赫解释,历史主义是"评价各个时代及其社会不能按自己崇尚的理想模式,而应按它们各自的前提条件……

---

① 《摹仿论》,第60页。
② 同上书,第89页。
③ 同上书,第19页。
④ 同上书,第235页。
⑤ 同上书,第380、381页。

能够抓住独特的、由内在力量驱动的东西,抓住具体的并且具有普遍有效深刻意义的东西"①,那么,他费尽周折发掘出的犹太—基督教文学传统也同样是遵循了历史主义的。历史主义要求按照本来的样子理解事物的独特性,反对外在形式束缚,这与犹太—基督教文学去修饰、"直接摹仿事件"的特征相通。不过,历史主义用个性化的环境论瓦解了古典主义的"理想模式",不仅犹太—基督教文学传统,圣西门还看不到这种个性化的历史力量。只有到了巴尔扎克这位现代现实主义的文学大师,对单个人物的描写才呈现出19世纪法国社会的全貌;个性化的历史主义意识使得他情有独钟的"古典—道德模式"有些生搬硬造,在奥尔巴赫看来,巴尔扎克的小说本质上更像是历史著作。

《摹仿论》全书散布着"随意的""任意的""偶然的""非理性的"这些字眼,他对每一章中引文的选择,也是如此。奥尔巴赫之所以放弃了写作一部现实主义文学史的念头,绝不仅是在流亡伊斯坦布尔时缺乏资料使然,而是坚信着"写实历史的基本主题可以在任意一篇写实文章中得到印证"②,历史的偶然性中蕴藏着必然性的趋势,他更希望以此揭示出现实主义文学的摹仿论本质。若就此责怪奥尔巴赫不肯给出现实主义的定义,甚而抨击《摹仿论》论述杂乱无章,那是不得要领的。奥尔巴赫并没有走向相对主义或者虚无主义,他不曾放弃对普遍性的关注,反而仍然强调"在更具体、更深刻的意义上捕捉普遍有效性"③,出于偶然引述的文本乃是为了"产生一种类似于对世界的综合认识的东西"④,偶然与必然、个别与综合、特殊与普通在历史主义的解读中实现了同一。正是在这个意义上,奥尔巴赫描述自己的工作"源于德国的知性历史和语文学的主题和方法:它只有在德国浪漫主义和黑格尔的传统中才能得到最好的理解"⑤。

没有历史主义的指引,奥尔巴赫不可能重新发掘出犹太—基督教的"文体混用"传统。在整理犹太—基督教的文学传统时,奥尔巴赫所揭示的低等文体的大众性,以及这种文学对于下层历史运动的态度,都延续在现代现实主义文学中,并在18世纪时,由司汤达、巴尔扎克等现实主义作家最终完成。在但丁之后的各章节里,奥尔巴赫对每一位作家的评论都反映出他对严肃、崇高、悲剧这些特征的重视,他的批评甚至显得苛刻。从但丁的时代开始,在上帝隐退的现代世界里,以对抗古典主义的激情追寻写实文学的崇高,奥尔巴赫最终把这种希望寄托在了下层民众的身上。犹太—基督教文学在本源上立足于下层民众,现代现实主义以人的主体取代神的主体延续了这一写实文学传统。

这个"人"的主体性指向下层民众,现实主义的文学时刻处在与历史的共振中,那些从下层民众立场出发的写实作品天然地具有大众性——反抗等级压迫的特征。在论述现代现实主义作品时,奥尔巴赫将更多的目光投射到社会下层。他更关心下层人物的表现方式,"在本世纪(19世纪——引注)出现的批判现实主义大师司汤达、巴尔扎克以及福楼拜的作品中,几乎还没有出现过下层社会的民众,即真正的平民百姓。而有平民百姓的地方,却不是

---

① 《摹仿论》,第524页。
② 同上书,第646页。
③ 同上书,第235页。
④ 同上书,第647页。
⑤ 《摹仿论》附论,第689页。

表现他们本身,不是表现他们自己的生活,而是居高临下的俯视他们"[①]。奥尔巴赫虽然否定了古典主义的崇高、严肃和悲剧观,但他仍然转借这些概念来描述现实主义的品格,并且严苛指责司汤达、巴尔扎克和福楼拜无法达到这些要求,特别称赞左拉的作品是"谦卑和崇高的混合物"[②]。现代现实主义文学的崇高观因此是以下层民众为主体,是基于一种新的历史关系的崇高概念,它严格建立在再现新的政治、经济和社会关系变化的现实基础上。

至此,全书出现了三种截然不同的"崇高"形式:古典主义反映统治阶层生活及其精神的崇高,犹太—基督教文学中上帝与彼世世界的崇高,现代文学中下层民众对抗社会等级压迫的崇高。在更高阶的层次上,"崇高"形式的变迁也"摹仿"了西方三千年的历史——发源于犹太—基督教的现实主义文学传统所描摹的下层民众运动的真实面貌。奥尔巴赫借用了"崇高"的词汇外壳,所表明的无非是他本人的历史态度:对反抗社会阶级压迫的大众下层的推崇。他对于写实文学传统的发掘便完全是在这种理念的指引下展开的。

结　语

奥尔巴赫严厉批评过德国浪漫主义,对歌德的偏于保守也有些求全责备。他认为,德国浪漫主义最终被限制在"地域性的民间传统"或者"追求统一的不切实际的幻想"中,忽略了对经济基础的批判以及对社会斗争动力的鼓动,使得德国没有在欧洲历史上发挥应有的作用。加上《摹仿论》写作时期纳粹活动的愈演愈烈,让他无比痛心。因此,我们不妨将《摹仿论》视为奥尔巴赫这位有着犹太人信仰的普鲁士人对现代德国、欧洲历史做出的沉痛反思。

作者简介:孙尧天,北京大学中文系博士生。

---

① 《摹仿论》,第588页。
② 同上书,第607页。

18世纪的心理学转向与黑色浪漫文学

王一力

【内容提要】 本文首先回顾了黑色浪漫文学成为文学术语的过程和近年的研究状况,在正文部分中将黑色浪漫文学视为1800年前后的一种新的文学现象和审美倾向,并将其置于德国启蒙运动晚期的时代背景下考察。本文的主要观点是:启蒙时期发生心理学上的重要转折,心理学摆脱了形而上学的支配,向自然科学靠拢。人的心灵不再是笛卡尔哲学中与身体完全对立、永恒不变的实体,而是分裂为白昼的一面和黑夜的一面、有意识的部分和无意识部分,这种动态的、变化的心灵因此成为科学观察、实验的对象。这一新的心理模型联结了启蒙思想和黑色浪漫文学。在这个意义上,黑色浪漫文学亦是启蒙运动的一部分,延续了启蒙的理想,即探索未知的黑暗领域;但与此同时,黑色浪漫文学也对这一启蒙理念和心理学研究进行深刻的反思和质疑。

【关键词】 心理学 黑色浪漫文学 启蒙运动 模糊表象

Dark Romanticism and the Turn in Psychology in the 18th Century

【Abstract】 The paper discusses "dark romanticism" as a relatively new term in literary studies. First of all, the paper reviews the forming process of the concept "dark romanticism" and the status of research in Germany. In the main section, the paper proposes treating "dark romanticism" both as a new literary phenomena and a new aesthetic trend, which emerges around 1800. The article therefore investigates dark romanticism within the historical context of late Enlightenment. The main thesis runs that, a major turn occurs in the study of psychology during the era of Enlightenment. In this process, psychology breaks away from metaphysics and gets close to a scientific discipline. The human mind ceases to be a simple entity as in Cartesian philosophy, but is divided into a dark side and a light side, a conscious part and an unconscious part. The constantly changing mind becomes an object of scientific observation and experimentation. Furthermore, the new understanding of the human mind forges a link between dark romanticism and the Enlightenment movement. On the one hand, dark romanticism continues the ideal of Enlightenment, which is to explore the unknown dark areas; on the other hand, it raises doubts as to the Enlightenment ideal and the study of psychology.

【Key Words】 psychology dark romanticism Enlightenment dark ideas

一

在德语文学史上,浪漫文学和古典文学一直是地位显著但又十分难以廓清的概念。历史上并不真实存在一个浪漫文学和一个与之相对立的古典文学,两个概念以及二者的对峙关系皆是后世文学研究者的建构①。这类文学术语为文学研究提供帮助,而并非是对文学现象客观、真实的描述。晚近出现的新概念"黑色浪漫文学"似乎更加剧了问题的复杂性。

黑色浪漫作为文学术语最早见于马里奥·普拉茨的著作《爱、死亡和魔鬼:黑色浪漫文学》。② 原书用意大利文撰写,意大利文书名没有使用"黑色"做定语,这一限定语在德文译稿中才出现(德文译稿亦经过普拉茨本人审校)。普拉茨在前言中写道,本书的目的是"研究浪漫文学的一个重要组成部分:对情欲的感受"③。普拉茨关注的重点是浪漫文学中不自然的、罪恶的情欲和恶魔般的原始冲动,主要针对英、法文学,鲜有涉及德文作品。黑色浪漫由此进入文学艺术研究的视域,并迅速占领了大众媒体和各种宣传话语。刊登于《法兰克福周报》的一篇侦探小说书评中写道:"浪漫的蓝花早已枯萎。在一种黑色浪漫引导下,绽放出不可阻挡的恶之花。"④2012/2013 年在法兰克福施塔德尔博物馆举办的画展"黑色浪漫:从戈雅到马克思·恩斯特"⑤,展示了 18 世纪末到 20 世纪初的 200 余件绘画、雕塑和电影短片作品,涵盖了从浪漫主义、象征主义到超现实主义、未来主义等不同流派和时期的作品。

伴随着黑色浪漫的流行,其内涵不断扩张,外沿却越来越模糊,黑色浪漫与浪漫、古典文学的关系也很不明确。比较三个版本的梅茨勒文学词典(1984,1990,2007),可以观察到黑色浪漫逐步"固化"为文学术语的过程。1984 年的文学词典中尚未收录这一词条,1990 年的版本中则出现黑色浪漫的简短定义:

> 黑色浪漫文学是欧洲浪漫文学的一个分支,倾向于表现非理性的主题,主要包括隐秘的恐惧、梦幻、疯狂的想象(参见双影人母题),晦暗、忧郁、绝望的氛围(诗意的虚无主义),病态反常的倾向(人类精神中的黑暗面),同时还包括(尤其在通俗文学中)幻想的、鬼怪的、荒诞的形象;德国的代表人物为蒂克、霍夫曼、豪夫、科尔纳等。⑥

2007 年最新版的文学词典中对黑色浪漫文学有较为详尽的阐释:

> 母题和母题集合的统称,与浪漫文学中消极、悲观的一面及其后继者相关。……黑

---

① 近年的德语研究文献倾向于使用"1800 年前后的德语文学"这一概念,强调浪漫文学和古典文学的共时性关系。浪漫文学和古典文学皆处于社会转型的鞍型时期(Sattelzeit),两种文学都是对时代问题的回应,古典作家和浪漫作家间的相似性远大过差异性,因此可以将 1800 年前后的德语文学视作一个内部充满张力的统一体。参见 Harald Tausch, *Literatur um 1800. Klassisch-romantische Moderne*, Berlin, 2011, S. 9—24; Sabine M. Schneider, "Klassizismus und Romantik. Zwei Konfigurationen der einen ästhetischen Moderne", *Jahrbuch der Jean-Paul-Gesellschaft* 37 (2002), S. 86—128.
② Mario Praz, *Liebe, Tod und Teufel. Die schwarze Romantik* (3. Auflage), München, 1988. 意大利文书名 *La carne, la morte eil diavolo nella letteratura romantica*.
③ Mario Praz, *Liebe, Tod und Teufel. Die schwarze Romantik* (3. Auflage), München, 1988, S. 13.
④ W. Wehle, "Gutes Mädchen in der Hölle", *Frankfurter Allgemeine Zeitung*, 09.09.2004, Nr. 210/S. 36.
⑤ 画展由法兰克福施塔德尔博物馆(Städel)和巴黎奥赛博物馆合办,先后在两个博物馆进行展出,是迄今为止关于这一主题规模最大的展出。近年来在欧洲举办过多次相近主题的特展,如 2006 年鹿特丹举办画展"黑暗"(Dark),2009 年科隆举办画展"月"(Der Mond),2012 年维也纳举办"在光影之中的黑夜:从浪漫派至今的艺术"(Die Nacht im Zwielicht. Kunst von der Romantik bis heute)。
⑥ *Metzler Lexikon Literatur. Begriffe und Definition* (2. Auflage), hrgs. von Günther und Irmgard Schweikle, Stuttgart, 1900, S. 420.

色浪漫从对理性主义的批判和不再以美为准绳的审美倾向出发,结合对(业已成立的)道德观念的颠覆和对隐微、神秘、晦暗学说的探索,发展出一种文学传统。这一文学传统反对理性的支配地位,重新强调想象力的夜的一面:梦境与疯狂,通灵术,梦游症,双影人,吸血鬼,梅斯梅尔主义,撒旦主义,以及怪诞的、神秘的事物是他们偏爱的主题。①

对比两则定义可以发现,黑色浪漫在旧版词典中被明确定义为"浪漫文学的分支",新版词典则称其为"母题集合"和"一种文学传统",仅与浪漫文学相关联,不存在直接的从属关系。同时,新版的文学词典着重强调,将黑色浪漫置于和理性主义、审美倾向、道德观念、秘传学说的关系网络中理解其内涵。因此,尽管新版定义将黑色浪漫的概念扩大化、模糊化,却能够更好地帮助我们理解这种文学现象。

越来越多的研究文献开始使用黑色浪漫这一概念,但大多是以颇为随意的方式在广泛的层面上借用这一概念来阐述相关问题,例如:恶、超自然现象、梦、恐怖等主题。② 少数就黑色浪漫本身进行探讨的文献可以大致划分为两类,一类研究把黑色浪漫视为浪漫文学的分支,由此推导出浪漫文学中尚存在与黑色浪漫相对立的另一个分支,有学者称其为蓝色(明亮)的浪漫文学或基督教的浪漫文学。③ 这是一种生硬勉强、不符实的界定,事实上,浪漫文学中夜的一面与光明的一面如同一枚硬币的两面,失去其中一个面向则另一面亦不能成立,浪漫文学中描写夜、疯狂、梦游等现象往往预示超自然的、更高等级力量的启示,在这里破坏力与创造力同时并存。另一类文献把黑色浪漫文学归入幻想文学(phantastische Literatur),运用幻想文学理论分析黑色浪漫文学的结构④。安德烈·费尔艾格于2008年发表了博士论文《夜的一面——黑色浪漫文学》,在论文的结语部分提供了一则定义:"黑色浪漫是幻想文学的一种表现形式,它的情节发展结构是,超越经验(extra-empirisch)的元素入侵导致不可逆转的界限逾越,这些超越经验的元素在文本情节内部真实的或然性(intradiegetische Wahrwahrscheinlichkeit)中被认为是真实存在的。"⑤这一定义不仅在语言上十分拗口,内容上也难以自洽。首先,使用幻想文学的理论术语阐释黑色浪漫文学,将二者混为一谈,并未指出黑色浪漫文学传统的独特属性;其次,黑色浪漫文学传统的复杂多样

---

① *Metzler Lexikon Literatur. Begriffe und Definition* (3. Auflage), hrgs. von Dieter Burdorf, Christoph Fasbender und Burkhard Moennighoff, Stuttgart, 2007, S. 695.

② Peter André Alt, "Der Teufel als Held: schwarze Romantik und Heroisierung des Bösen," *Merkur* 63 (2009), S. 880—887; Christoph Daxelmüller, "Konzepte des Magischen: die schwarze Romantik und das Übernatüurliche," *Aurora* 63 (2003), S. 35—47; Norbert Miller, "Traum- und Fluchtlandschaften: zur Topographie des jungen Kafka; mit einem Exkurs über die Träume in der 'Schwarzen Romantik'", *Möglichkeitssinn* 2000, 63/102.

③ Irina Elisabeth Keller, *«Mein Geist entflieht in Welten, die nicht sterben»: Epochenbezüge zur Christlichen und Schwarzen Romantik sowie zum Expressionismus in den Texten deutschsprachiger Gothic- und Dark Metal-Bands und Bands der Neuen Deutschen Härte*, München, 2010; Jürgen Klein, *Schwarze Romantik. Studien zur englischen Literatur im europäischen Kontext*, Frankfurt am Main, 2005.

④ André Vieregge, *Nachtseiten. Die Literatur der Schwarzen Romantik*, Frankfurt am Main, 2008; Peter Cersowsky, *Phantastische Literatur im ersten Viertel des 20. Jahrhunderts. Untersuchungen zum Strukturwandel des Genres, seinen geistesgeschichtlichen Voraussetzungen und zur Tradition der "schwarzen Romantik" insbesondere bei Gustav Meyrink, Alfred Kubin und Franz Kafka*, München, 1983.

⑤ André Vieregge, *Nachtseiten. Die Literatur der Schwarzen Romantik*, Frankfurt am Main 2008, S. 302.

化使其无法归入一种统一的结构。

由此可见,以上对黑色浪漫的界定都难逃削足适履的嫌疑,本文接下来将不再尝试重新界定黑色浪漫,而将其视为1800年前后的一种新的文学现象和审美倾向,同时把黑色浪漫文学置于德国启蒙运动晚期的时代背景下考察。换言之,本文理解的黑色浪漫并不局限于文学史上的浪漫派文学,而是18世纪末呈现出的一种新的文学表现形式。事实上,无论是歌德早期作品中忧郁病态的维特、席勒在《强盗》中塑造的"恶棍"式形象弗兰茨·莫尔,乃至晚期歌德的《浮士德》、席勒的《墨西拿的新娘》等,都或多或少蕴含了黑色浪漫的元素。这并不意味着彻底取消古典文学和浪漫文学之间的差异,而是强调尽管二者在文学理念和创作上存在诸多分歧,却都携带了共同的时代精神的烙印。这一印迹一方面是对发展了一个多世纪的启蒙精神的反思,另一方面也是对现代文明和科学带来的人的危机的预感。

本文的一个首要出发点是,回应一些关于黑色浪漫的不符实的指控,例如黑色浪漫文学是受启蒙运动压抑后非理性的爆发、迷信和蒙昧主义的复兴、浪漫作家的病态幻想。事实上,细致地阅读这些作品可以发现,黑色浪漫文学与启蒙运动并非简单的对立关系,而是存在更为复杂、内在的关联。换言之,黑色浪漫文学在反思、颠覆一些启蒙思想观念的同时,也继承吸收了许多启蒙运动建构的思想模型和范式。本文关注的一个思想模型是一种新的对人的理解,即人的心灵不再是笛卡尔哲学中与身体完全对立、单一不可分割、永恒不变的实体,而是分裂为白昼的一面和黑夜的一面、有意识的部分和无意识部分,这种动态的、变化的心灵因此成为科学观察、实验的对象。这种新的心理模型联结了启蒙思想和黑色浪漫文学。在这个意义上,黑色浪漫文学也是启蒙运动的一部分,延续了启蒙运动的追求,即探索未知的黑暗领域,在文学中为不可见、不可理解之物寻求审美的表达方式。本文将在第一部分简要勾勒这种二元心理模型在18世纪的出现和发展过程,以及经验心理学的产生。接下来的第二部分讨论黑色浪漫文学如何表现并发展这种新的心理模型。这一考察工作将不仅指明心理学研究在连接启蒙思想和黑色浪漫文学间扮演的桥梁作用,同时也将触及以下问题:为何继启蒙运动之后会出现黑色浪漫文学?二者之间存在怎样的内在逻辑关联?以及黑色浪漫文学如何在心理学的影响下形成一种新的文学表现方式?其中描写的鬼怪、梦幻、罪犯在哪些层面有别于先前的文学作品?

二

心理学究竟发端于何时?从不同的话语体系出发可以得出不同的答案。尽管直到19世纪末,心理学才在大学研究机构中成为一个专门的学科,有历史学家却将启蒙时代,即18世纪称作"心理学的世纪"[①]。这一说法看似是一种时代的错乱,实际上主要基于两个考量:首先,尽管按照普遍的观点,心理科学诞生于19世纪末,威廉·冯特于1879年在莱比锡大

---

① Fernando Vidal, "The Eighteenth Century as 'Century of Psychology'," *Jahrbuch für Recht und Ethik* 8 (2000), S. 407—436.

学建立第一个心理学实验室,标志了心理学的制度化①,但在18世纪下半叶,心理学②已经成为一个重要、独立的研究领域,并经历了第一个发展高峰;此外,尤其在18世纪的德国,心理学被认为是最高等级的科学研究领域,同时侵入众多其他的学科讨论中,如道德哲学、教育学、医学、法学都被或多或少心理学化,而美学、人类学同心理学本就存在密切的同源关系。

简言之,18世纪心理学在德国主要处于两种相互抗衡的力量支配下,一方面是受形而上学影响的理性心理学,另一方面是在新科学方法引导下的经验心理学。二者分歧的焦点在于对心灵的认识,即心灵是形而上学意义上的不朽的、永恒不变的人类灵魂,抑或是科学实验的研究对象,处于不断地发展变化之中并拥有复杂的内部结构。显而易见,后一种观点到18世纪末已经获得了完全的胜利,有研究者将这一心理学上的哥白尼转折称为"心理学的经验化"(Die Empirisierung der Psychologie)③。接下来将简要回溯这一转折过程,并讨论这场变革所带来的冲击和导致的后果。

现代心理学的哲学基础要追溯到笛卡尔这一始发点,笛卡尔在《方法论》(1637)、《第一哲学沉思》(1641)等著作中展现了他对心理与身体及二者关系的理论。其中主要有两个观点对我们接下来的讨论具有重要意义。其一是两种物质学说(Zweisubstanzenlehre),即哲学史上著名的身心问题。笛卡尔将心理和身体视为两种完全不同的实体,心灵是精神的、不可延展的、单纯的实体,身体是物质的、有广延的、遵从机械法则变化的实体。但笛卡尔并不否认身体和心理之间存在显而易见的密切联系,他提出了一种现在看来颇为奇异的观点,即身心交互作用的位置在大脑中部的松果腺,但他并未明确说明这一交互作用的确切方式,这一假设也没有被后人接受。其次是笛卡尔对自我意识的观点,他认为,人只有对自己心灵的知识是直接的,因此是不容置疑的。可以说,笛卡尔对心灵的认识在今天看来是十分狭窄的,他几乎完全排除了无意识心理的可能性。按照笛卡尔的观点,我们对于自己当下的心灵状态的知识是不可能错的,我的心灵内容对我本人来说是透明的。笛卡尔对于自我意识的观点在他的哲学理论中占据关键位置,由于我们关于外部世界的知识都是不可靠的,只有对于自己心灵的认识是确定自明的,因此自我意识就是证明我们存在的阿基米德支点。④

笛卡尔为后世留下了沉重的思想遗产。他的学说一方面保障了心灵的完整性和自主性,另一方面,为了保有心灵的独立性,将精神与物质世界彻底分隔开来。可以说,18世纪发展的各种心理模型和理论都在不同程度上试图弥补、融合笛卡尔在身体和心灵间设置的巨大鸿沟。18世纪德国的心理学理论也是从笛卡尔提出的问题出发展开,克里斯蒂安·沃

---

① [美]戴维·迈尔斯:《心理学》(第7版),黄希庭等译,人民邮电出版社,2006年,第3—6页。
② 当时的心理学研究还有很多其他的称谓,如心灵学(Seelenkunde)、精神学(Geisterkunde)、人类学等。
③ Wolfgang Riedel, "Erster Psychologismus. Umbau des Seelenbegriffs in der deutschen Spätaufklärung," Heinz Thomau und Jörn Garber (Hrsg.), *Zwischen Empirisierung und Konstruktionsleistung. Anthropologie im 18. Jahrhundert*, Tübingen, 2004, S. 1—17.
④ 这里遵照了传统上对笛卡尔的解读,参见[美]詹姆斯·布伦南:《心理学的历史与体系》(第6版),郭本禹等译,上海教育出版社,2011年,第65—68页。

尔夫①通常被称为"德国心理学研究之父",他最早划分了心理学的两个取向,分别在他的两本著作《经验心理学》(Psychologia empirica,1732)和《理性心理学》(Psychologia rationalis,1734)中进行阐述。沃尔夫将心理学视为其形而上学体系的一部分,理性心理学考察形而上学层面心灵的根本属性,而经验心理学只作为前者的辅助学科,负责收集一些经验材料和案例。理性心理学的主要方法是思辨,经验心理学的主要研究方式则是观察,在重要性上前者高于后者。沃尔夫关于理性心理学的学说还维持在笛卡尔对心灵的认识框架内,而在其经验心理学理论中却蕴含了冲破这一框架的反叛能量。沃尔夫对笛卡尔的一项指摘便是从经验出发,认为人的心灵尽管处于连续的活动中,却不能无间断地意识到自身的活动,如在睡眠中,我们的心灵是活跃的,但却是无意识的。

在18世纪下半叶,沃尔夫建立的心理学两种取向的等级关系被彻底颠覆,理性心理学作为属于17世纪的形而上学的遗产遭到遗弃,经验心理学的地位得到提升,并随之引发了诸多新的研究问题和方法。在这一转变过程中起到关键作用的人物之一是沃尔夫的追随者——苏尔策②。苏尔策在《关于一切科学和其余学问中的概念的简要说明》③中多次提及"著名的、来自德国的智者沃尔夫",并遵从沃尔夫将心理学划分为理性和经验两个方向。但他紧接着将理性心理学置于一旁,仅详细阐述了经验心理学的任务和研究方法。经验心理学应当"对心灵的各种反应做最精确的描述并同时对之进行剖析"④。在研究方法上应当以牛顿的自然科学研究为导向,"如同物理学通过经验和实验认识物质世界一样"⑤。苏尔策还规定了经验心理学的两个主要研究对象,首先是人类心灵中的黑暗领域(die dunkeln Gegenden der Seele),苏尔策也称之为"模糊表象"(dunkle Vorstellung)。进行心理学研究需要"极其敏锐的观察和不寻常的持久注意力",正是由于一些心理活动不是清晰可见,而是模糊不明的,仅在一些时刻突然显现;甚至还有一些心灵的运动,即便进入"灵魂的最深处也无法被察觉,而只有通过由它引起的遥远的变化才能发现这些活动存在的痕迹"⑥。其次,苏尔策认为应当对"心灵的异常状态"寄予细致的观察,包括预感、各种精神的混乱和疯狂,关注这些特殊状况将对我们获得关于心灵的知识大有裨益。⑦ 显然,苏尔策规定的两个心理学研究对象之间存在密切关联,二者的共通之处是都否定了心灵是独立于身体的恒定不变的实体。

苏尔策认为,"关于人类心灵的知识是一切科学中最崇高的部分",因此他建议"智慧的

---

① Christian Wolff (1679—1754),德国启蒙运动时期最重要的哲学家之一,继承发展了莱布尼茨的哲学理论。关于沃尔夫的心理学理论参见 Oliver-Pierre Rudolph und Jean-François Goubet (Hrsg.), *Die Psychologie Christian Wolffs. Systematische und historische Untersuchungen*, Thübingen 2004.

② Johann Georg Sulzer (1720—1779),启蒙时期哲学家,Bodmer 和 Breitinger 的学生,接受沃尔夫和沙夫茨博雷的哲学理论。以其心理学理论见称,苏尔策在莱布尼茨提出的"微觉"理论(petite perception)基础上发展了早期的关于无意识的学说。

③ Johann Georg Sulzer, *Kurzer Begriff aller Wissenschaften und andern Theile der Gelehrsamkeit*, Leipzig, 1759.

④ Ebd., § 204, S. 156.

⑤ Ebd., § 204, S. 157.

⑥ Ebd., § 205, S. 157.

⑦ Ebd., § 207, S. 159.

爱好者们扩充经验心理学的知识"。① 在苏尔策看来,我们还远没有认识心灵的各种属性,并列举了一些亟待研究的问题:"心灵中的清晰表象(klare Vorstellung)和模糊表象之间是如何相互作用又彼此分离","为何心灵可以同时掌控这两种面向,一面是清晰的知识,一面是模糊的知识,例如我们在走路或进行手工劳作同时还可以注意到其他事情发生",以及"模糊表象究竟是何种状态"。② 苏尔策本人是最早深入研究这些问题的哲学家之一,于 1773 年发表论文《阐释一则心理学的悖论:人的行为和判断有时不仅缺乏推动力和明显的原因,甚至与紧迫的需要和充足的理由相背离》,苏尔策在其中更为详尽地阐述了他关于"模糊表象"的认识:

> 它是这样的存在,我不知道它是什么,但每个人都会偶然感受到。简言之,一切心灵的力量都有两种表达方式:一种是清晰的……一种是模糊的,我们自己并不清楚这些力量在我们内部的运动过程。③

正是由于这种未知的力量存在,我们会有违反理性的举动,甚至做出背离自身意志的行为。苏尔策在论文中还试图回答这样一个问题:"为何模糊表象往往压倒清晰表象控制我们的行为?"④苏尔策从生理学的角度提供了一种解释,他认为,每一种心理活动都对应神经系统的运动,大脑的神经系统是引起思想(Gedanken)的所在地,胸腔内的神经系统则对应感觉(Empfindung),"当两种表象同时存在,模糊的表象并不对理智产生影响,而是直接作用于感觉……也就在这瞬间,模糊表象强占了心灵的领地,并促使我们行动。"⑤这种"心灵的物理学"(die Physik der Seele)为许多心理学上的悖论和反常现象提供了"合乎理性"的解读方式,可以视为一种早期的"潜意识理论"。但苏尔策本人也意识到,这一假说带来极大的破坏力和危险性,即理性变得软弱无能,人的心理成为两种力量——模糊表象和清晰表象——交锋的战场,而模糊表象往往占据上风,人成为激情、疯狂等迷乱情感的牺牲品,统一的自我、自由意志乃至道德在这一假说面前都变得岌岌可危。⑥

苏尔策发展的"心灵的物理学"主导了 18 世纪末的心理学研究,在 1800 年前后出现了为数众多的心理学、人类学杂志⑦,其中最有著名的是莫里茨(K. Ph. Moritz)创办的《经验心理

---

① Johann Georg Sulzer, *Kurzer Begriff aller Wissenschaften und andern Theile der Gelehrsamkeit*, Leipzig, 1759, § 206, S. 158.
② Ebd., § 206, S. 159.
③ J. G. Sulzer, "Erklärung eines psychologischen paradoxen Satzes: Daß der Mensch zuweilen nicht nur ohne Antrieb und ohne sichtbare Gründe sondern selbst gegen dringende Antriebe und überzeugende Gründe handelt und urtheilet," in ders., *Vermischte philosophische Schriften. Aus den Jahrbüchern der Akademie der Wissenschaften* zu *Berlin gesammelt*, Leipzig, 1773, S. 99—121, hier S. 108.
④ Ebd. S. 114.
⑤ Ebd. S. 115.
⑥ 作为启蒙思想家的苏尔策显然不能接受这种消极的结果,他在文章结尾提出补救的方案:通过反复练习和掌握技巧可以将理性的知识转移到心灵中引发行动的部位,从而保证理性的主导地位。
⑦ 参见 Gerog Eckardtu. Matthias John, "Anthropologische und psychologische Zeitschriften um 1800," in Georg Eckardtu, Matthias Johnu, Temilo van Zantwijk und Paul Ziche, *Anthropologie und empirische Psychologie um 1800. Die Wissenschaft vom Menschen zwischen Physiologie und Philosophie*, Köln, 2001, S. 133—185.

学汇编》①,在出版前言中,莫里茨将杂志划分为四个栏目:心灵生物学(Seelennaturkunde),心灵病理学(Seelenkrankheitskunde),心灵描述学 (Seelenzeichenkunde) 和 心灵营养学(Seelendiätetik),并宣称,杂志的宗旨是仅描述"事实(Fakta),而不是道德上的的废话"②。莫里茨延续了苏尔策规划的心理学研究方向,即通过接受自然科学的研究方法观察人的心理现象,收集描述各种心理异常的实例,从而拓宽我们对心理结构的认识。

三

上一部分简要展现了18世纪心理学上的哥白尼转折:心理学摆脱了哲学的支配,向自然科学靠拢;形而上学意义上独立自主的心灵概念被瓦解,心理获得一种复杂的空间结构;心灵受到各种不同力量支配,而本身却无力掌控这些能量;"模糊表象"假说在心理学的经验化过程中起到决定性的作用。接下来将试图展示,心理学研究的转向和"模糊表象"理论如何促使了新的文学表现形式——黑色浪漫文学的诞生。

文学与心理学在18世纪末处于难分难解的密切关联中。一方面,心理学杂志大量涌现,其主要内容是描述各种心理异常现象的"病例"(Fallgeschichte),也就是说,心理学诞生初期就是以文学的形式存在,本身也成了一种特殊的文学体裁。另一方面,有学者认为,在18世纪末"文学本身已经成为心理学"③。不可否认,在心理学影响下,这一时期的德语文学,尤其是浪漫文学以十分关注个体发展、心灵的异常状态以及人与外部世界的错乱关系等。但显然文学作品不能完全等同于心理学研究,二者之间存在更为复杂多样的关系。

黑色浪漫文学对心理学的接受可以大致划分为两个阶段:第一阶段的作品以较为写实的手法,重点刻画人物的内心世界,以主人公为线索讲述人的"内在的故事"④,在这一点上类似于布朗肯堡提倡的启蒙小说的诗学理念,但以心理学为导向的黑色浪漫文学已经彻底偏离了启蒙诗学。首先,在人物设置上,黑色浪漫文学大多选取受到社会排斥的边缘人物,如强盗、罪犯、忧郁症患者等。其次,黑色浪漫文学不再遵从一个先定的教育理念,作品大多以悲剧结尾,展现出一种消极、阴郁的人性观。蒂克早期的文学作品以及席勒的部分小说、戏剧可以归入这种文学类型。在第二阶段,文学对心理学的运用不再局限于刻画人物心理,而是扩展到整个文本构造中,从而使文本获得一种双重结构——表层的故事情节发展下隐

---

① Karl Philipp Moritz, *GNOTHI SAUTON oder Magazin zur Erfahrungsseelenkunde als ein Lesebuch für Gelehrte und Ungelehrte*, Bd. 1—10, Berlin, 1783—1793,下文引用版本 Karl Philipp Moritz, *Werke in zwei Bänden*, hrsg. von Heide Hollmer und Albert Meier, Frankfurt a. M., 1997.

② Ebd., S. 811.

③ Friedrich A. Kittler, "'Das Phantom unseres Ichs' und die Literaturpsychologie: E. T. A. Hoffmann—Freud—Lacan," in F. A. Kittler u. Horst Turk, *Urszenen. Literaturwissenschaft als Diskursanalyse und Diskurskritik*, Frankfurt a. M., 1977, S. 139.

④ Friedrich v. Blankenburg, *Versuch über den Roman. Reprographischer Nachdruck der Ausgabe 1774*, Stuttgart, 1965, S. 395. 关于布朗肯堡的小说诗学参见谷裕:《德语修养小说研究》,北京大学出版社,2013年,第20—22页。

藏着一种深层的心理结构，同时写作手法也从写实转变为充满隐喻、高度象征化的"审美游戏"①。这类文学作品最重要的代表是蒂克的艺术童话和霍夫曼的小说。需要强调的是，尽管当时的大多数作家本人都堪称细致的心理学家，但他们并没有全盘接受这种新的科学理论，以上两个阶段的文学创作中都伴随了对心理学的反思、质疑和批判。接下来将以蒂克的作品为例，分别就这两个文学阶段进行论述。

蒂克（L. Tieck）早年深受莫里茨及其心理学研究影响，蒂克的挚友瓦肯罗德称他与莫里茨是精神上的"孪生兄弟"。蒂克早期创作的长篇书信体小说《威廉·洛威尔》中明显显示出这种烙印。在小说的前言中，蒂克将写作的动机阐述为"描绘激情，获取关于心灵的知识，并对一切灵魂的迷惘和犯罪进行急切的观察"②。这种文学理念几乎与心理学研究的目的相重合。小说用细致写实的心理学手法，描述了主人公威廉·洛威尔如何从一个情感充沛、耽于幻想的狂热症患者，蜕变为冷酷的唯物论者、道德相对论和怀疑论的信徒。威廉在两极之间摇摆，这种人格的不断转换最终导致自我身份的消解和虚无。在小说的第一卷，威廉尚且满怀信心地在给好友爱德华·波尔顿的信中写到：

> 是的，朋友，人掌握着自己命运的缰绳，当他明智地掌控一切，他是幸福的；一旦他怯懦地将缰绳放松，愤怒的魔鬼将攫住绳索，并将他驱入骇人、黑暗的谷底，在那里，一切不幸和厄运潜伏守候着他。因此我们要像真正的男人一样，爱德华，毫无畏惧地支配我们的命运，即使有千百倍的厄运威胁着我们，要将我们命运的车轮拖向深渊。（64）

威廉在小说伊始的这段话富含深意，同时颇具讽刺意味，因为蒂克恰恰在小说中展示，威廉在人生的任何一个阶段都没有真正掌握过自己的命运，或者说威廉并不具备完整独立的自我意识来掌控自己的行为。事实上，威廉信中展示的自信仅仅是脆弱不堪的假象，早在前文威廉就表达了一种无力的、任凭命运摆布的放逐之感：

> 一种模糊的、隐约的预感（eine dunkle, ungewisse Ahnung）侵袭了我……我仿佛看到，我的守护天使哭泣着向我道别，将我孤苦无依地留给命运不幸的游戏。……啊，爱德华，不要嘲笑我的弱点，我在这一刻像孩童一样迷信，黑夜和孤独绷紧了我的想象力，我如同先知一般注视着未来的时间的深井，我看到各种形象在我面前显现，友好的和严肃的，但这是一群可怕的形象。我的生命的线索从现在开始，纠缠成无法解开的线团，要解除这些谜团我也许将徒劳地付出我的生命。（17）

蒂克在这里细致真实地展示了主人公的心理，黑夜、孤独、紧张的想象力、孩童般的迷信以及狂热、耽于幻想的天性，导致威廉拥有对未来"模糊的预感"。小说便依照这一预言，通过复杂的情节展现了威廉在"魔鬼"的驱使下步入命运的深渊。

---

① Detlef Kremer, *Prosa der Romantik*. Stuttgart/Weimar, 1997, S. 144.
② Ludwig Tieck, "Vorbericht zur zweiten Lieferung," in ders., *Schriften. Sechster Band: William Lovell. Erster Theil*, Berlin, 1828, S. 20. 下文使用版本 Ludwig Tieck, *Werke in vier Bänden. Nach dem Text der «Schriften» von 1828—1854, unter Berücksichtigung der Erstdrucke 1795/96*, hrsg. von Marianne Thalmann, Band 1—4, München, 1963. 引文仅在括号中给出页码。

威廉的经历可以大致划分为三个阶段:在小说开始,他陷入对阿玛丽娅狂热的爱的激情中,感到自我意识的丧失,"在这一刻,我怀疑自己的存在,怀疑我的意识,怀疑一切。我的喜悦几乎要使我昏厥"(54—55)。这第一阶段狂热的激情消退后,威廉受到露易丝的引诱,转而追求纯粹的感官享受,并大胆表达了这种新的信仰:"我可怜那些傻瓜,他们喋喋不休地鄙视感性世界,在可悲的盲目中将自己奉献给一个软弱无力的神明,这位神明的赠予不能满足任何心灵……不,我将宣誓效忠另一位更高的神祇……情欲、爱欲,没有语言和声音可以描述它。"(148)威廉没有统一独立的人格,这表现在他在这两种状态之间摇摆不定,在夜晚宣称了自己对感官的信仰后,威廉随即在第二天早上忏悔了先前的想法:"我回忆昨晚,如同一阵眩晕袭击了我……啊,巴尔德,我想逃离我自己,什么是人的坚定意志?我是一个可怜虫。"(150)最终,当激情、爱欲都消失和幻灭之后,威廉被以安德里亚·克斯摩为首的秘社组织操纵,希望在其中可以找到"神奇世界"的秘密,一个"陌生的精神世界"(378,417),但却更加坠入命运的深渊,陷入道德上的低谷,在犯下谋杀、纵火、诱拐阿玛丽娅等罪行后,威廉最终在决斗中被射杀。

小说中威廉不断反思剖析自己的内心,在这种不断深入的审视中,威廉感觉找不到一个实在的自我和统一的意识,这也意味着他觉得他无需为自己的行动负责:"好几天,我生活在一片混乱的理念和情感中……生活是人们能想到的最滑稽可笑之物;所有人如同咯吱作响的木偶来回奔波,被笨重的钢丝牵引,却还谈论他们的自由意志。"(441)威廉将自己视为受外力牵引的木偶,这种外力并不特指秘社组织的操控,而更多的是来自威廉本身,混乱的激情、身体感官的情欲。事实上,威廉之所以受秘社操控,正是由于他内心对神奇、隐秘的精神世界的渴求。小说展示了一种决定论的世界观,操纵一切的"魔鬼"是一种模糊的、不知名的力量。在小说中发人深省的一个段落中,威廉向他青年时期的挚友爱德华坦白,他曾经在一次两人结伴的远足中感到"无法理解的欲望"(unbegreifliche Lust)——把自己的同伴推下悬崖,这种欲望显然没有任何理性的根据,他试图压抑这种欲望,却感到"我越试图控制这一欲望,就越感到它在我内心愈加强大"(523—524)。威廉因此发出质疑:

  谁知道,它是什么?是什么管理、支配着我们?是哪一种精灵(Geist),存在于我们之外,却拥有无比威力、不可阻挡地侵入我们的内心?(548)

威廉发出的疑问,也是当时的心理学家和蒂克本人最关切的问题。蒂克早年的这部书信体小说采取了复杂的多视角叙事,共有30位通信人,几乎每一人物都拥有心理学家般的天赋,善于进行自我观察,并用形象的譬喻描述、剖析自己的内心世界。自我观察正是进行经验心理学研究最主要的手段,蒂克描写这种近乎偏执的不断的自我剖析,已经暴露了他对于心理学研究的怀疑和批判,小说中写道:"谁进一步观察自身,就会认为人类是一种可怕的怪物。"(524)在给瓦肯罗德的信中蒂克更加明确地指出了心理学的危害:"一个人,长期地对自身进行冥思苦想,越来越深入地观察自己混乱、缠绕不清的内心,他一定会在那里看到神奇、怪异的现象,渐渐地他对自己感到绝望。"①蒂克认为,这种心理学研究不仅会使人陷入冥想、丧失行动能力,进行到极端还会导致一种阴郁、悲观的人性观,走向绝望和虚无。蒂克试图摆脱莫里茨的影响,同时放弃了以人物心理为中心的写实手法,在他接下来创作的一系列艺术童话中,心理学知识与奇异的想象融合,发展出一种高度象征化的写作方式,下文将以《鲁能山》(Der Runenberg,1802)②为例分析这种文学结构。

《鲁能山》采取十分简单明了的结构,展现了二元对立的世界模型。曼弗雷德·弗兰克将这篇短小的童话小说(Märchen-Novelle)称为"浪漫文学中内涵最为丰富的作品"③之一,原因就在于,在作品看似简单的表层结构中,充满象征、譬喻,隐藏着另外一层深度的心理结构。主人公克里斯蒂安也如同威廉·洛威尔一样经历身份、人格的转换,不同的是,蒂克将主人公心理、身份的变化同空间的转移联系在一起,从而使人物心理获得空间的、地貌学的形态,而作品中的地形、自然景观和情节发展都被高度心理学化。克里斯蒂安在两个世界之间犹疑往返,也同时代表他心理、身份的转化。小说中一边是平原、植物、易朽的世界,在作品中代表基督教的、父系的文明社会,另一边是山脉、岩石、永恒的世界,作者赋予其原始、感性、情欲的象征意义。

小说的中心情节是克里斯蒂安攀登鲁能山,并在山顶窥视林中女人。克里斯蒂安在"混乱的想象"(irre Vorstellung)和"隐秘的愿望"驱使下踏上这条危险的旅途,他走到一片从未踏足的地带,"山崖越来越陡峭,举目看不到绿色植被,光秃的山崖用愤怒的回声向他咆哮,一阵孤寂的风哀嚎着追赶他"(191)。在午夜时分,克里斯蒂安踏上"一条狭窄的小路,旁边紧邻着无底的悬崖。深渊张开嘴巴仿佛要将他吞噬,……路越来越狭窄,年轻人不得不紧紧抓住突出的岩石,使自己不致坠落"(191)。显然,蒂克在这里描述的绝不是真实的自然景观,而是一些高度象征化的意象,周围的景物与克里斯蒂安的内心相映照。如同荣格在多年后将探索潜意识领域比作危险的"冥府之行"(Nekyia)④一样,蒂克在文学中也描述了探索内心未知领域的艰难之旅,克里斯蒂安在通往内心世界的冒险中,面临随时坠落的危险("紧邻无底的悬崖"),自我意识即将被消解("深渊仿佛将他吞噬"),置身于这一险境,克里斯蒂安心中混杂了矛盾的感情:"他在内心感到如此巨大的喜悦,以至于从这喜悦中产生了一种恐惧。"(191)这种"巨大的喜悦"和随之而来的"恐惧"也与心理学家在探索人类内心奥秘时的情形相符。

终于,克里斯蒂安的探险之路终止在一扇窗子前,在他不知所措时,突然看到"一束光,在古老的建筑物后移动"。他向发光的地方望去,看到一座古老、宽阔的大厅,里面装饰有"宝石和水晶,闪烁着各种丰富的光芒"(192)。一个"高大的女性形象"在礼堂内沉思踱步,她手中提着一盏灯,移动的灯光和闪烁的宝石神秘地交织互动。随即,这位女性形象用富有

---

① Wackenroder, *Sämtliche Werke und Briefe. Historisch-kritische Ausgabe. Bd. 2: Briefe*, hrsg. von Silvio Vietta, Heidelberg, 1991, S. 114f.
② Ludwig Tieck, *Schriften Bd. 6: Phantasus*, hrsg. von Manfred Frank, Frankfurt a. M., 1985, S. 184—209. 以下引文仅在括号中给出页码。
③ Manfred Frank, *Einführung in die frühromantische Ästhetik. Vorlesungen*, Frankfurt a. M., 1989, S. 346.
④ C. G. Jung, *Analytical Psychology: Its Theory and Practice*, London, 1976, p. 41.

穿透力的声音唱了一首歌,歌毕,她开始褪去身上的衣物。克里斯蒂安"几乎不敢呼吸,当她一件件褪去身上所有遮盖;她赤裸着在礼堂中来回踱步,厚重、浮动的卷发在周身形成一片黑暗、波动的海洋,纯洁的身体从中偶然显现出大理石般的光芒"(193)。良久之后,她取出一块石板,"镶嵌在其中的红宝石、钻石等各种珠宝闪烁着光芒,她长久地审视了一番。这些不同的颜色和线条仿佛构成各种奇特的、难解的符号;有时,当光芒反射向他时,年轻人感到眼睛被刺痛,但随后有绿色和蓝色跳动的光线安抚他的眼眸;他站在这里,用目光吞噬这些形象,同时深深地沉入自我之中。在他的内心,一个充满各种形象、声音、渴望和情欲的深渊被打开了"(193)。最终,美人打开窗户,把石板交予克里斯蒂安,"他接过石板并感到,这些符号立刻以不可见的方式进入他内心,灯光、高大的美人和奇特的礼堂消失了。如同乌云遮蔽的暗夜一般它投进他的心中,他找寻先前的感受,那种狂热和难解的爱恋,他望着珍贵的石板,下沉中的月亮映照在上面,反射出微弱的、淡青色的光"(193-194)。

蒂克使用一种充满象征符号的审美游戏,表现了主人公进入自己内心无意识世界的经历。通过巧妙的光影设置以及隐藏与显露、在场与消失的矛盾结构,展示了探索无意识世界这一行为本身蕴含的张力。在此过程中,克里斯蒂安看到"一个充满痛楚与希望的世界在自己内心展开……他无法认出自己了"。显然,在这片隐秘的领域,感官和情欲占据重要位置(赤裸的女性身体),但这种情欲并不是针对某一个个体的感情,而是一种古老、原始的冲动,蒂克在这里也体现了心理学中将无意识与身体感官相联结的观点。但蒂克并没有完全接受心理学研究中关于"模糊表象"的观点——试图用理性驱散、照亮人内心中的这片黑暗领域,相反,蒂克在小说中暗示,这种来自未知世界的原始冲动是生命力的象征,也是文明社会保持繁盛的隐秘的根基。克里斯蒂安回到平原生活后,依靠来自另一个世界的陌生人留下的财产,得以享受富足的生活。而在克里斯蒂安离家出走后,他的家人失去了与隐秘世界的联系,不幸与贫穷也降落到他们身上,"家里的一切马上变成另一种情形。牲畜死亡,奴仆和女佣不忠诚,田地和果园被大火吞噬"(208)。失去了原始生命力的根基,文明社会也将面临衰败的危险。

"自然与自然定律,在黑夜里隐藏;上帝说,让牛顿来,于是,一切化为光。"亚历山大·蒲柏为牛顿撰写的著名的墓志铭精炼地表达了启蒙学者的理想,用理性之光驱走黑暗,努力将未知变为已知,不可见的变为可见。在18世纪,一些启蒙学者试图用探索外在世界的方式,转而探索人内心的奥秘。在这一过程中,人们发现,最广袤的未知领域就隐藏在人的内心,这种努力导致了与启蒙初衷相背离的结果——在这一探索过程中,理性发现了自己的界限和软弱,关于疯人、罪犯、梦游、心理异常现象等"黑暗领域"的讨论占据了启蒙话语讨论的中心。黑色浪漫文学产生于这种时代讨论中,用审美的方式丰富了对心理现象的表述和认识,同时也对心理学研究的危险性与不足进行了深刻的反思。

作者简介:王一力,北京大学外国语学院德语系博士生。

学术动态

第21届国际比较文学学会年会在维也纳大学成功举办

2016年7月21至27日,第21届国际比较文学学会(ICLA)年会在奥地利维也纳大学成功举办。此次年会包括7场主旨报告、120组圆桌论坛、1500多场次个人发言,共有来自世界各地著名高校的1500多名学者参会。

今年年会的主题是"比较文学的多样语言"(The Many Languages of Comparative Literature)。这是国际比较文学学会的大会主题首次聚焦在"语言"这个核心问题之上。不同文化区域和不同语言文学文本的比较研究,是比较文学学科兴起的源头;而跨越不同语言的边界,则是比较文学学科的核心之所在。但是,语言不仅并非不言自明的媒介,而且也与科学话语与文学概念的元—语言(meta-language)问题必然相关。比较文学的多语言特征,既意味着挑战,也带来了机遇。

围绕上述主题,与会学者们分别从"作为通用符码的艺术""语言:世界文学的本质""多样文化、多种习语""主题学的语言""研究中的比较学者—专业交流"这5大议题出发,从语言与艺术、语言与翻译、语言与文化、批评的语言、跨学科的语言关系等方面,对比较文学研究中的语言多样性进行了多视角的分析与探讨。思想的交流与碰撞不仅充分展示了语言的多样与丰富,更是充分彰显了比较文学研究本身的多样与包容,不论是在深度还是广度上,都具有无限的发展空间。

7月21日下午,第21届国际比较文学学会年会开幕式在维也纳大学礼堂隆重举行。开幕式由国际比较文学学会组委会主席、欧洲科学院院士霍尔特(Achim Hermann Hölter)教授主持。国际比较文学学会主席、乌特勒支大学伯顿斯(Hans Bertens)教授首先致辞,他向各位参会学者表示热烈的欢迎,并向大家简要地介绍了此次会议的流程与主题。随后,维也纳大学校长英格尔(Heinz W. Engl)教授致辞,欢迎各位学者莅临维也纳大学,共同见证国际比较文学史上的这一盛大时刻。

21日至26日,7位国际著名比较文学学者作了7场主旨报告发言。21日下午,联合国教育、科学及文化组织交流与信息部部长拉鲁(Frank La Rue)博士结合自身在联合国教科文组织的相关经验,以"艺术与不同文化间的对话"(Art and Intercultural Dialogue)为题,与大家分享了他对艺术与文化的看法;英国比较文学学会主席、2015年霍尔堡奖(Holberg Prize)获得者伦敦大学伯贝克学院华娜(Dame Marina Warner)教授以"魔幻写作:神谕、诅咒及新的研究视角"(Magical Writing: Oracles, Curses & Further Perspective Measures)为题,从语言、叙事等角度,分析了魔幻写作的本质,并向大家展示了古老世界的神谕诅咒与当今潮流艺术的结合。在随后的几天时间里,2008年斯宾诺莎奖(Spinoza Prize)获得者阿姆斯特丹大学李尔森(Joep Leerssen)教授、哈佛大学内斯特·伯恩鲍姆讲席教授达姆罗什(David Damrosch)教授、纽约大学阿普特(Emily Apter)教授、奥地利著名作家兰斯迈尔(Christoph Ransmayr),以及2009年诺贝尔文学奖获得者德国女作家和诗人米勒(Herta Müller),也分别发表主旨报告。

来自北京大学、中国人民大学、复旦大学、南京大学、上海外国语大学、四川大学、北京语言大学、华中师范大学、香港城市大学等多所中国高校的30多位学者获邀参会。他们活跃于各个圆桌论坛,与来自世界各国的学者们一起,就比较文学研究中的多样语言展开了深入的探讨与交流,聆听并学习了他国比较文学语言研究的特点与方法,同时也向世界展示了中国比较文学的最新研究成果,有力地推动了中国比较文学研究走出中国,走向国际。除踊跃参加大学的相关活动,中国学者也组织了两个专题讨论组,分别为:复旦大学汪洪章教授、中国社会科学院周启超研究员等人联合组织的"语言政策与文学演进"(Language Policy and Literary Evolution)讨论组;北京大学张辉教授、加利福尼亚大学戴维斯分校张春洁博士联合组织的"文学、哲学与思想史:跨学科研究的语言"(Literature, Philosophy and Intellectual History: The Language of Interdisciplinary Research)讨论组。

7月27日,第21届国际比较文学学会年会在维也纳大学礼堂顺利闭幕。闭幕式上公布了新一任国际比较文学学会组委会成员的名单。香港城市大学的张隆溪教授成功当选为国际比较文学学会新一任会长。这是历史上首次由中国人荣膺国际比较文学学界最高职位。北京大学的周小仪教授和中国人民大学的杨慧林教授分别连任国际比较文学学会新一任副会长和理事。

在闭幕式上,中国比较文学学会会长曹顺庆教授代表中国比较文学学会成功拿下了第22届国际比较文学学会年会举办权。第22届国际比较文学学会年会预计将于2019年在中国深圳举行。

会议间隙,中国比较文学学会曹顺庆会长以及张辉秘书长、张靖副秘书长特别约见了张隆溪教授、伯德斯教授和霍尔特院士,咨询了举办国际比较文学年会的相关问题和会务细节。(余静远)

2016年维也纳国际比协会议"文学、哲学与思想史:跨学科研究的语言"专题讨论综述

2016年7月21至27日,第21届国际比较文学学会年会在奥地利维也纳大学举行。会议主题为"比较文学的多样语言"(The Many Languages of Comparative Literature),围绕这一主题,大会共设120个讨论组,每组集中讨论一个议题。

其中,北京大学比较文学研究所张辉教授和加利福尼亚大学戴维斯分校的张春杰博士共同组织了议题为"文学、哲学与思想史:跨学科研究的语言"的讨论组。

该讨论组的议题建立在对下列问题的思考之上:柏拉图的创作采用戏剧对话形式,而非学术论文的形式;著名德国戏剧家莱辛使用不同的创作形式;卢梭小说创作与政治哲学论文兼长;罗伯特·穆齐尔是一位宣称"随笔主义"的小说家;弗里德里希·尼采身为哲学家,但对其它创作体裁倍加关注。以上这些杰出的作家们都突破了学科与题材的界限与限制,采用诗性的语言去表达哲学和形而上学思想。他们诗歌充满哲理,哲学又充满诗意。同样,在中国语言中,孔子"仁学"的观念也必须在他与学生之间的对话这个语境下理解;中国思想史上的经典文本如《孟子》《庄子》中随处可见各种对话与寓言故事;韩愈是诗人、散文家,同时又是儒家思想的坚定拥护者;鲁迅是中国最伟大的现代小说家,他同时也是中国当代最深刻的思想家。因此,从跨学科或超学科的对话与融合的视角,我们提出进一步探索文学、哲学与思想史这三者间的动态关系。

该讨论组有三个主题:1. 文学与哲学的矛盾与对话;2. 形式与意义的关系;3. 文学、叙述和道德秩序。

共有来自中、美、德等国的8位学者参与此次圆桌论坛。圆桌讨论于7月22日下午2点开始,由北京大学比较文学所张辉教授主持。发言按照论题的时代顺序进行。第一个发言的是北京大学比较文学所成桂明博士,论文标题是《斯威夫特与古今之争》(Swift and the Quarrel between the Ancient and the Modern),她从古今之争中古今两派对待中国的不同态度入手,分析了斯威夫特在这场争论中如何运用中国元素,特别是中国语言来支持其古派立场。接着,北京大学比较文学所余静远博士以《爱默生:诗性的写作与哲理的思考》(Emerson: Philosophic Thinking and Poetic Writing)为题,描述了爱默生写作中的两种突出特点,即诗性的语言与哲性的关怀,并分别将这两种特点与古希腊追求完美"理念"的传统与希伯来基督

教道德说教的传统联系起来。当日最后一个发言的是慕尼黑大学德语系斯蒂芬·卡马尔(Stephan Kammer),他发表题为《美的哲思:欧洲现代主义中的诗性知识》(Beautiful Thinking: Poetic Episteme in European Modernism)的报告。他以德国诗人斯蒂芬·乔治和霍夫曼斯塔尔为例,指出在形式与内容的张力之间,语言的美能够超越理性的限制而直接达到一种更加真实的知识。

圆桌讨论于次日上午9点继续进行,由张辉教授主持。加利福尼亚大学戴维斯分校张春杰教授第一位发言,她以《马克思主义、墨家思想与贝尔托·布莱希特的小说〈墨子/易经〉中的哲理语言》(Marxism, Moism, and the Philosophical Language in Bertolt Brecht's Novel Me-ti or the Book of Transformation)为题,详细地分析了布莱希特这部小说中的墨家思想与马克思主义思想,这实际上也是布莱希特对当时欧洲的政治和思想意识形态的斗争进行反思的结果。张春杰教授指出,布莱希特的小说将哲理的语言政治化,超越了题材、时代与文化地理的界限。杜克大学的科里纳·斯坦(Corina Stan)发表题为《当代历史小说中的哲学问题》(Philosophical Questions in the Contemporary Historical Novel)的报告,从阿甘本和尼采对"当代"一词的定义出发,主要以现代时期的历史小说为例,考察了当代性中的时间、经历以及人类对现实的理解程度等问题。乌克兰国家科学院舍甫琴科文学研究所德米特·陀思托夫斯基(Dmytro Drozdovskyi)的报告题目是《后人性 &/vs."人类"科技:当代英国小说的后—后现代概述》(Post-Humanity &/vs. "Human" Technologies: Post-postmodern Outlines in Contemporary English Literature)。他指出,在后—后现代的语境中,人性的新涵义已经与科学/技术的发展模式联系了起来。他以英国的三部当代小说为例,分别是马克·哈登(Mark Haddon)的《深夜小狗神秘事件》(The Curious Incident of the Dog in the Night-Time)、大卫·米歇尔(D. Mitchell)的《云图》(Cloud Atlas),以及伊恩·麦克尤恩(Ian McEwan)的《星期六》(Saturday),分析了后—后现代主义因素在这些小说中的体现。

23日下午的圆桌讨论由张春杰博士主持。北京语言大学陈戎女教授第一个发言,她的论文标题是《颂扬还是讽刺:色诺芬的语言》(Encomium or Sarcasm: the Language of Xenophon),她首先追问了色诺芬历史小说的真实性,由此揭示出了色诺芬的"隐微式写作"。随后,她对比了色诺芬的两部小说《斯巴达政制》(Spartan Constitution)和《居鲁士的教育》(Cyropaedia),指出《居鲁士的教育》是对《斯巴达政制》的模仿,且两部小说的语言风格类似,名义上是颂扬,实质却是讽刺。会上,北京语言大学张华教授也提交了《语言如何带来意义?》的论文,主要从翻译角度讨论了语言与意义的关系。最后一个发言的是四川大学的曹顺庆教授,他的论文标题是《生存与死亡:比较文学的现状与反思》(Life or Death: The Current Situation and Reflections of Comparative Literature)。他综述了很多学者(如大卫·菲利斯(David Ferris)和大卫·达姆罗什(David Damrosch))有关比较文学发展的理论观点,认为这些理论仍然无法解决当前比较文学、世界文学和跨文化研究中面临的问题。因此,他提出了一种新的比较文学理论:变异理论。

张春杰教授简短总结后,宣布了本组圆桌论坛的圆满结束。(余静远)

北京大学比较文学与比较文化研究所成立三十周年所庆特别报道

2015年11月21日,为庆祝北京大学比较文学与比较文化研究所成立三十周年,本所特举办所庆系列活动。活动共分为庆祝典礼及学术研讨会两部分。

庆祝典礼于当天上午在北京大学勺园正大国际中心弘雅厅举行。乐黛云教授、陈跃红教授、张辉教授、比较所毕业生代表程巍研究员。曹顺庆教授及吴志攀副校长相继发言,期间举行了所徽展示仪式、"中国比较文学网"网站启动仪式、余云烈先生"北京大学比较文学奖教金"捐赠仪式及北京大学比较文学与比较文化研究所学术顾问聘任仪式,聘任乐黛云教授、饶芃子教授、陈惇教授、谢天振教授、严绍璗教授、钱林森教授、刘象愚教授、孟华教授为北大比较所学术顾问,并播放了比较所学生自制短片《比较所三十岁啦》。最后,庆祝典礼定格在全体嘉宾的集体大合照中。

当天下午举办了"比较文学与世界文学系列讲座"第三十讲暨所庆特别专题研讨会。研讨会的主题为"比较文学的人文学特质:学科间的交汇与融通",共分为两大会场。

第一会场的讨论分为两组进行。第一组讨论围绕"比较文学与古典学"进行,由张沛副教授主持。中国人民大学刘小枫教授首先进行了题为《儒家公羊派与历史哲学》的发言。刘教授回顾了西方现代历史哲学的产生背景与发展状态,指出不以接纳现代西方政制为目的的晚清儒家公羊学的复兴似乎为后来接纳现代西方历史哲学提供了某种思想基础,并在此基础上探讨了儒家政制传统与历史进步论的关系。复旦大学中文系杨乃乔教授在题为《中国经学诠释学及其释经的自解原则——论孔子"述而不作,信而好古"的独断论诠释学思想》的发言中,对孔子"述而不作,信而好古"的解经原则进行了深入分析,认为杨伯峻以误读把"述而不作,信而好古"过度诠释为"阐述而不创作,以相信的态度喜爱古代文化",从而把一个经学诠释学命题降解为文学诠释学命题。他指出孔子的"述而不作,信而好古"是一种独断论诠释学思想。北京外国语大学魏崇新教授在题为《比较文学视野下的中国古代文学研究》的发言中,从比较文学与中国古代文学研究转型、比较文学与中国古代文学研究的互文性关系以及目前研究中存在的相关问题三个方面,探讨比较文学研究与中国古代文学研究的关系及当前研究中存在的误区。南开大学王立新教授在题为《古典学视域下的古代东方文学研究——以〈希伯来圣经〉文学研究为例》的发言中,从古典时代、文学疆界、古典视域下的《希伯来圣经》文学研究及其启示意义三个方面探讨古典学对于古代东方文学研究的借鉴意义。中国人民大学张靖教授在题为《希腊神话母题与圣经文学叙述——新约文本中的"墨提斯"智慧》的发言中指出,处于边缘地位却总在挑战中心权势的"墨提斯"智慧在公元5世纪后彻底消失于书面记载中,却以母题的形式存在、衍生并流传于各个古老文明之中,"墨提斯"智慧为圣经故事提供了一个新的解读视角。北京第二外国语学院胡继华教授在题为《古代异教与现代的合法性——灵知主义研究之二》的发言中,指出灵知主义的顽强生命力,及其经历万劫而复活的能力,正是现代合法性之证据,是现代政治思想的"论证负担",并尤其强调,自由派和保守派思想家都在不同程度上站在不同立场采取不同视角利用灵知主义传统,用以诊断和批判现代性的某些征兆和某种本质。发言结束后,车槿山教授及陈戎女教授进行了精彩点评。

第二组讨论围绕"比较文学研究的个案与问题意识"展开,主持人为蒋洪生副教授。延边大学金柄珉教授首先发表题为《对话与想象:申采浩的东亚认识》的发言,他指出在申采浩研究中,进一步阐明其东亚认识与近代想象对于阐明韩国的东亚想象的历史与本质以及东亚的近代精神价值至关重要。天津师范大学孟昭毅教授的发言题为《东亚汉诗画"渔父垂钓"题材与禅机》,他指出在东亚汉文化圈内各国,尤其是古代,"渔父"垂钓成为神秘且充满玄机的事。围绕东亚汉诗画"渔父"垂钓的题材和其中所涉及的禅机问题,进行比较文学主题学意义上的探讨,会发现"渔父"垂钓题材不仅轶事很多,而且其中不乏禅机种种。南京师范大学汪介之教授在《文学接受的不同文化模式——以俄罗斯文学在中国的接受为例》的主题发言中提到,20世纪以来中国文学对于俄罗斯文学的接受主要有三种不同的思路:其一为新与旧、进步与反动的二元对立模式;其二为彻底解构、全面颠覆的模式;其三为"求实—科学化"模式。他指出,系统梳理俄罗斯文学在中国的接受史,深入考察这三种模式,对于我们总结接受外国文学的历史经验具有重要的学术意义。北京外国语大学张洪波教授在《〈悲剧心理学〉第十二章的比较文学方法论分析》的发言中指出,朱光潜在《悲剧心理学》第十二章"悲剧的衰亡:悲剧与宗教和哲学的关系"中以翔实文献为基础,从心理学、宗教、哲学等跨学科角度透视古希腊悲剧研究,并将之置于古希腊、罗马、中国、印度、希伯来等多元文化视域之中,其比较文学方法论典型意义尤为突出,但其优长与局限也是并存的。天津外国语大学讲师杨果在题为《多元视域的生成与转换:浅谈钱锺书文学研究的跨学科特质》的发言中指出,钱锺书的跨学科方法具有自己的独特诉求,即致力于多元视阈的生成与转换,确保研究的科学与真实。他的跨学科方法也提示我们:比较文学的跨学科研究既需要确立一个宏大视野,同时也应持之有度;既需要严格的规范性,也应有"破执"的灵活性,防止滑入绝对主义的深渊。发言结束后,张哲俊教授与周阅教授进行了精彩点评。

第二会场的讨论同样分为两组进行。第一组讨论围绕"跨学科文学研究与译介学"进行,由康士林教授主持。上海外国语大学谢天振教授首先进行了题为《今天,让我们重新认识翻译——从2015年国际翻译日主题谈起》的发言,具体分析了当今翻译活动的五大变化以及翻译工作者所面临的三大挑战,并在此基础上探讨如何紧跟当前翻译所处时代语境的变化,对翻译进行重新定位和定义。上海交通大学叶舒宪教授在题为《文化大传统——一种新知识观》的发言中对文化符号中的"大传统"(没有文字书写记录)和"小传统"(有汉字记录)进行了探讨,并提出通过加强对这一套文化符号编码的研究而进入到比甲骨文更早的年代。中国人民大学高旭东教授在题为《比较文学跨学科研究的历史、现状及未来展望》中梳理了比较文学学科在中国的发展状况,指出了目前所存在的问题,并提出了继续发展的可能性与方向。上海师范大学刘耘华教授在题为《"视域歧分"与文学的思想史研究》的发言中召唤"有文学的思想"和"有思想的文学",并提出了"以问题为中心"、打破学科领地人为边界的治学方法。韩国高丽大学赵冬梅教授在题为《韩文版〈红楼梦〉亲属称谓语翻译初探》的发言中对2009年韩国出版社的韩文译本《红楼梦》中亲属称谓语的翻译情况加以考察,分析了译者在对亲属称谓语进行翻译时,是如何传达源语的丰富内涵并关注其语用功能的实现的。复旦大学王柏华教授在题为《在空白与断裂之间——试论翻译狄金森诗歌的一种可能性》的发言中,针对狄金森诗歌的特点,提出作为"表演"或"露技"的翻译方式以期"闯入"其瘦硬险怪的诗歌,在语言的交错与断层间"重写"。

第二组讨论围绕"比较诗学与中外文学关系"展开,由秦立彦副教授主持。清华大学王宁教授率先发言,题为《从比较诗学走向世界诗学的建构》。他提出有必要建立一种世界诗学的构想,从而使世界文学理论和概念得到进一步完善,并改变和修正现有世界文学和文论的版图。上海外国语大学宋炳辉教授在题为《中外文学关系学术史的思想史观照》的发言中提出中外文学关系学术史与中国现代思想史的相互参照和相互佐证,是进一步确立中国比较文学学科的历史使命、进一步砥砺有效的研究方法与学术范式的重要场域。上海外国语大学查明建教授在题为《比较文学之于中外人文交流的意义》的发言中就目前对外人文交流的现状提出,比较文学学科应探讨对外人文交流的话语体系和融通中外新概念、新范畴、新表述的话语系统,以及其具体的内容、形式和运作机制。苏州大学季进教授在题为《世界文学语境下的跨文化交通——以海外中国文学研究为例》的发言中尝试以达姆罗什的观点来重新审视海外中国文学研究,对其得失作出新的解释和清理,在此基础上,对世界文学的理论建设和具体实践间存在的落差作出可能的探索和思考。上海大学陈晓兰教授在题为《风景背后的政治——以1911—1930年代中国旅美游记为中心》的发言中以1911年至1930年代的赴美游记为中心,在中美关系和19—20世纪初英美跨国旅行结束、大众旅游业勃兴的大背景下,对于中国的赴美游记者主体及其接触地带和游记中的美国表述和民族自省展开了分析。发言结束后顾钧教授和张冰教授作了精彩点评。

至此,北京大学比较文学与比较文化研究所成立三十周年所庆活动圆满落幕。时值深秋,寒雨绵绵,然而恶劣的天气并未阻挡嘉宾们的热情,比较学人也正是如此风雨兼程,不断开拓着崭新的未来。(卢意芸)

"中国比较文学三十年与国际比较文学新格局"会议报道

2015年12月25—27日,正值中国比较文学三十年之际,中国比较文学学会与深圳大学在深圳大学召开了"中国比较文学三十年与国际比较文学新格局"学术研讨会,来自北京大学、清华大学、复旦大学、中国人民大学、北京师范大学、中山大学等知名高校的50余位专家学者齐聚一堂,回顾三十年里中国比较文学的发展,展望新时期中国比较文学新格局。

深圳大学副校长、海外华文文学研究专家李凤亮在开幕式上首先致辞,介绍了深圳大学与中国比较文学的渊源。深圳大学1983年建校,乐黛云、胡经之和李赋宁等先生创办了中文系和外文系。1985年,得益于深圳的引领风气与开放包容,中国比较文学学会成立大会暨首届年会在这所刚刚成立两年的新兴大学举行。自此,作为"特区大学、窗口大学、实验大学"的深圳大学与中国比较文学及其学会的发展结下了不解之缘。2005年,中国比较文学学会成立二十周年之际,深圳大学承办了中国比较文学学会第八届学术研讨会。今年恰逢中国比较文学学会成立三十周年,此次在深圳大学举办的"中国比较文学三十年与国际比较文学新格局"学术研讨会,回顾中国比较文学三十年发展历程,前瞻国际比较文学研究的未来路向,可谓正当其时。

本次会议共有四场主题报告。第一场报告的主题是"中国比较文学发展与国际比较文学新格局"。上海外国语大学谢天振介绍了翻译研究的"文化转向",指出翻译研究与比较文学接轨给比较文学提供了新视野和研究客体,即广泛借用当代各种文化理论对翻译进行新的阐释,探讨译入语文化语境中制约翻译和翻译结果的各种文化因素,关注翻译对译入语文学和文化的影响和作用。四川大学曹顺庆认为,中国的比较诗学研究应该由早前的求同模式研究走向差异性研究,开创影响研究的比较诗学。我们需要关注当代文论中的中国思想,注意梳理东西方思想的交汇和相互影响,关注理论的旅行和变异。清华大学王宁称比较文学的中国学派形成已水到渠成,在全球化的时代背景下,中国已经成为一个大国,应该要让西方学者倾听中国的声音。但要想冲破英语中心主义的霸权地位,我们仍然需要相当长的时间。我们一方面要坚持比较文学的民族性,要立足于比较文学的中国视角,但又不能自我封闭,要意识到学科的世界性。"世界文学"的新阐述是对国际比较文学危机的挽救。"世界文学"的提出标志着比较文学进入了全球化阶段,文化研究的兴起是为传统比较文学学科敲响了丧钟,但新的比较文学学科正在兴起。复旦大学杨乃乔讨论了比较文学学科的理解困境,认为目前很多高校的比较文学学者没有准确理解其理论体系,这导致了错误的教学方法。因此我们要调整自己的学术策略,以推动中国比较文学研究的发展。中国社会科学院周启超讨论了有关外国文论与比较诗学的问题,认为文学理论研究面临着三个核心命题:作为一门人文科学的文学理论;作为一种话语实践的文学理论;作为一种跨文化旅行的文学理论。由此他提出"三重会通"论,即国内外国文学研究界不同语种的文论研究者之间的会通;外国语言文学界文论研究者与中国语言文学界文论研究者的会通;国内文论界与国外文论界之间的会通。苏州大学季进讨论了夏志清兄弟书信的意义,认为夏氏兄弟书信具有四方面的意义,分别为:作为情感史的价值;作为学术史的意义;作为文化史的材料;作为个人史的文献。

第二场报告的主题是"中国比较文学三十年:进展与挑战"。天津师范大学孟昭毅讨论了比较文学主题学研究。他首先介绍了主题学研究的历史,继而分析了中国比较文学主题学研究在发展中的两种态势:一是以王力和刘守华二位先生为代表的利用西方主题学理论研究中国文学和民俗学,以及王春荣的新时期文学的主题学研究;二是以叶舒宪等人从文学人类学领域对主题学的研究。南京大学程爱民评析了近15年来中国大陆美国华裔文学博士论文,认为美国华裔文学成为当下国内当代外国文学与文化研究的热点问题之一。他认为可以从四个方面加强该领域的研究:美国华裔文学的文学性;华裔传记文学传统研究;华裔文学的普世性主题研究;华裔文学的发展趋势。南京师范大学汪介之则讨论了文学接受的不同文化模式。他发现,在20世纪以来中国文学对于俄罗斯文学的接受史中存在三种不同的文化模式,分别为:源于"两种文化观"的二元对立模式;彻底解构、全面颠覆的模式;"求实—科学化"模式。北京师范大学王向远介绍了"译文学"的概念与体系。他认为翻译可以分为三个模式,一是西方基于语言研究基础上的传统的翻译学;一是以谢天振教授为代表的译介学;最后是译文学,关注译文本身。他还强调需要进一步强化"译文学"的理论自觉,运用其学科理论对我国源远流长、积淀丰厚的翻译文学加以发掘、观照、评说、研究和阐发,凸显翻译文学在我国文学中的重要位置,进一步发挥翻译文学在沟通中外文化中的作用和价值。首都师范大学林精华谈到了后苏联时代俄国比较文学的发展。苏联时代比较文学作为国际比较文学重要组成部分,没有为平行研究大潮所裹挟,而是延续俄罗斯帝国时代历史诗学传统,坚持文学的"关系研究"。他们的研究更强调理论研究而不是一般意义上的文学作品比较研究;比较注重跟自身有关系的文学,重视自身的传统,但也没有跟世界疏离。深圳大学郁龙余则介绍了印度研究中心的研究成果,提出比较文学的发展是"一收一放"的,有时把重点放在理论上,有时"放"得很开有无限的可比性,这两个都是正常的现象。

第三场报告的主题是"比较文学中国学派的建构"。福建师范大学葛桂录从一篇引发广泛争议的比较文学论文《从咏鹅诗看基督教精神对杜甫潜移默化的影响》谈起,强调了比较文学研究要有实学思维,中国的比较文学研究应该弘扬中国学术研究重视实证的优良传统。暨南大学黄汉平通过阐述饶芃子先生的世界华文文学研究,讨论了中国比较文学的新拓展。饶芃子认为海外华文作家是在双重文化背景下从事写作,是处在中外文化接触的最前沿,因而都有一个不同文化相遇、碰撞、影响和融合的问题。这些问题使海外华文文学本身具有跨文化的特色。中山大学魏朝勇讨论了西方古典学与中国的关系。他以《奥德赛》和《理想国》为例,阐述了西方古典文学的哲学性。这些古典文学给我们以启示,即人们选择了一种哲学生活而非政治生活。苏格拉底和荷马给我们指出了灵魂的最高追求,指向了存在本身。南通大学徐扬尚则提出了比较文学中国学派的必要和可能,比较文学需要中国化。中国的比较文学是西方来的,但以为使用不同语言,就存在一个话语转化问题。在西方的文学理论中贯彻中国的文化话语,就是西方学说中国化。因此中国学者立足中国文化语境,贯彻中国话语,体现中国文化特性,这就是比较文学的中国学派。深圳大学张晓红介绍了佛克马的比较文学观,她从《完美的世界:中西方乌托邦文学》等三本书中梳理了佛克马的文论思想,认为其思想体系由三个主要部分构成:文学史的编纂与经典的建构;文学研究的方法论,一种科学化的经验研究;比较文学观,文化的相对主义。

第四场报告的主题是"国际比较文学新视野"。深圳大学周明燕分析了诺贝尔文学奖获得者赫塔·米勒和斯维特拉娜·阿列克谢耶维奇,借此说明她们的思想有"硬伤",因而也表明诺奖背后有着一些其他目的。暨南大学王希腾讨论了詹姆逊理论与中国比较文学的关系。中国比较文学的学科建构必须基于当下的社会形式与社会现实,需要紧密联系马克思主义形式诗学,詹姆逊则是其现阶段的集大成者。中山大学朱崇科分析了流散诗学及其边界,他关注钱超英的澳华文学研究,认为钱超英的澳华文学研究独具一格、卓有成效,开辟了一条可资借鉴的大路。深圳大学钱超英则由现时代的"钱"出发,由此延伸至文学中的经济问题,讨论了流散研究三提议,认为海外华裔的流散文学中有很多悲情成分,原因主要是因为中国强调落叶归根的传统思想。四川大学卢婕探讨了比较文学三十年的发展。深圳大学江玉琴分析了比较文学与青年文化研究的关系,认为美国的伯恩海默报告中跨学科的强调推动了比较文学和伯明翰学派的嫁接。中国的亚文化研究也是和伯明翰学派的路径一样,越来越走向社会化。

会议最后由上海外国语大学谢天振做总结发言。谢天振认为,这次会议内容十分紧凑,每一个演讲都非常精彩。今天我们可以说中国比较文学立起来了,我们的研究发展有了很大的进步。我们应关注博士生的论文质量,提升中国比较文学的水平。我们应该肯定对于文学领域的拓展和新的学科探索,中国的比较文学还有较大的发展空间和开阔的发展前景。(欧宇龙)

"比较文学与世界文学学术讲座"第二十七至第三十三讲纪要

"比较文学与世界文学学术讲座"是由北京大学中文系、北京大学比较文学与比较文化研究所主办,北京大学出版社和《比较文学与世界文学》杂志协办的系列讲座活动。自2012年10月创办以来,陆续邀请海内外知名学者前来讲学,至2016年4月为止已举行过三十三讲。前二十六讲的纪要刊载于《比较文学与世界文学》杂志第二至第七期,以下为第二十七至第三十三讲的简要内容。

2015年9月23日下午,由北京大学中文系、北京大学比较文学与比较文化研究所主办,北京大学出版社和《比较文学与世界文学》杂志协办的"比较文学与世界文学系列讲座"第二十七讲在中文系举行。本次讲座由中国社会科学院外国文学研究所吴晓都教授主讲,题为"俄苏文学的人文价值"。讲座由北京大学比较文学与比较文化研究所张辉教授主持。

吴晓都教授现任职于中国社会科学院外国文学研究所,为中国外国文学学会秘书长,中国俄罗斯友好协会理事,中国俄罗斯东欧中亚学会理事。吴晓都教授长期从事俄罗斯、苏联文学及文化研究,著有《俄国文化之魂——普希金》《俄罗斯诗神普希金》等专著。

吴晓都教授以俄罗斯抒情诗人西蒙诺夫的诗《等着我吧》开启了此次的俄苏文学之旅。他联系"五四"以来中国文学界的俄苏文学情结,特地向在场的八零后、九零后同学指出了俄苏文学在我们日常生活和文学研究中无处不在的影响。他借用海涅的话指出,俄罗斯是一个由文学凝结而成的民族,而人文价值则是俄苏文学的重要特点。

接下来,吴晓都教授从社会价值和艺术价值两方面向我们展示了俄苏文学作品中的人文价值。

在社会价值方面,他结合《驿站长》《青铜骑士》等作品,分析了俄国文学作品中对于小人物的人道主义同情。他又以《茨冈人》《喀秋莎》与普希金等作品作家为例,指出俄国文学中"明亮的忧伤"与民族文化意识的觉醒。他认为俄国作家偏重文学的教化功能,是俄国的先进知识分子与社会良心。

在艺术价值方面,吴晓都首先借用赫尔岑和布罗茨基强调了俄苏文学中的文学中心主义。接着,他借用利哈乔夫的话,指出了俄苏文学中的现实主义传统,而这与形式主义文学理论在俄苏的挫败与俄罗斯文化重视世俗生活及写实方法有关。之后,吴晓都教授还联系普希金的"讽刺之鞭"、果戈理"含泪的笑"、契诃夫的"轻幽默"和马雅可夫斯基"夸张冲力的嘲讽",指出了俄苏文学中强大的讽刺传统。

最后,吴晓都教授分析了俄苏文艺思想对当今文论的借鉴价值。他以王安石、别林斯基、什克洛夫斯基和钱锺书的作品和研究为例,指出了中俄诗学跨越时空对话的可能性和必要性。

吴晓都教授的演讲得到了老师和同学们的热情回应,他在提问环节还就俄罗斯宗教、原文及译本等问题和在场听众展开了交流,讲座在热烈的问答中圆满结束。

2015年9月30日下午,"比较文学与世界文学系列讲座"第二十八讲在中文系举行。本次讲座由加拿大阿尔伯塔大学的Massimo Verdicchio教授主讲,题为"Dante's Devine Comedy"。讲座由北京大学比较文学与比较文化研究所秦立彦副教授主持。

Verdicchio教授现任职于加拿大阿尔伯塔大学,从事意大利文学以及比较文学研究。他曾发表过多篇关于中国与西方文学的文章,并出版了两本关于但丁《神曲》的专著。目前,Verdicchio教授正受邀在中国社会科学院从事杜甫研究。

《神曲》之名,原文直译为"神圣的喜剧"。讲座中,Verdicchio教授分别阐释了"神圣"与"喜剧"的含义,并将重点放在了对《神曲》"喜剧性"的解读上。他以《地狱篇》第十六章为例,向我们指出但丁揭露欺骗和罪恶的决心,而"说真话"正是但丁"喜剧"的要义所在。为了加深同学们对这一概念的理解,Verdicchio教授又结合《地狱篇》第二十六章中对塞壬故事的翻演以及第二十七章对于狐狸的描写,进一步说明了《神曲》"说真话"的喜剧性。

接下来,Verdicchio教授提醒大家,千万不要被《神曲》中出彩的文字和动人的情节所迷惑。他以《地狱篇》第三十二、三十三章中同类相食的内容为例,指出但丁常常会用精彩的笔法讲述一个扣人心弦的故事,以至于让人忘记了其中的罪恶,甚至为其所动容。就在读者保持缄默之时,但丁常常会直斥对方的虚伪与邪恶,而这一点正是《神曲》"喜剧性"的重要体现。

最后,Verdicchio教授还指出了《神曲》中"神圣"的内涵之一,即反讽(irony)。阅读过《神曲》的读者不难发现,但丁在作品中对于自己敬重的"先生"维吉尔也常常不乏反讽之辞,Verdicchio教授以此为例,分析了《神曲》中的反讽艺术。他还特别提醒大家注意维吉尔这一人物的虚构性,即它并非历史上真实的维吉尔,而是但丁为《神曲》所创造的文学形象。

Verdicchio教授的演讲得到了老师和同学们的热情回应,他在提问环节还就《神曲》中的真相与谎言、同情与反讽等问题和在场听众展开了交流,讲座在热烈的问答中圆满结束。

2015年10月14日下午,"比较文学与世界文学系列讲座"第二十九讲在中文系举行。本次讲座由中国人民大学的耿幼壮教授主讲,题为"如何能够展露一个文学的秘密?——以德里达读解策兰的一首诗为例"。讲座由北京大学比较文学与比较文化研究所张辉教授主持。

耿幼壮教授现任教于中国人民大学文学院,为英国剑桥大学克莱尔学院终身研究员,同时兼任国家社科基金专家评审组成员、《世界汉学》主编、《外国文学研究》(人大复印报刊资料)主编,主要研究领域为西方文论与比较文学、艺术史与艺术哲学、跨学科研究与文化研究。主要学术著作有:*Between East and West/Word and Image*、《倾听:后形而上学时代的感知范式》《圣痕:基督教与西方艺术》《书写的神话:西方文化中的文学》《破碎的痕迹——重读西方艺术史》。

讲座中,耿幼壮教授以德里达对策兰(Paul Celan)《灰烬之光》(*Aschenglorie/Ash-glory*)一诗的分析为例,带领同学们进行了一场精彩纷呈的文学探秘之旅。

耿幼壮教授首先抓住"灰烬"与"光"两者之间的关系展开了分析。他先向同学们介绍了德里达的观点,即认为"灰烬无不与火焰相关"(No cinder without fire [fue])。诗歌的最后一段两次提到 witness 一词(德语原文中形式不完全一致,分别为 zeugt 和 Zeugen,前者为动词"见证",后者为名词"证人"),而策兰的身世又难免使人将"灰烬"一词与其家人遭受纳粹屠杀的经历相联系。由此,耿幼壮教授引出了本次文学探秘之旅的第一个关键词:见证。

然而,文学真的是一种见证么?耿幼壮教授提醒我们,德里达注意到这首诗里两次提到"三"(threeway)这一数字:"那三,那超出二、双、重、对的一切东西的数字/词语/形象/符号","既不是这个又不是那个,或者说它既是这个又是那个"。文学试图实现的所谓"见证",最后却会因为见证者的个人性而变成请求——请求认同其见证,从而处在介于两元之间的"第三者"状态。

所谓见证者,必其在场。根据"见证"这一线索,耿幼壮教授又引出了"在场"这一关键词,并在此基础上展开了一场围绕着"思""诗""谜"而进行的思辨。他联系海德格尔的《阿纳克西曼德之箴言》,指出"存在之思乃是作诗的原始方式",换言之,思(das Denken)必须于存在之谜中去作诗。

在探秘即将结束之际,耿幼壮教授却指出了德里达分析中看似矛盾的一点,即他违背了自己不做解释的承诺,反而用最传统的方法对这首诗进行了解读。对此,教授用德里达自己的话回答了这个矛盾:诗歌之谜在于其含义的丰富性,固定的解释往往意味着灾难。而他之所以解释,是因为诗歌只有通过不断地被解释,才能够不被遗忘,并获得新的意义。借此,耿幼壮教授终于向我们揭示了文学的秘密:文学的秘密正在于其所敞开的无限可能性,正因为如此,我们虽仍不知道《灰烬之光》一诗的确切含义,但它依旧在静默中不断地言说着。

耿幼壮教授的演讲得到了老师和同学们的热情回应,他在提问环节还就策兰诗歌中的神秘主义、后现代理论家对于古典和政治的关切等问题和在场听众展开了交流,讲座在热烈的问答中圆满结束。

2015年11月21日,为庆祝北京大学比较文学与比较文化研究所成立三十周年,本所特举办"比较文学与世界文学系列讲座"第三十讲暨所庆特别专题研讨会。研讨会的主题为"比较文学的人文学特质:学科间的交汇与融通",共分为两大会场举行,详情请见所庆特别报道。

2016年3月23日下午,"比较文学与世界文学系列讲座"第三十一讲在中文系举行。本次讲座由王宁教授主讲,题为"比较诗学、认知诗学与世界诗学的建构"。讲座由北京大学比较文学与比较文化研究所张辉教授主持。

王宁教授现任职于清华大学比较文学与文化研究中心,2010年当选为拉丁美洲科学院(Academy of Latinity)院士,2012年入选教育部长江学者特聘教授,2013年当选为欧洲科学院(Academia Europaea)外籍院士。王宁教授主要著作有:《王宁文化学术批评文选》(四卷本)、《全球化、文化研究和文学研究》、*Globalization and Cultural Translation*、《文化翻译与经典阐释》《翻译研究的文化转向》《"后理论时代"的文学和文化研究》、*Translated Modernities: Literary and Cultural Perspectives on Globalization and China*、《比较文学:理论思考与文学阐释》《比较文学、世界文学与翻译研究》等十余种。

王宁教授的演讲共涉及比较诗学、认知诗学和世界诗学三个议题,并将前两者作为世界诗学理论建构的基础。他认为,如果没有比较诗学作为基础,世界诗学便会如同空中楼阁,不攻自垮;而介于文学和语言之间的认知诗学,也即所谓的文学"内部研究",实际上起到了文化理论衰落之后的某种反拨作用。

王宁教授提出,建构一种具有普适意义的世界诗学势在必行,且需遵行不同以往的路径,具体体现在如下方面:它必须突破西方中心主义,是一种跨语言、跨文化的理论体系,并具有可译性;它将普适性与相对性结合,并对自身以外的其他领域保持开放状态;它永远处于一种未完成的状态,期待每一代理论家的质疑、修正甚至重构。

王宁教授将孟尔康(Earl Miner)所提出的"比较诗学"视为"世界诗学"的先驱,同时指出其局限所在:一方面,他仍然持有一种充满精英意识的(比较)文学研究者的立场,很少讨论当代文学作品和文学现象;另一方面,他对于中国文学和中国文论的关注也远远不够。而中国学者经过近百年来对于西方理论的学习,已经娴熟掌握了西方文论建构的路径和方法。此外,我们还拥有自身的文学批评和理论实践。在此基础之上,我们有理由突破西方语境,乘着世界文学兴起的东风提出世界诗学的建构。

王宁教授的演讲得到了老师和同学们的热情回应,他在提问环节还就创作与理论、民族与世界等问题和在场听众展开了交流,讲座在热烈的问答中圆满结束。

2016年4月13日下午,"比较文学与世界文学系列讲座"第三十二讲在中文系举行。本次讲座由王立新教授主讲,题为"'启示'与'圣约'结构——关于《希伯来圣经》文学研究基本进路的一种思考"。讲座由北京大学比较文学与比较文化研究所张辉教授主持。

王立新教授现任职于南开大学文学院比较文学与世界文学专业,兼任南开大学汉语言文化学院院长。主要著作有《古犹太历史文化语境下的希伯来圣经文学研究》《探赜索幽——王立新教授讲希伯来文学与西方文学》《古代以色列历史文献、历史框架、历史观念研究》《欧洲近现代文学艺术史论》及《潘神之舞》等。主要译著有《剑桥插图宗教史》《耶路撒冷三千年:石与灵》以及《圣经的故事》。

王立新教授以"启示"和"圣约结构"破题,阐述了从该角度进行《希伯来圣经》文学研究的必要性。此外,王立新教授认为我们必须用古典学视域的有机整体观来考察《希伯来圣经》这样丰富而复杂的文本,并应将研究重点放诸文本的语言形式、文化的影响与超越、文本所体现的神权观念之上,并加以现代诗学的关怀。

王立新教授指出,《希伯来圣经》(*The Hebrew Bible*)这一名称是学术界的说法,既不是严格意义上的犹太教的称谓,也不是基督教的称谓。按照希伯来—犹太民族传统,《希伯来圣经》被称为《塔纳赫》(תנ״ך)。该名由构成这部经典的三部分的名称首字母相加所得:《妥拉》(תּוֹרָה, Torah,意为"律法")、《耐维姆》(נביאים, Nevi'im,意为"众先知",也即先知书)和《凯图维姆》(כתובים, Ketuvi'm,意为"作品集",也可称"圣录")。因此,"塔纳赫"的意思就是"律法、先知和文集"。三者之间从不同的侧面表现了这个民族与神的特殊关系。各个部分、各部书卷产生的年代虽然不一,但内在的精神则是一脉相承的。

"比较文学与世界文学学术讲座"第二十七至第三十三讲纪要

王立新教授以"摩西十诫"为例,指出"圣约结构"不但是支撑《塔纳赫》三部分的内在神学逻辑重心,从文学角度看也是各类经卷中叙事和抒情模式的基础。创世神话、出埃及史诗、关于大卫王的叙事、诗篇以及约伯记等均是如此。他提醒大家关注"西乃立约"以及以色列民族选民观的形成,并注意立约观念的语言学表达及语义逻辑——"神说"或"耶和华说"(אֱלֹהִים וַיֹּאמֶר)、"以色列听"(יִשְׂרָאֵל שְׁמַע)。这告诉我们立约的双方实际上是不平等的,而且这个约是永恒的。此外,"圣约"不仅仅只是抽象的观念,而是具体表现为"妥拉"中的 613 条律法。这即是说,立约对于以色列民族来说,就是在现实生活中践行"摩西律法"。

最后,王立新教授还以著名的诗篇第 23 篇为例,为我们展示了《希伯来圣经》文学研究的基本进路。他从希伯来文化的角度出发,立足语词与意象的关系,对作品的诗歌句法、审美结构等多层次的形式特征进行了详细分析。在此基础上,他还通过对诗歌隐喻和象征关系的探讨,指出这首诗歌在希伯来历史文化的语境下表达了特定历史时期的个人体验和信仰,投射出古代以色列人的民族意识和精神,并成为一个民族关于信仰的宣告。

王立新教授的演讲得到了老师和同学们的热情回应,他在提问环节还就诗篇解读、圣经隐喻等问题和在场听众展开了交流,讲座在热烈的问答中圆满结束。

2016 年 4 月 22 日上午,"比较文学与世界文学系列讲座"第三十三讲在中文系举行。本次讲座由 Jerusha McCormack 教授以及 John Blair 教授联合主讲,题为"Literary Texts as Cultural Artefacts: China and the West"。讲座由北京大学比较文学与比较文化研究所张沛副教授主持。

McCormack 教授与 Blair 教授现任职于北京外国语大学,教授中西方文学及文化比较等相关课程。McCormack 教授曾执教于都柏林大学,主要研究领域为英美文学及爱尔兰文学。Blair 教授曾执教于日内瓦大学,主要研究领域为美国文学及东西方文化比较。自 2002 年起,两位教授着手设计中西方文学及文化比较相关课程,在该领域的主要著作有 *Comparing Civilizations: China and the West* 以及 *Thinking through China* 等。

讲座中,两位教授首先指出进行中西文化比较的必要所在,认为唯有通过比较的棱镜,事物才能呈现出多种多样的丰富形态,并激发新的可能性。然而,中西方之间的语言隔阂构成了比较的障碍。为了突破这一障碍,他们提出了两条可能的研究进路。

首先,我们可以从中西方文学的基本叙事模式和文类出发,去探究两者的差异。两位教授介绍了亚里士多德表现一个完整动作的悲剧观以及圣经的启示文学传统,指出西方文学注重有始有终的线性叙事。随后,他们又以"塞翁失马"的故事为例,指出中国古典文学倾向于环形的叙事模式。而这种叙事模式的差异,也反映了中西方思维模式的不同:西方追求清晰明快的思维及表达方式,而中国的传统则更为隐晦婉转。此外,文类也是我们观照中西方文学差异的窗口。比如,中国并没有出现西方意义上的"史诗"和"悲剧",其背后的原因便很值得中西学人深究。

而寻找中西文化中的核心词并对其进行研究也是比较双方文化的一大路径。两位教授以"孝"为例,立足莎士比亚的剧本,对此进行阐释。他们指出,《李尔王》和《罗密欧与茱丽叶》中所表现出的晚辈对父辈的忤逆和背弃在当时的社会极难想象。他们引用《特洛伊罗斯和克瑞西达》中对"degree"一词的态度指出其背后的原因:严格的等级制度是维持社会稳定的重要保证,失序/"乱"是需要极力避免的状态。在这一点上,它们与中国的"孝"是相通的。如今,随着时代的发展,自我观念在中国的年轻一代中日益流行,并逐渐打破了"孝"的束缚,而这一点与西方近代以来的思想潮流亦颇为相通。此外,两位教授还分析了"心""气"等观念在中西文化中的异同,并指出其背后的联系及双方进行借鉴的可能。

两位教授的演讲得到了老师和同学们的热情回应,他们在提问环节还就全球化中的个体文化经验、中西文化比较中的核心观念等问题和在场听众展开了交流,讲座在热烈的问答中圆满结束。

据悉,"比较文学与世界文学学术讲座"系列将继续邀请国内外优秀学者参加,依托北京大学、中国比较文学学会以及《比较文学与世界文学》杂志,营造海内外人文学者特别是比较文学学人的高端学术平台,以促进学界的深入交流。演讲内容将继续在《比较文学与世界文学》杂志上报道。(卢意芸)

"2016全国高校英国文学研究方法与课程教学高端论坛"在京举行

2016年4月23—24日,由北京大学外国语学院、《国外文学》杂志、北京大学出版社主办的"2016全国高校英国文学研究方法与课程教学高端论坛"在北京成功举办。来自全国高校150余位教师学者参加了此次论坛。论坛采取专家讲座与互动交流的形式,邀请了6位国内著名英国文学领域的专家学者担任讲座嘉宾。专家学者理论视野开阔、研究功底深厚,不仅为英国文学研究领域提供了许多新的视点,更与参会老师们交流分享了诸多先进的学科理念及研究方法。

北京大学刘意青教授对目前国内外国文学研究和批评现状和存在的问题进行了审视。她指出文学的重要性体现在伦理人文和理性思考上,要正确认识并利用好文学批判,使文学对社会有正确的引导作用。在互动交流中,她还对青年教师如何做好科研以及指导学生提出了许多中肯的建议。

北京大学周小仪教授对中产阶级的定义及中产阶级的审美幻象与全球化的阶级冲突之间的关系做了别开生面且富有洞见的阐释,他认为现今流行的中产阶级的生活方式和审美品位在本质上是一种拉康式的审美幻象,中产阶级观念更是一种幻象化的精神屏障。为此,他总结道:"中产阶级理想生活只是全球化阶级冲突的幻象解答。"

对文学作品进行阐释需要具备文本细读的功力。北京外国语大学张剑教授以"英美诗歌课的教与学:五大关联"为题,旁征博引,史论结合地讲解了他对英美诗歌研究和教学的洞见,为与会的青年教师如何讲授英国诗歌课程提供了富有启发性的指导。

深圳大学阮炜教授的讲座结合《新编英国文学选读》(北京大学出版社,1996年第1版,2016年第4版)的修订,紧紧围绕文学语言及课程教学展开。他从英语语言、英语文学的发展演变讲起,分享了他对于国内英国文学学科定义、院系设置等方面的深入思考,从宏观的角度提出了许多有关英语学科的真知灼见,极大地拓宽了参会代表对于自身学科的认知思路和认识水平。

文学阐释离不开文学批评理论的运用,其中文学研究方法至关重要。北京大学程朝翔教授主要就21世纪文学世界中意义和方法的重构进行了深刻的阐析,启发英美文学界对文学研究方法论的反思。他认为,21世纪文学世界的意义和方法发生了很大变化,虽然文学作品不会过时,文学阐释(包括文学理论、文学批评、课堂讲解、注释版本等)却会时过境迁。21世纪某些价值和意义也受到挑战,价值背后的方法论也被质疑。在理论时代,不仅文学研究变成了文化研究,某些纯形式主义的方法也颠覆着价值和尝试,但是在我们这个繁杂的社会,意义和价值并不是空洞的说教,必须通过复杂的形式和严谨的方法表达出来。

《国外文学》主编、北京大学刘锋教授从神学语言入手,对西方神学和哲学史上的传统问题——作为修辞和运思的隐喻做了全面的阐发。他回顾了古希腊哲人对隐喻的认识,总结了历代哲学智者对语言与神话、符号关系的论述,指出隐喻是神话与语言的共同基础。同时,他还梳理了"类比"与"隐喻"两个概念,指出类比具有示意性,而隐喻是事物间部分的相似性,且不适合描述高级的知识。

论坛还安排了课程演示环节。四川师范大学的刘进老师以英国浪漫派诗人柯尔律治的《古舟子咏》为例,与参会老师一起探讨了如何更加有效地组织英国文学课堂的教学。

此次高端论坛气氛热烈、讨论充分。专家讲座既有宏观的文学学科设置的讨论,又有文学作品的文本细读,既涉及文学研究的方法论,又包含文学概念以及文学与其他学科的交叉关系的解读。专家学者就英国文学研究和教育的最前沿学术动态及科研方法为参会教师带来了全方位、多角度和富有新意的交流和探讨。会议不仅为英国文学研究开辟了新的生长点,也为中西文学甚至文化交流与汇通搭建了一个良好的平台。(李娜)

中国文化的世界性意义高层论坛
——全国高校国际汉学(中国学)学术研讨会在北京外国语大学召开

2016年6月23日至24日,"中国文化的世界性意义高层论坛——全国高校国际汉学(中国学)学术研讨会"在北京外国语大学隆重召开。本次会议由北京外国语大学国际中国文化研究院、教育部高校社科发展研究中心《中国高校社会科学》编辑部、北京外国语大学中国文化"走出去"协同创新中心主办,北京外国语大学中国语言文学院、世界亚洲信息研究中心、国际中国文化研究学会共同协办。本次会议既是全国高校科研机构在比较文学与跨文化研究,尤其是在国际汉学(中国学)研究领域内回顾总结的大会,也是在中国文化"走出去"成为国家战略,世界范围内不同文明、文化的交流和对话日益迫切的时代语境下,国内学界面向未来的一次反思和展望的大会。

随着中国在全球的快速发展,中国文化在世界的传播已经成为国家之重大任务,实施文化走出去的战略与实现文化强国的目标,正是我们实现民族伟大复兴过程的内在要求。

北京外国语大学国际中国文化研究院(原中国海外汉学研究中心)以在世界范围内研究中国文化为己任,整合北京外国语大学的整体学术力量,对在世界范围内展开的中国文化研究给予学术的观照和思考,探索和研究中国文化在世界传播的历史与轨迹,取得了一系列重大学术成果,产生了较大的影响。2012年,北京外国语大学以国际中国文化研究院为实体核心,筹建了中国文化"走出去"协同创新中心,与国内高校、国家机关、学术团体等联合展开了中国文化"走出去"的战略新研究,深入展开中外优秀文化的交流与对话。

2016年适逢国际中国文化研究院成立二十周年,为进一步推动高校国际汉学(中国学)的深入研究,该院与教育部《中国高校社会科学》编辑部共同商议,举办此次会议,旨在总结经验、以智谋策、规划未来,承担高校和科研机构的历史职责,而不辜负时代的机遇。

开幕式由本次会议主办合作单位即教育部高校社会科学发展研究中心的副主任杨海英教授主持,北京外国语大学的孙有中副校长出席了开幕式,并致欢迎词。开幕式环节特别设置了"国际中国文化研究终身成就奖"的颁奖仪式,仪式庄严,很好地诠释了人文学术研究的传承与情怀。国际中国文化研究院名誉院长、北京外国语大学中国文化"走出去"协同创新中心主任张西平教授特别向四位终身成就奖的获得者李明滨教授、阎纯德教授、严绍璗教授和耿昇研究员表达了敬意与感谢,国际中国文化研究院院长梁燕教授向获奖者致颁奖辞,北京外国语大学孙有中副校长和教育部高校社科发展研究中心的王炳林主任为获奖者颁发奖杯和证书。

经过一年的筹备,本次会议得到国内外专家学者的热烈响应,原本计划40人左右的会议,在学界同仁的热情和鼓励中,陆续收到来自中国、美国和加拿大等国60余家高校科研机构提交的近百份稿件,参会学者逾百人。有的不远千里,有的已近耄耋之躯,大家带着对学术的热情和希望,也带着对学术的思考和问题在北京外国语大学相聚。

本届会议采取主旨演讲和分主题研讨的形式。主旨演讲由北京外国语大学中国语言文学院院长魏崇新主持,阎纯德教授、王晓平教授、耿昇研究员和曹顺庆教授分别以"我和汉学研究""日本诗经学文献的整理与研究""法国汉学界白乐日及其国际视野""英语世界中国文学译介与变异学研究的学术价值与文化意义"为题,做了精彩的发言。大会的分主题讨论则划分为汉学(中国学)研究第一分会场、汉学(中国学)研究第二分会场、译介研究分会场,在同一时间分别展开。

会议期间,部分与会者还参加了23日晚的"全国高校外语院系比较文学研究协调会",为国内外语院系的比较文学学科发展出谋划策。

24日的闭幕式由国际中国文化研究院副院长顾钧教授主持。三个分会场的学者代表葛桂录、李玉良和王银泉教授分别总结发言后,南开大学外国语学院院长阎国栋教授代表下一届会议的主办方致辞,张西平教授总结发言,并宣布会议圆满结束。

习近平总书记在2016年5月17日的哲学社会科学工作座谈会上,发表了重要讲话,观点深刻,影响深远。其中,习总书记明确提及了"支持和鼓励建立海外中国学术研究中心"和"推动海外中国学研究"的要求与指示。

因此,"中国文化的世界性意义高层论坛"的举办,既是北京外国语大学学术发展历史上的重要事件,也是中国学术力量在服务国家新战略、开拓研究新领域、完成学术新转型,推动中华文化走向世界做出自己努力与贡献的具体展现,具有重大的意义。(王广生)

"第七届远东文学研究国际学术研讨会"在圣彼得堡召开

2016年6月29—7月3日,由俄罗斯圣彼得堡大学、中国茅盾研究会联合举办的"第七届远东文学研究暨纪念茅盾诞辰120周年国际学术研讨会"在俄罗斯圣彼得堡成功举行。来自数十个国家的百余位专家学者围绕"茅盾的生平与创作""20和21世纪中国文学的发展道路及其前景""全球化和信息化背景下中国古典文学研究的新问题""远东和东南亚各国文学在俄罗斯与俄罗斯文学在远东和东南亚各国:翻译、理解、交流问题""远东和东南亚各国文学:过去与现实"等议题进行了研讨。俄罗斯圣彼得堡国立大学东方系罗季奥诺夫主任主持了在圣彼得堡大学大礼堂举行的开幕式,圣彼得堡大学副校长扎瓦尔津、中国茅盾研究会代表阎浩岗等在开幕式上分别致词。俄罗斯科学院院士米亚斯尼科夫、北京大学教授张辉和张冰、华东师范大学教授杨扬等到会研讨并发言。(朱房煦)

新书快递

外国文学研究的历史梳理与主体性建构
——由《新中国60年外国文学研究》的出版所想到的

陈跃红

面对这套装帧精美、厚重坚实、多达六卷七大册的《新中国60年外国文学研究》（申丹、王邦维总主编，北京大学出版社，2015年9月），不禁感慨万千。一个国家对域外文学开放、接受和研究的规模和重视到如此程度，在现代世界各国的文学发展史上，不敢说是独一无二，至少也是名列前茅的。而正是这套书首次分门别类（作品卷、流派卷、文学史卷、文论卷、译介卷、口述史）系统清理、总结和呈现了这一发展的重要历史成就和阶段路径。

书名的年代划界范围虽说是60年，但是其间内容所包容涉及的却是近代以来本土中国外国文学译介和研究几乎完整的时间和空间向度。自1840年以来，面对西方政治、经济、军事、科学和文化的大潮冲击，面对坚船利炮和西方文明的大军压境，为了师夷长技以制夷，或者说更多是为了走出传统的败落境遇，寻找新的文化发展生机，数代中国人始终不渝地坚持从域外的军事体制、政治制度、社会经济领域的参照系去借鉴别人，同时也积极从精神文明层面去寻找别人发展的内在动因。其中做得最早、影响最大、成果最丰富的领域之一就是外国文学，其巨大广泛的受众和来自审美意识层面潜移默化的影响力，无疑是其他领域所难以比拟的。

浏览这套研究丛书，我们可以看到60年甚至100多年以来，中国人接受外国文学的清晰轨迹和不断提升的认知台阶。因此，我感觉这套书所具有的某种里程碑价值，不仅仅在于它的资料丰富完善，也不在于它轨迹清理的明晰可见，而是在于它呈现出了现代中国数代学人在接受外国文学方面认知提升和主体确立的过程，并以无可争辩的材料数据和分门别类的深刻剖析支撑住了这种主体地位的意义。

毫无疑问，对于外国文学的译介和接受，我们最初的状况总是随意、直觉、情不自禁、散乱和缺乏体系的，至少在19世纪末和20世纪初就是这样，整个选择都是跟着感觉走。经典和非经典，大国和小国，大语种和小语种，不同的文类和作家，泥沙俱下地进来，看看林纾等人的翻译就知道了。到了20世纪30—40年代，开始有了系统的译介和一定程度的研究，翻译文学作为"五四"以来中国新文学的重要部分，在当时赫赫有名的"新文学大系"里也能独占卷帙，以译介推广为主，算得上是第一阶段的特点。

新中国成立后，在高等院校，外国文学开始成为学科固定的部分，成为教研机构、培养方案和课程体系，不仅在外文系，就是在中文系也几乎家家开设。除了北大中文系的外国文学由外语系派教师来教学,其他学校的中文院系几乎都有自己的外国文学教研室,最初叫外国文学,后来叫世界文学,最近十多年开始称为比较文学与世界文学。但无论怎么称谓,外国文学在中国大学的体制性确立和教学推广,其规模和体制化建构,却都是蔚为大观,除了东瀛的日本,少有匹敌。系统化的教学,众多外国文学史的出版,西方的或者东方的,欧美的或者亚非的,这些都构成发展第二阶段的特征,也就是从译介推广逐渐进入了系统研究的阶段。

走进 21 世纪,在积累了大量译介和研究的历史经验和成绩之后,今天我们终于可以坐下来系统清理自己的成果和研究理论方法了,要看看与别人的不同之处,也就是要对我们的研究展开再研究,即所谓研究之研究。这将意味着中国的外国文学研究终于获得了自己的主体性。正是在这一意义上,我们所谓外国文学研究的"外国"之意也发生了转换而变成了"世界"。一旦面对世界,我们所谓的外国文学在当下也就成了当代中国文学的一部分。无论译介、教学、历史叙述,还是具体深入的研究,都与中国和世界的文学发展整合到了一起。而中国文学遂成为世界文学的一部分,成为其域外文明族群面对的另外一类外国文学,中国文学与所谓外国文学,也就自然而然地成为互文共创的世界文学的不同声部,在众声喧哗和交流互动中走向未来。

于是,这套《新中国 60 年外国文学研究》出版所具有的本土外国文学或者应该说世界文学研究主体性确立的里程碑意义便不言而喻。毫无疑问,我们必须承认,这是一个非常有标志性的开始。

作者简介:陈跃红,北京大学中文系主任,人文特聘教授、博士生导师。

原始要终,审己知人
——读《外国文学史研究》

张 沛

2015年秋,北京大学申丹、王邦维教授主编的国家社科基金重大项目成果《新中国60年外国文学研究》由北京大学出版社出版发行。全书共有6卷7册,分别是:《外国诗歌与戏剧研究》《外国小说研究》《外国文学流派研究》《外国文学史研究》《外国文论研究》《外国文学译介研究》《口述史》。其中,全书第3卷《外国文学史研究》作为"我国第一部专门探讨外国文学史研究的专著"("总论")而格外引人关注。

《外国文学史研究》(韩加明、张哲俊主编)包括绪论、正文、结语、后记、参考书目、人名索引六个部分,正文部分有十四章,其中第一至三章为总论,分别是外国文学史研究、西方文学史研究、东方文学史研究,第四章以降为分论,分别是西方世界的英国文学史研究、法国文学史研究、德国文学史研究、俄罗斯文学史研究、美国文学史研究、西班牙与拉丁美洲文学史研究、西方其他国家文学史研究(四至十章)和东方世界的日本文学史研究、朝鲜—韩国文学史研究、印度文学史研究以及东方其他国家文学史研究(十一至十四章)。各章之内,一般又分出三至五节,因各国或地区情况不同而略有差异,但是基本上遵循了《新中国60年外国文学研究》全书总论中提出的"以分类研究为经,历史分期研究为纬"、在此框架下"展开系统深入的专题考察"的结构原则,堪称文学史书写的正规典型。

根据美国学者勒内·韦勒克的论断,文学研究可分为文学理论、文学批评和文学史三支。[①] 在文学研究实践中,三者缺一不可,特别是文学批评:"文学史研究不可能排除文学批评",而"文学的科学"——即文学理论研究或所谓"文艺学"——更不可能脱离"讨论具体文学作品"的"批评"。[②] 另一方面,文学史为文学批评和文学理论研究提供了背景—框架—基地和主题—素材—对象,本身也是一种文学批评——关于文学话语和现象的历史批评。《新中国60年外国文学研究》即是这样的著作,如全书"总论"作者所说:"外国文学研究是我国学术和文化建设的一个重要组成部分","在中华民族走向现代化、中外文明相互交融这一世界发展总格局的进程中,外国文学发挥了越来越重要的作用",因此有必要"系统梳理与考察新中国60年来外国文学研究的发展历程",从而总结经验,"发现存在的问题并提出解决的

[①] Rene Wellek, "Literary Theory, Criticism, and History," in Stephen G. Nichols, Jr. (ed.), *Concepts of Criticism*, New Haven and London: Yale University Press, 1973, p.1.

[②] Rene Wellek, "The Term and Concept of Literary Criticism," "The Concept of Evolution in Literary History" & "The Crisis of Comparative Literature," in *Concepts of Criticism*, p.36, p.52 & p.292.

办法,为外国文学研究的发展指出方向,进而为我国的文化建设和社会主义价值体系的构建提供重要参考"。就此而论,《新中国 60 年外国文学研究》可以说是"原始要终、审己知人"的人文历史研究。这一点尤其适用于《外国文学史研究》:作为(外国)文学史的自身回顾,即文学史的文学史,本书在某种意义上构成了全部《新中国 60 年外国文学研究》的"自我意识"和话语原型。

在全书"总论"部分,编者开宗明义介绍了本套丛书的五大特点,即"重问题意识和分析深度""重社会历史语境""重与国外研究的平行比较""重跨学科研究"以及"重前瞻与未来发展"。与之会心不远,《外国文学史研究》分卷编者也在"结语"部分卒章明义,以杨周翰先生为例指出外国文学研究需要重视"历史连续性问题"和"提倡比较法",另外特别强调外国文学史写作应体现中国特色,即为中国读者服务、发出中国学者自己的声音、重视与中国相关的内容。三者相互为用,特别是后者涉及方法论问题,即前文所说的"比较法"。比较的方法,或者说比较文学的研究方法,不仅包括"与国外研究的平行比较",也包括历史的研究,即发生—变异、影响—接受的现象学—谱系学研究。事实上,这也是现代西方学术精神的一个核心共识(common sense)。例如 20 世纪初,美国比较文学先驱、新人文主义大师白璧德如是强调"比较方法"在古典学研究中的重要性:

> 古典文学教师的重要职责之一,就是跨越鸿沟、充当连通古希腊—古罗马世界与现代世界的桥梁。……以维吉尔为例,要研究他不仅需要熟悉古典时期的"维吉尔",也需要熟悉后来的那个"维吉尔"——诱导中世纪想象的那个魔幻"维吉尔"、作为但丁向导的那个"维吉尔"等等,乃至丁尼生(Alfred Tennyson)的美妙颂歌。如果他研究的是亚里士多德,他应当能为我们展示亚氏通过拉丁文传统或间接通过阿维罗伊等阿拉伯学者对中世纪和现代欧洲思想所产生的巨大影响。……上面为数不多的几个信手拈来的例子都向我们说明,比较方法的应用可以是多么的广阔而富有成效。①

我们看到,这种"比较法"不仅是一种研究方法,更是人文真理的自我解释。即如艾伦·布鲁姆以莎士比亚为例所说,经典的解释传统保证了人类此在经验的连续性:

> 莎士比亚对不同时代、不同国家里那些认真阅读他的人产生的影响证明了,我们身上存在着某些永恒的东西,为了这些永恒的东西,我们必须一次又一次重新回到他的戏剧。……一个思想共同体是由这位伟大的艺术家以及围绕他聚集起来的传统解释构成的。这是实际上存在的最接近"存在大链条"的东西。②

这一"解释"同时也是自我认识的过程,即人类文明的普遍历史:"文明是连续的成就,这是人类生命的核心真理"③;"抛弃解释所形成的伟大体系,也就是抛弃……对自我认识的

---

① [美]白璧德:《文学与美国的大学》,张源等译,北京大学出版社,2011 年,第 103—104 页。
② [美]艾伦·布鲁姆:《莎士比亚笔下的爱与友谊》,结语,马涛红译,华夏出版社,2012 年,第 156 页。
③ [美]吉尔伯特·海厄特:《古典传统:希腊—罗马对西方文学的影响》,王晨译,北京联合出版公司,2015 年,第 364 页。

追寻。"①

不过,这里谈及的"自我认识"在很大程度上只是西方(人)的自我认识或他们(相对于"我们"而言)自以为是的真理。用尼采的话说,这样的真理往往只是经过伪装变身的权力意志,而这样的认识或解释"总是表现为向往更强大权力的意志和途径"②。《外国文学史研究》的编者对此显然怀有清醒的认识。作为对策,他们在提倡"比较方法"的同时特别强调研究者的主体意识,力图通过考察"与中国相关的内容"(这一"相关"乃平行研究和影响研究的前提和基础),在平等对话的基础上建构一个不同于西方自我定位(这多少是一种权力话语或文化霸权)的文化他者。

这一认识构成了《外国文学史研究》的叙事基调与核心精神。例如本书"绪论"在回顾1949年以来外国文学史教材中"东方—亚非"的混用和"西方"概念"从被屏蔽到步入前台"的转变之后,针对西方的"东方学"(其实质为作为西方中心主义世界观和权力话语的"东方主义")明确提出了自己的主张:"我们21世纪的中国人为什么不可以构建我们眼中的西方呢?而且我们在构建或评价西方的过程中还可以吸取西方人过去构建东方学时的教训,从而构建出更为公正、更有借鉴意义的西方。从一定意义上来说,对西方文学做整体评价更有利于发出中国学者自己的声音。"这一主张在具体的写作实践中得到了贯彻。以本书第四章"英国文学史研究"第三节为例,编者在介绍杨周翰先生《17世纪英国文学》的写作特点时指出:本书"结合了中国文学或文化背景从比较角度研究英国文学",作者虽然自谦他的书不是系统的文学史,但"他对'时代精神'的把握和阐释却是后来许多文学史著作难以达到的"。再如第十三章"印度文学史研究"第二节中介绍金克木先生的《梵语文学史》时也特别强调指出:金先生"以中国文学史为背景","写出了一本不同于西方人和印度人,真正属于中国人所写《梵语文学史》",从而"在中国与印度之间架起文化的桥梁,使梵语文学史的研究在我们认知自己的文化、文学,进而是认知自我方面,起到了极其重要的借镜作用"。这些评论明确传达了中国当代外国文学研究者的精神诉求和他们对未来研究方向的价值定位,这一诉求一定位正是上述"时代精神"的内在反映与外化实现。如果没有"时代精神"的贯注和驱动,则任何文学史(乃至一切历史写作),无论怎样渊深精致,也都不过是重新拼装展出的冢中枯骨罢了。

不仅如此,《外国文学史研究》的作者在开展与西方—东方"他者"对话的同时,尤其重视与自我—他者的对话。以第四章第二节和第三节为例,作者在回顾前辈同仁如王佐良、侯维瑞等先生的英国文学史写作时,就历史定位、叙事逻辑乃至人名翻译等问题提出了亲切公允的批评意见,深得中国古人"友者三益""切磋辅仁"和西方古人"爱吾友,更爱真理"(*Amicus Plato, sed magis amica veritas*)③之意。这是作者与前辈和同道的历史对话,更是永动精神的自我反思。如人类历史所示,有能力并有勇气承受和进行反思的"自我",在很大程度上有

---

① 《莎士比亚笔下的爱与友谊》,结语,第156页。
② [德]尼采:《道德的谱系》,梁锡江译,华东师范大学出版社,2015年,第132页。
③ 参见[古希腊]亚里士多德《尼各马可伦理学》1096a15:"虽然友爱与真两者都是我们的所爱,爱智慧者的责任却首先是追求真。"(廖申白译文,商务印书馆,2013年,第13页。)

效地避免了从一种自我中心和话语霸权(如所谓"东方主义")滑向另一种自我中心和话语霸权的理性自欺和(用尼采的话说)"权力意志"的"永恒复归"。在这个意义上,《外国文学史研究》为我们——不仅是今天的"我们",更是未来的"我们"——开拓认识他者(并归根结底是认识自我)的新航道指示了"原始要终、审己知人"的"海格里斯之柱"。

作者简介:张沛,北京大学比较文学与比较文化研究所副教授。

"文本"的诞生:文学表象的衰退与元语言的变革
——读《二十世纪法国先锋文学理论和批评的"文本"概念研究》

肖炜静

从《二十世纪法国先锋文学理论和批评的"文本"概念研究》(北京大学出版社,2015年)"后记"中知道,这本书既是钱翰老师的博士论文中文版,也融汇了他近几年的新思考。法语一手资料的引用,干脆利落的文风,对柏拉图、亚里士多德、康德乃至福柯、德里达、巴尔特等人思想的论述与讲解,甚至是精美的包装与外观,都在发出一个信息——这是一本充满诚意的书,虽然它有点姗姗来迟,但是弥漫其中的思想锋芒无法掩盖,值得你也带着同样的诚意去阅读它。

如果说生活在现实中的人永远无法逃离语言的枷锁,那么不同的理论在建构之时,无法割舍的基本材料就是一连串的概念,所以我们才会说"历史沉淀于特定概念",绕过了某些关键概念,许多事情就变得无从言说了——"文本",就是法国先锋文学理论不可绕道的关键词之一。通过考察"文本"概念的双重内涵与历时变迁,挖掘文学理解范式的变革,这是《二十世纪法国先锋文学理论和批评的"文本"概念研究》的基本思路。什么是文本?为何在法国先锋文学理论当中会出现由"作品"到"本文"的转移?对这两个问题进行历时性考察后,逐步进入视野的,首先是文学表象性功能的逐步丧失,其次是文学元语言的转换。

什么是文本?本雅明在《普鲁斯特的形象》当中写到:"对于回忆着的作者说来,重要的不是他所经历过的事情,而是如何把回忆编织出来……谁的文本也没有马塞尔·普鲁斯特那般编织得如此紧密。在他看来,任何事物都不够紧凑,不够耐久。"拉丁文里的"文本",确实是"编织"的意思,只不过,在本雅明的语境里,"文本"所代表的是它最初的含义,那是"作品"本身的物质承载体,它是低级的,实在的,附属的。我们真正在乎的,其实是由普鲁斯特所完成《追忆似水年华》这部"作品"。什么是"作品"呢?众人承认它的地位,争论它的价值,阐释它的意蕴,贴上它的标签,然后将它写进文学史。告诉我们,它属于谁?它为何诞生?它位列几何?它意味着伦理的精神,哲学的深度,美学的品位,而文本,不过是它原初的承载物罢了,可见的文字索然无味,唯有不在场的深层内涵值得深究。

结构主义诞生后,精确的数字遇上了不竭的耐心,"作品"隐含的光晕也被一系列冷冰冰的科学概念所替代:话语,信息,交流,结构,系统,符号……被语言所笼罩的世界被看成一幅巨型文本,成为大有可为的研究对象,无数线条贯穿于其中,取之不尽,用之不竭。它是静止的,永恒的,可见的,可证的,等待探索的。批评者的目光执着于当下,开始欣赏编织之物本身的颜色、质地、样式,并将其放置于一种普遍的符号系统当中进行确认。不在场的价值阐释被悬置,甚至成为一个"剩余物",取而代之的是深层的叙事规律。

如果说结构主义的文本只是一种研究对象,那么后结构主义的文本则是一种价值实践,那是一种反抗传统与超越现状的态度与需求。作品与文本之间的等级关系被彻底颠覆,作品只能产生愉悦,而文本却可以带来快感,它意味着差异、未知、未完成。后结构主义以一种反对价值的方式创造了一种新型的,但却无法正面言说的价值观念,它永远只能在对传统的否定性当中得到确认,无法定义,一旦定义就违背了原初的规定。只可惜,原本的颠覆性理论在被广泛接受之后,反而会转变为当初它们所反对的体制。所以说,所谓的先锋,永远是被收编的对象。

那么,为何"作品"的概念会被"文本"所取代?可以发现,"文本"概念的诞生与文学表象(representation)功能的衰退是同步的。最初的文学,被定义为对这个世界的模仿。能指、所指与指涉物(reference)构成了一个完整而统一的系统,我们评判一部作品的标准是,它像不像我们眼中的世界。或许语言学上的词与物的联系不足以用来解释文学,因为文学作品的基本单位不是词语,而是"国王死了,王后也因伤心而死"的逻辑情节与社会伦理,它指向的是我们可以理解的现实社会。而在结构主义时期,指涉物被悬置,文学不及物,能指与所指所构成的"文本"地位开始凸显,再现现实不再拥有绝对荣光。在后结构主义时期,连所指也被抽空了,所有的文本都不过是能指的游戏,无深度,无意义。与表象衰退同步的,还有作者神圣地位的丧失。我们不再对写进文学史的作品顶礼膜拜,更不再细心甄别不同风格之后睹物思人。普鲁斯特独一无二的荣光被剥夺,赋予了每一个敢于尝试的凡夫俗子。原本"天才"性的创作,一旦放在语言组织的系统规律之下,仿佛真的不过是对永恒、静止的结构类型的粗糙模仿。当抽象规律的地位被确认,主体的独创性也随之贬低。

除此之外,"文本"概念的变迁还涉及文学元语言的变革,所谓的"文学元语言",就是论说文学的语言,它可以是简单的感性评论,也可以是有理有据的学术论文,更可以是反复修订的文学史。最初的文学批评是欣赏,是品味,是判断"好"与"坏",是感性的认可与理性的说明,是于晨光熹微之时,吟诵诗句二三,欣赏戏剧两场,遇上精妙佳句与动人情节,喜不自禁,一跃而起,大喊一声"妙哉",然后挥笔疾书,告诉他人它是如何"妙",怎么才能做到"妙"。评论者坚定"人同此心,心同此理",在稍显独断但又生气饱满的本质定义中,相信普遍标准是可以确定的,力图用自己的标准说服他人。这时候的问题其实不是"什么是文学",而是"什么才是好文学"。唯有符合某项标准的作品,才有资格入驻传统,被人效仿。

之后写作文学史的人则会不辞辛劳地列出一条传统清单,指明谁有资格进入文学史,接受来者的阐释。这里的"来者",不再是之前在创作之余总结创作经验的作家,而是和大学体制共同诞生的专职批评家。一方面,文学史其实意味着"文学发生学",必须解释的问题是"这部作品为何会诞生",解释的内容牵涉到作者、时代、环境、种族、传统等,那是一种极具包容力的解释模板,任何新潮的尝试都可以通过这种方式被文学史理解,进而收编。另一方面,读者仿佛置身于柏拉图的洞穴当中,被告知表象是虚假的,唯有透过表象看本质才是应有之义。而批评的任务便是阐释,用哲学、伦理学、社会学的观念解释不在场的深层内涵。二者共同构成了文学史书写的知识化与科学化倾向,最初价值判断的激情消失不见,"百科全书"式的博学与考据取而代之,判断式的"好与坏"已成往事,认识的"对与错"才是探讨的重点,因为科学性与实证性即意味着合法性。结构主义将这种科学性推到了极致,也宣告了文学本身的危机,因为它消融了自身独一无二的特点,将其汇聚在众多语言符号当中。

以上粗线条的勾勒,当然不足以涵盖这本书的丰富内容。粗略来讲,这本书理论阐述的迷人之处有三点。

第一,整本书显示了一种历时性考察的宏观视野。比如说,对于文本概念的研究,并不局限于阐述某个具体的理论,而是将其放至诸种阐释方式的更迭之中,突出了文本观与作品观的本质区别。对于文学元语言的探究,则是从最古老的鉴赏判断谈起,再到文学史诞生之后对于科学性的追求,梳理出一条由"价值判断"到"求知之志"的内在理路。

第二,将问题的不同方面条分缕析,层层解剖。最明显的莫过于将事实判断与价值判断分离,强调后者的根本地位,这突出地体现在对文学"文学再现论"的阐释上。柏拉图与亚里士多德分歧的根本原因不在于文学究竟能否再现现实,抑或现实是已经存在的还是可能存在的,而在于他们对于文学的价值判断。前者认为文学刺激了人的"感伤癖"和"哀怜癖",使人脱离理性控制,而后者则认为文学可以"疏泄"不良的情感状态,激发正确的感情。但二者的目的是一样的,都是为了维持社会的稳定。先锋派之所以反对"再现",是为了反抗已有的意识形态,这是一种价值需求,而不是对"再现"是否成立的认识判断,因为"再现"本身不过是一种"可理解性"罢了。

第三,在理论旅行视野下对"中国式误读"的纠偏。这一部分虽然篇幅不多,但是却厘清了某些关键问题。比如,索绪尔语言学的关键理论是否能够直接移植到汉语中?答案是否定的。汉字是表意性语言,能指与所指之间的关系并不如索绪尔所言是任意的,而是有关联的,它无需依赖系统内部的差异性,它完全可以被理解为分类命名集。除此之外,个人觉得书中最精彩的"理论旅行"实例莫过于对克里斯丁娃的"互文性"的梳理。作者以中国学术界对该词的使用方式作为切入点,展现了"互文性"被误读的过程:最初它是一种"离心"式的语义破坏,作用是颠覆原有语义场,之后便转变为"向心"式的文本互证,作用是巩固已经提出的观点。

整本书所传递的庞大信息量,并非短短的书评可以概括。但是阅读过后会发现,虽然整本书历时跨度很长,表面的信息庞杂丰富,但内在的理路却深刻明了。正是因为有了足够的理论根基,所以即使是"看起来还不够成熟",但是"却迫不及待地要长出来"。毕竟,谁也无法阻挡思想本身的力量。阅读的时候,大脑是紧绷又顺畅的,大逻辑清晰连贯,小细节鞭辟入里,一旦错过了,就是个遗憾。特别是某些精道又有趣的例子,类似于博尔赫斯的小说、徐冰的天书、钱锺书的比喻等。它让人明白,对知识的探索其实意味着一种"思考着"的生活状态,当你领悟之时,会发现生活中的诸多事物,都跟它遥相呼应,形成一个相互对话的引力场。

作者简介:肖炜静,南京大学文学院博士生。

东亚文化交流史的典范之作
——写在严绍璗、刘渤《中国与东北亚文化交流志》再版之后

边明江

由北京大学中文系严绍璗教授与北京大学国际关系学院刘渤教授合著的《中国与东北亚文化交流志》一书,最初作为《中华文化通志》大型丛书(上海人民出版社,1999年初版,2010年再版)之中《中外文化交流典》系列里的一种出版。由于《中华文化通志》采取的是全部101卷整体定价与销售的形式,普通读者如果想单独阅读或收藏其中的一部分是比较困难的,因此这也在一定程度上限制了《中国与东北亚文化交流志》的传播范围。但是考虑到本书具有的重要学术价值,北京大学出版社决定刊印单行本,最终于2016年1月出版发行。

虽然是旧书重刊,但是再读《中国与东北亚文化交流志》,笔者仍然能够感受到其学术含量的丰厚,可以说,对于今天的东亚文化交流史研究和比较文学研究,本书仍然具有重要的示范意义与启发性。

在笔者看来,本书的特色及价值主要体现在以下几点。

首先,本书论述的范围极为广泛,包括涉及地区、时代跨度与论述对象等方面。受限于学科分野与研究者语言能力的限制等因素,中国学界的东亚文化交流史的写作实际上往往只是中日或者中朝文化交流史的写作,能够贯通中日韩的出色研究屈指可数(在东亚或东北亚范围内,仅就文化学角度而言,蒙古与西伯利亚地区实属不可忽视的重要存在),而本书则涵盖了中国与朝鲜半岛和日本之间的文化交流历史,至少从地域角度来说可谓完备,不虚"东(北)亚"之名。本书所涉历史时期,上溯史前,下迄前近代,跨度极大,能够充分呈现出中国与日朝之间漫长的文化交融的全貌。本书的论述对象也十分全面,兼包文学与思想,尤其在思想哲学编,并没有单论儒学,对于佛学、阴阳思想与道家学说等也给予了必要的关注,勾画出古代朝鲜半岛和日本与中国思想之互动的全景。

其次,本书建立在坚实的个案研究的基础上,同时也凝结了著者个人的学术思考。文化交流史并非一个可以"速成"的研究领域,研究者只有经过长期的艰苦调查与反复的思索之后才能做出真正有价值的研究,因此独力或两三人合作完成一本优秀的文化交流史著作是非常不易的。如果缺乏足够坚实的个案研究以及著者个人的学术特色,著作很容易流于浮泛的叙述与粗略的史实拼凑,而本书则避免了这样的不足。刘渤先生长期从事中韩文化交流史的研究工作,翻译有《韩国近代史》等著作。严绍璗先生更是中日古代文学关系以及文化交流史研究领域的权威学者,关于《万叶集》、"记纪神话"、《竹取物语》和《源氏物语》等日本文学经典,都曾有专门而精深的论述。这些论述颇具原创性,在日本学界也获得了广泛的认可。而这些能够反映出严先生本人学术理路与特色的个案研究被重新提炼,化为本书的

章节,既保证了全书的学术质量,也凸显出著者个人的独到见解,这实际上是一本有价值的文化史著作的必备要素。比如本书第三章第一节论及"记纪神话"中二神生产日本国土的部分篇幅并不长,但严先生对此曾有十分精彩而细致的专门研究,例如《日本"记纪神话"变异体的模式和形态及其与中国文化的关联》(《中国比较文学》1985年第1期)等,所以短短三四页的文字其实是以严先生深厚的研究成果为底蕴的(严先生于2011年获颁日本"山片蟠桃文化奖"时,正是以此论题作为获奖演说的),因此其间的论述才显得游刃有余。

再者,成功的个案研究确乎是一本优质的学术著作的关键保证,而如何将这些具体的课题合理地贯穿到一起,并且赋予它们比较统一的内在学术观念无疑也是非常关键的工作。就本书而言,严绍璗与刘渤二位先生分工合作,最终呈现出的章节安排与具体内容的调配都颇为恰切,并非简单生硬的拼装。更为重要的是,严先生长期提倡与实践的"变异体"思想终始全书,将具体的历史事件与分散的文本聚合与提振起来,这使得本书在很大程度上也具有了理论性著作的品格。关于"变异体"的概念与内涵,严先生在《比较文学与文化"变异体"研究》(复旦大学出版社,2011年)一书中有集中的阐释,笔者不再赘述,这里仅引述一句以为参考——"文化传递的基本形态就是这样的——原话语经过中间媒体的解构和合成,成为文化的变异体,文化的变异体已经不再是文化的原话语。之所以有新文化(或新文学)文本的产生,不是为了重复原话语,完全是为了本土文化的需要。"翻检《中国与东北亚文化交流志》一书,我们能够发现这种"变异体"思想的不少痕迹,比如在全书"导言",著者认为融入朝鲜及日本文化的若干中国文化因素已经发生了变异,沉淀为日朝民族文化中的一部分并且"不断地参与对新到来的中华文化实行新的'变异'";又如,第三章通过大量的文献互证,着重阐述了日本"记纪神话"与中国文化与思想的密切关联,在最后的总结中,著者提纲挈领地指出,日本神话群系在诞生之初即"展现了与中国文化之间的多彩而深刻的交汇融合,这揭示了日本文化运行中的最本质的特点,即内聚着丰富的'变异体功能',它便预示了日本文化未来发展的方向和道路";此外,著者在概论中国古代思想哲学对于古代日本文化的深刻影响时再次提示我们,日本民族的古代哲学思想形态是"汲取亚洲大陆,主要是中国的已经成熟的哲学思想的若干内容,并借助其表现形式,在日本民族智慧的土壤中加以'变异'而形成自身的"(第四章)。严先生以"变异"的视角审视中日文化交流史上的诸多现象,角度新颖,创获颇多,足以启发后学。以"变异体"思想为核心理念而写成的《中国与东北亚文化交流志》,自然也就区别于那些仅仅局限于史实的罗列与文本的粗略介绍的著述。

除了以上几点,笔者以为本书中另有值得特别阐抉之处,现不揣浅陋,记述如下。

本书分为四编,即史前文化编、思想哲学编、文学编与典籍编。笔者以为,其中最独特的当属典籍编。典籍编主要关注汉籍东传日本的历史轨迹及其形式,以及日本的汉籍刊刻情况,侧重于文献学的考察。实际上,文学/文化交流最基本的方式之一就是文献典籍的流播,东亚地区的情况亦是如此,虽然以人为中心的交流活动(崔致远、鉴真等)曾经发挥过重要作用,但典籍的流通可能还是占据主流地位的,而绝大部分的文化交流活动也正是在此基础上得以继续深入发展的。所以,本书专辟一编来追索典籍的流动,反映了著者对于文化交流机制的深刻认识,而严绍璗先生孜孜不倦的访书经历与厚重的成果(曾著有《汉籍在日本的流布研究》《日藏汉籍善本书录》等)更是使得这部分内容充实而可信。当然,如果能够将汉籍在朝鲜的刊刻及流传情况,及其与和刻本之间的关联等等补充进来,一定会更有价值。

此外,严先生在第三章第三节论述日本神话中"天孙降临"一段时,特别引用江户诗人的《皇统歌》并指出此为日本神国观念之滥觞,为何特别强调这一点,严先生虽未明言,但其中实有深意。日本天皇乃万世一系,为天照大神之后裔,作为神的后代,比世界上其他任何民族都更优越,这一观念在现代日本曾经深入人心,尤其在战争年代更是被反复宣扬,几乎成为一种不可置疑也无法撼动的"神话",其影响在今日依然可见。针对这一"神话",严先生回溯原典,以学术之眼重新细致剖析其文本,用无可辩驳的分析告诉我们,日本的神话传说受到了至少中国文化这一种异质文化的影响,因此所谓"神国",那些似乎纯洁的起源,实际上都是值得质疑的。也就是说,严先生以比较文化的视角与方法,廓清了日本神话在"发生"之时的复杂情形,也就在一定意义上"解构"了其"神话"。比较文学研究或者多边文化研究,根据具体研究课题的差异当然有各种不同的进路,其学术意义自然也就有多样的呈现,严先生的研究则彰显出一种比较文化研究的重要目标与意义,即揭示"神话"之源的真相,将种种意识形态塑造的"神话"还原为历史文化的复杂样态。比较文学/文化研究固然是一种"纸面"上的工作,但同时也是人文学术的一部分,而人文学,当然包括比较文学,应该立足于原始文本而直面当下的种种"幻象"。也就是说,比较文学不应止于文献的爬梳、史实的厘清,或者理论的简单演绎,尤其在当下的学术环境之中,跨文化研究理应有底气和勇气去做出更好的自我定位与要求。这是笔者从本书中受益最大的地方。

当然,本书也存在一些不足,比如檀君神话、五山文学等章节受限于篇幅,展开不够,稍显简略;对于最新的研究成果的吸收也略为缺乏等。

总而言之,《中国与东北亚文化交流志》一书特点鲜明,兼具独创性与理论性,对于今天的东亚文化交流史以及比较文学等研究具有重要的示范作用。

作者简介:边明江,北京大学比较文学与比较文化研究所博士生。

稿约

《比较文学与世界文学(中国比较文学学会学术集刊)》稿件体例

《比较文学与世界文学(中国比较文学学会学术集刊)》是中国比较文学学会主办的以比较文学与世界文学研究为核心的人文社会科学综合性学术集刊。为方便作者写作和读者阅读,现将投稿注意事项规定如下:

1. 来稿以 15 000 字以内为宜。欢迎简明扼要而又论证充分的万字以内文章。所论重大理论问题、重要学术问题的论文允许篇幅稍长一些。稿件正文之前请附论文中文摘要(300—400 字左右)、英文摘要(允许与中文摘要有所不同,不必对应翻译,约 200 个英文单词)、关键词(3—5 个)、作者简介(包括姓名、工作单位、学位、职称)。如果所投稿件是作者承担的科研基金项目,请注明项目名称和项目编号。

2. 对于人文学科的论文不再区分注释(对文章中某一内容的进一步解释或补充说明,或作者对自己观点的阐发)与参考文献,二者均放在当页,以脚注形式出现。对于社会科学的论文,仍然可以将注释和参考文献分开,放于文末的参考文献采用"作者—出版年"制。

3. 注释与参考文献著录项目要齐全(不需要加文献标识码)。

   专著:
   主要责任者,文献名,出版地,出版单位,出版年,起止页码。

   译著:
   原著者国名,原著者,文献名,译者名,出版地,出版单位,出版年,起止页码。

   期刊文章:
   主要责任者,文献题名,刊名,年,卷(期):起止页码。

   报纸文章:
   主要责任者,文献题名,报纸名,出版日期(版次)。

   专著中的析出文献:
   析出文献主要责任者,析出文献题名,专著主要责任者,专著名,出版地,出版单位,出版年,析出文献起止页码。

4. 外文参考文献要用外文原文,作者、书名、杂志名字体一致,采用正体;不得用中文叙述外文,如"牛津大学出版社,某某书,某一年版"等。

5. 来稿请寄送电子本与纸本各一份,电子本请寄: clwlcontribution@163.com;纸本请寄:【100871】北京大学比较文学与比较文化研究所内 中国比较文学学会秘书处收。请注明详细通讯地址(含街道路名)、邮政编码、联系电话。

6. 来稿一般不退,请作者自留底稿;也不奉告评审意见,敬请海涵。

《比较文学与世界文学(中国比较文学学会学术集刊)》编辑部
2011 年 10 月

Call for Papers

Comparative Literature and World Literature, sponsored by The Chinese Comparative Literature Association, is an academic journal focused on Comparative Literature and World Literature. Submissions are welcome based on the following guidelines:

1. Papers should not exceed the length limit of 15 000 words. The papers proper should be preceded by, in the following order, an abstract in Chinese, an abstract in English, 3—5 keywords, and a short biography of the author.

2. Papers written in English should follow the MLA format in their documentation.

3. Submissions should be both in electronic forms and in hard copies. The electronic version is to be emailed to clwlcontribution@163.com. The hard-copy version is to be mailed to this address:

    Institute of Comparative Literature and Culture
    Office of The Chinese Comparative Literature Association
    Peking University
    Beijing 100871, P. R. China

Please specify your mailing address and telephone number. Inquiries are to be directed to clwlcontribution@163.com.